리얼리스트 김수영

일러두기

1. 개정판 『김수영 전집』(2003)을 저본으로 집필을 시작했으나, 2018년 봄에 재개정판이 출간되어 재개정판을 최종 저본으로 삼았다.
2. 표지 사진과 작품의 전문 인용에 대해서는 김수영 시의 저작권자와 협의를 모두 마쳤다.
3. 그밖의 인용문 출처와 서지 사항은 본문에서 생략하고 책 말미의 '참고문헌'으로만 밝혔다. 연구서라기보다는 일반 독자들을 위한 '김수영론'을 지향했기 때문에 순전히 가독성을 먼저 고려한 것이다.
4. 이 책은 인터넷 신문 〈뉴스민〉에 연재했던 내용을 대폭 수정, 보강한 것이다.

자유와 혁명과
사랑을 향한 여정

리얼리스트
김수영 ——

황규관 지음

한티재

십여 년 전 동네 도서관에서 책을 읽다가 집으로 돌아오는 길에서였다. 만일 시집 말고 한 권의 산문집이 내게 허락된다면 그것은 김수영에 대한 것이었으면 좋겠다는 생각이 들었다. (물론 이것은 지켜지지 않았다.) 그동안 김수영만 읽었다고 한다면 너무 심한 과장이 되겠지만, 때가 되면 김수영에게로 돌아가는 나의 모습을 보고 그 상상은 조금씩 구체화되어 갔다. 그러다가 작년 이맘때에, 쓸 수 있는 시간과 공간을 바라다가는 영영 마음에 품고 살다 끝날 수도 있겠다는 생각이 들었다. 결단을 더 강제하기 위해서 연재 방식을 염두에 뒀고, 대구에 있는 인터넷 매체 〈뉴스민〉의 허락을 흔쾌히 받았다.

김수영에 대한 약간의 2차 자료들을 읽으면서 김수영의 시에 대한 나만의 독단이 조금씩 수정되어 갔다. 본문에서는 비판적으로 언급하긴 했지만 어쨌든 다른 연구자들이나 비평가들의 성과는 큰 도움이 되었다. 물론 나의 작업이 '연구'라고 생각하지 않았기 때문에 지금껏 읽은 자료들을 다시 검토하거나 출처를 다 들출 필요는 없다고 생각했다. 글을 쓰면서 떠올랐던 분들과 그 결과들만 다시 비판적으로 검토했을 뿐이다. 아무튼 약간의 2차 자료들에서 받은 느낌은 김수영의 시를 횡적으로만 읽고 있다는 것이었다. 이게 강단 비평의 제 몫이고 문학평론의 얼굴인지는 잘 모르겠지만, 김수영을 시간이라는 지평에서 읽은 글을 만나기는 어려웠다.

내가 읽은 김수영은 그러나 분명히 시간적인 존재였다. 사실 삶은 시간 위에서 펼쳐지는 동시에 시간을 구성한다. 시간을 구성한다는 것은 '차이'를 기입하면서 시간에 질을 부여한다는 뜻이기도 하다. 여기서 '차이'란 무엇인가? 그것은 사건이며, 사건을 통해 삶이 형상을 얻고 입체성을 갖는 것이다. 김수영에게는 우리의 근대사가 고스란히 각인되어 있으며, 그는 그 복판에서 사유하고 시를 썼다. 김수영은 자신의 삶을 방치하지 않았다. 역사적 사건을 통과하면서 부단히 자신의 삶을 재구성함과 동시에 현실의 변화를 꾀했다. 나는 그 과정에서 김수영의 시가 나왔다고 믿으며, 설령 그의 시적 양식이 재현을 뼈대로 하는 리얼리즘은 아니지만 그를 리얼리스트라고 서슴없이 부르고 싶었다.

시를 따라 읽으면서 김수영이 보여준 인식의 진전을 확연하게 느꼈는데, 글을 쓰기 시작하면서 전혀 예기치 않은 상황이 발생했다. 니체의 철학이 끼어들기 시작한 것이다. 애당초 전혀 고려한 바가 없었는데, 김수영의 의지와 투쟁이 니체 철학을 불러온 것이다. 그런 와중에『차라투스트라는 이렇게 말했다』와『선악의 저편』을 다시 꺼내들게 되었다. 망외의 소득이랄까, 아니면 설익은 시도일까. 앞에서 말했지만 나의 작업을 '연구'라고 생각하지 않았고 그에 따른 학문적 방법론 자체가 애초부터 없었던 게 원인일 것이다. 독자들은 어떤 반응을 보일지 모르겠으나 나로서는 즐거운 일이었다. 니체의 철학을 끌어들이자 김수영의 시가 더 도드라져 보이는 희한한 현상이 생겼다. (나는 '희한'이란 말도 김수영에게서 다시 배웠다.) 김수영이 니체에게 영향 받았다는 주장을 하려는 게 아니다. 과하게 니체를 끌어들인 점에 대한 변명을 나는 지금 하고 있는 중이다.

돌이켜보면 내게 난공불락 그 자체였던 김수영이 갑자기 들이닥친 것은 들뢰즈의『차이와 반복』을 세 번째 읽고 있던 우면산 아래에서였는데, 들뢰즈의 이 괴물 같은 책도 각 장의 결말이 니체에게로 향하고 있다. 결국 시작부터 그럴 수밖에 없었구나 하는 생각을『차라투스트라는 이렇게 말했다』를 다시 읽으면서 느꼈다. 그러면 나는 되지도 않는 철학 지식으로 김수영을 읽은 것인가? 그 판단은 내가 할 게 아닌 것 같다. 그리고 만일 그러한 면이 있다면, 그 비판은 충분히 받을 자세도 되어 있다.

또 한 가지 의아한 것은, 김수영이 그동안 매우 순화되어 읽혔다는 점이다. 나는 이렇게 잔인하고, 강하고, 아름다운 시가 어떻게 댄디(dandy)한 모더니즘으로 그동안 읽혔을까 하는 의문을 내내 버리지 못했다. 확실히 그의 시에는 전쟁과 혁명, 그리고 반혁명으로 인한 상처가 깊이 배어 있다. 그가 언제나 열에 들떠 외친 자유와 사랑을 그의 현실을 떼어내고 말한다는 것은, 과장을 섞어 본다면, 불가능에 가깝다. 그는 큰 역사적 사건을 통해 작은 현실을 비추고 작은 현실을 통해 큰 역사적 사건을 사유했다. 그 사유가 격렬해질 때, 그때서야 그는 시를 썼다. 그의 난해와 난삽은 이렇게 만들어진 것이다. 하지만 그의 힘과 용맹도 이런 과정을 통해서만 가능했다. 그는 정지된 상태에서 시를 쓰지 않고 숨이 가쁘도록 뛰는 중에 시를 쓰는 시인이었다. 그래서 어떤 시는 횡설수설 같고 어떤 시는 읽는 내내 함께 숨이 가빠지는 현상을 낳는다.

사실 김수영의 시를 읽다 보면 지금도 이해가 안 되거나 느낌이 살아나지 않는 비유와 언어들이 많다. 그래서 글을 쓰면서도 가끔씩 겁이 나기도 했다. 아직 이런 글을 쓸 때가 아닌 것은 아닌가 하는 두려움이 일고는 했던 것이다. 희한한 일이지? 그 두려움은 곧바로 설렘으로 바뀌었고, 쓰고 있는 시간과 공간을 변화시켰다. 이게 그가 나에게 끼친 마력이기도 했다. 비평가나 연구자의 영민한 눈에 발가벗겨지는 시가 도대체 시란 말인가? 이것은 시의 난이 문제를 논하는 것이 아니다. 독자의 느낌과 소감에 온전히 붙잡히지 않고 자꾸 어딘가로 달아나버리는 시가 존재한다는 것을 말하려는 것이다. 시는 그렇게 해서 풍문이 되어야 하고, 모두를 노래하게 해야 하고, 춤추게 해야 한다. 김수영이 「반달」이란 작품에서 "모든 음악은 무용곡"이라고 말할 때, 아마 이런 뜻도 염두에 뒀을 것이다.

김수영의 시를 이해해 보겠다고 자구(字句)에 얽매이는 것은 수렁에 빠져드는 행위이다. 그는 비록 시를 쓰고 나서 운산(運算)을 했지만 자구에 대한 운산은 아니었을 것이다. 힘에 대한 운산이었을 것이다. 아니면 자신의 양심을 운산했을 것이다. 자신의 현실을 시적으로 살고 있는지에 대한 운산이었을 것이다. 결국 그에게 시는 힘이었고 양심이었다. 감히 말하거니와 김수영의 시를 읽을 때 이 두 가지를 빼고 읽는 것은 있을 수 없는 일이다. 그의 현실을 빼고 읽는 것은 그냥 자구를 읽는 행위에 지나지 않는다. 그의 침잠과 고양, 그의 절망과 환희, 그의 설움과 기쁨, 그의 피로와 건강, 이 모든 것은 그의 현실과 관계되어 있으며, 그래서 다시 말하지만, 김수영은 리얼리스트였다.

좋다. 이 모든 것이 하나의 가설이고 낭만적인 자의라고 하더라도, 만일 그의 시가 실험적인 또 다른 시도에 지나지 않는다 하더라도, 아직까지 그가 살아 있는 이유를 한 가지는 대야 할 것 아닌가. 왜 그는 이렇게 끈질기게 살아서 시인들을 괴롭히는 것일까. 혹자들은 그의 현실과 오늘의 우리 현실에 큰 차이가 없어서라고도 하지만, 만일 그게 이유라면 그 당시의 적잖은 시인들도 여전히 우리에게 숨결을 불어넣어줘야 한다. 과연 그런 것인가는 여기서 굳이 답을 하지 않겠다.

어설프기 짝이 없는 이 글을 쓰게 한 것은 단지 김수영 시에 대한 동경이었을까? 이런 자문은 이 글을 쓰는 내내 내게 들러붙어 떨어지지 않았다. 아직 어떤 절정의 작품도 남기지 못한 나로서는 김수영의 양식적 특징을 흉내내지 못할 것이다. 또 그의 특징을 따라가고 싶은 생각도 없다. 내가 그에게 배우고 싶었던 것은 그의 양식적 특징이 아니라 현실을 대하는 그의 태도였을 뿐이니까. 어쩌면 대지에 발을 디딘 채 비상을 꾀한 그의 시인다움이 여기까지 오게 했을 것이다. 그가 말하지 않았던가. "대지에 발을 디딘 초월시의 출현"을 말이다. "대지에 발을 디딘 초월시"는 김수영, 그가 꿈꾸었던 시이다.

지금 이 '서문'을 쓰는 날로부터 딱 열흘 뒤가 그가 세상을 떠난 지 50년이 되는 날이다. 이 책은 애초에 세속의 이벤트를 노리지는 않았다. 그러나 도중의 이런저런 사정이 결국 이벤트에 동참하게 만들었으며, 나는 이 이벤트를 즐길 생각이다. 감히 고백하거니와 나는 그를 알게 된 것을 지복으로 생각한다. 그리고 나의 지난 일 년을, 아니 김수영에 대한 책을 하나 쓰겠다고 다짐한 지난 십여 년을 위로하고 싶다. 그래서 도움을 받은 다른 분들을 굳이 호명하지 않으려 한다. 큰 감사는 가슴에서 떠도는 뭉게구름 같은 것이어서 때가 되어야 비도 되고 눈도 된다. 그 이야기는 차차 살아가면서 하기로 하자.

그런데 오늘은 어디에서 어떻게 배회하지?

2018년, 지상의 소음이 번성하는 여름밤에

황규관

차례

프롤로그

1968년 6월 15일 밤 11시 30분경 김수영의 집 대문을 누군가 급박하게 두드렸다. 김수영의 아내 김현경이 무슨 일인가 싶어 나가 봤더니, 이웃집 여인이었다. 그 여인은 김현경에게 앞길에서 교통사고가 났는데 아무래도 이상하다고, 불안한 신호를 보내며 어서 나가 보라고 했다. 김현경은 엄습하는 불안감을 애써 물리치며 옷을 대충 걸치고 사고 장소로 달려 나갔다. 하지만 그곳에는 피만 낭자할 뿐 아무도 없었다. 인근 파출소로 가봤으나 경찰들은 교통사고가 났는지조차도 모르고 있었다. 김현경은 택시를 타고 인근 병원을 차례차례 확인했다. 결국 한 병원에서 금방 교통사고 환자 한 명을 적십자병원으로 옮겼으니 그곳에 가보라는 말을 들었다. 김현경이 적십자병원에 도착해서 확인한 것은 중환자실에 누워 산소호흡기에 마지막 생명을 의탁하고 있는 김수영이었다.

눈동자는 꺼져 있었고 귀에서는 피가 흐르고 있었으며 팔다리는 멍들어 시퍼렸다. 가쁘게 쉬는 숨 때문에 가래 끓는 소리만 내고 있었다. 김현경은 전화를 걸어 장남 준에게 할머니, 고모, 삼촌에게 연락을 넣으라고 했다. 도봉동에 살던 시댁 식구들이 도착하고, 이어서 시인 유정과 소설가 황순원, 최정희가 도착했다. 하지만 김수영은 가족들과 친구들을 다시 보지 못하고 새벽 5시가 조금 넘어 생명을 놓아버렸다. 1968년 6월 16일, 김수영은 만 48세의 나이에 이승을 떠났다. 지난했던 세속적 삶과의 투쟁을 그는 죽음으로 마감한 것이다.

김수영은 급한 돈을 마련하기 위해 신구문화사에 근무하는 신동문 시인을 찾아갔다. 번역료를 조금 당겨 받기 위해서였다. 신동문은 흔쾌히 김수영에게 7만 원을 내어주고 한국일보 기자 정달영, 소설가 이병주와 함께 술을 마시기 위해 나갔다. 신동문은 1차 술자리가 끝나자 자리를 뜨고, 이병주와 김수영, 정달영은 2차로 맥주를 마셨다. 술에 취한 김수영이 자리에서 일어나자 정달영이 따라나와 집까지 모셔다드리겠다는 호의를 보였지만 김수영은 거절하고 시청 앞을 돌아 아리스 다방으로 갔다. 그날따라 아는 사람이 없자 을지로 입구에서 집으로 가는 버스를 탔다. 종점에서 내려 집 쪽으로 걸어가다 버스가 그의 뒤를 덮쳤다.

장례식은 6월 18일에 있었다.

전쟁을 통해 극심한 죽음 공포를 경험했던 김수영은 1964년의 작품 「말」에서 다시 죽음에 대해 썼다. 아내인 김현경에 의하면 말년의 그는 죽음에 대한 생각이 깊었다고 하는데, 김현경은 『김수영의 연인』에서 다음과 같이 증언했다.

죽음이야말로 인간이 가장 무서워하는 마지막 순간, 그이의 좌우명이 생각납니다.

'상왕사심(常往死心)'

그는 어느 날 자신의 책상 옆 달력 한구석에 이렇게 써놓았습니다.

"이게 무슨 뜻인가요?"

그 말이 무슨 말인지 궁금해 여쭈어보았더니, 이는 어느 불경책(佛經冊)에 쓰여 있는 말로 자신의 좌우명으로 삼겠다고 하였습니다.

"늘 죽음을 생각하며 살아라, 이런 뜻이지. 늘 죽는다는 생각을 하면, 지금 살아 있는 목숨을 고맙게 생각하고 아름답게 살 수 있어."

「말」에서도 그것은 잘 드러나 있다. 김종철은 「말」을 분석하면서 "김수영의 시적 세계의 밑바닥에는 죽음에 대한 의식이 유난히 짙게 깔려 있다"고 진단했다. 김종철은 「詩的 眞理와 詩的 成就」에서 "김수영에 있어서 죽음에 대한 그의 의식은 어떤 점에서 詩作 그 자체를 가능하게 하는 원리인지도 모른다"면서 "죽음에의 남다른 인식으로 말미암아, 그는 일상의 피상적인 경험의 갈래를 좇아 허우적거리지 않았고, 그러한 여러 경험의 의미를 근본에서 꿰뚫어 볼 수 있었으리라"고 했다.

과연 "죽음에의 남다른 인식"이 김수영 시세계의 전 과정을 관통하는 "시적 세계의 밑바닥"인지에 대해서는 따져봐야 할 문제이지만, 1960년대 중반부터 죽음에 대한 인식이 표면적으로 드러나기 시작한 건 사실이다. 하지만 「말」을 '죽음'을 직접적으로 사유한 작품이라고 보기는 어렵다. 그 작품에서 "세상은 나의 말에 귀를 기울이지 않는다"는 고독을 통해서 이제 "나의 질서는 죽음의 질서"가 아닌가 자문을 하고 있지만, 여기에서도 김수영 특유의 역설(paradox)이 있으며 누구도 "귀를 기울이지 않는" 자신의 "무언의 말"이 혹여 "죽음을 꿰뚫는 가장 무력한 말"이면서 "만능의 말"은 아닌가 말하고 있기 때문이다. "겨울의 말이자 봄의 말", 즉 생명의 말은 아닌가 묻고 있는 것이다. 결론적으로 김수영은 이 시에서 죽음을 삶으로 뒤바꿔 놓는 시적 사유를 감행하면서 죽음은 삶을 비추는 거울인 동시에 삶은 죽음을 사는 것과 같은 것이라 말하고 있다.

이런 해석을 밑받침하는 구절이 1966년에 쓴 「설사의 알리바

이」에도 등장한다. "언어가 죽음의 벽을 뚫고 나가기 위한/숙제
는 오래된다 이 숙제를 노상 방해하는 것이/성의 윤리와 윤리의
윤리다"가 그것이다. 그리고 바로 이어서 "중요한 것은//괴로움
과 괴로움의 이행이다 우리의 행동"이라고 쓴다. 그에게 "언어"
는 살아 있는 한 누구도 겪어보지 못한 죽음이라는 사건을 경험
하게 하는 것이다. 동시에 김수영이 말하는 '죽음'은 삶의 종점이
아니라 삶을 삶답게 근거 지우는 존재론적 바탕이다. 하지만 끝
내 살아 있는 동안은 가닿지 못할 영역이 죽음인데, 죽음을 아무
리 깊이 사유한대도 그 간극은 좁혀지지 않는다. 그래서 삶에서
"중요한 것은//괴로움과 괴로움의 이행"인 것이다.

그의 시에 나타난, 삶을 사랑하는 역설로서 죽음에 대한 천착
은 산문에서도 나타난다. 1966년에 쓴 「마리서사」는 세간에 알
려진 대로 먼저 죽은 친구인 시인 박인환을 비난한 글이 아니다.
도리어 그를 회고하면서 박인환이 복쌍으로부터 "시를 얻지 않
고 코스튬만 얻었"듯 자신도 "시를 통한 구원을 받지 못하고 있
는 것처럼 죽음에 대한 구원을 받지 못하고 있다"고 고백하는 글
이다. 나아가 1968년의 「나의 연애시」에서는 "나이가 들어가는
징조인지는 몰라도 죽음에 대한 생각을 하는 빈도가 잦아진다.
모든 것과 모든 일이 죽음의 척도에서 재어지게 된다"고 말한다.
또 「참여시의 정리 ― 1960년대의 시인을 중심으로」에서 신동엽
의 시 「아니오」에 대해 말하면서 "죽음의 음악 소리가 들린다. 참

여시에 있어서 사상(事象)이 죽음을 통해서 생명을 획득하는 기술이 여기 있다"고 할 때도 김수영의 기준은 '죽음'이었다.

사실 산문에서 죽음에 대한 언급이 보인다고 해서 그의 죽음에 대한 의식이 낭만적인 것은 아니다. 1968년 6월 16일의 급작스런 죽음은 그의 생명이 의도하지 않던 사건이었다. 유고작으로 발표되었지만 같은 해 5월 29일에 쓴 마지막 작품 「풀」에서도 음울한 죽음의 이미지는 찾아볼 수 없다. 도리어 생기만이 가득하다. 이런 말을 굳이 하는 것은 그의 죽음에서 '드라마'를 떠올리려는 세속적 경향은 김수영의 시를 읽는 데 아무런 도움이 안 되기 때문이다. 김수영은 오로지 삶을 살다 간 시인이다. 이 책에서 시종 확인할 수 있지만 김수영은 죽음의 시인이 아니다. 도리어 그는 생명의 시인이었다. 전쟁을 통한 죽음 체험이 도리어 그에게 강인한 생명의지를 심어줬다. 시와 산문을 통해 김수영이 평생 부르짖은 것은, '자유', '혁명', '사랑'이었다. 이것은 생명의지이지 죽음 충동이 결코 아니지 않는가?

이 사실은 평소 생활 속에서도 엿볼 수 있는데, 김수영이 죽고 나서 한 달 뒤에 쓴 소설가 안수길의 회고인 「兩極의 調和」에서 살아 있을 당시의 실제 모습이 어떠했는지 확인할 수 있다.

48세면 어느 하나에 안주할 수 있는 연륜이다. 수영도 그럴 수 있는 것이다. 그러나, 쉽게 안착하는 것, 거드름을 빼는 것이 싫었던 것이 아닌가 보고 싶다. 파헤쳐 보자, 실험해 보자, 이 정신은 젊은 세대에겐 귀중한 것으로 이해가 되나, 그 대신, 동세대의 일부에겐 적을 만들 수도 있는 태도요 자세라고 볼 수도 있을 것이다.

만년의 수영은 이해와 오해 속에서 스스로를 학대한 것이 아닌가 하고 생각된다.

또 김현승은 1968년에 발표한 한 평론에서 그의 모습을 다음과 같이 회고했다.

그는 과거에 만족하는 시인이 아니었다. 언제나 앞을 내다보고 오늘의 정체를 극복하려고 노력하는 자기만족을 모르는 시인이었다. 보수주의자들에게는 무모한 시인이라 불리었고, 안일을 일삼는 사람들에게는 자못 전투적이라는 지적을 받았고, 소심한 사람들로부터는 심지어 위험하다고까지 오해를 받으면서도 그는 자기의 소신대로 오늘의 한국시에 문제를 던지고 그것들의 해결을 위하여 가장 과감한 시적 행동을 보여 주던 투명하고 정직한 시인이었다.

김수영의 이른 죽음은 어쨌든 한국문학사의 대차대조표에 적지 않은 마이너스를 얹어줬다. 그럼에도 불구하고 그의 급작스런 죽음은 김수영을 영원한 젊은 시인으로 각인시켜준 데에 일조한 것도 사실이며, 그 파장이 준 영향은 지금까지도 "쩽쩽 울리는 추억"(「거대한 뿌리」)으로 살아 있다. 유종호는 김수영의 죽음에 대해 "30대에 맞은 김소월의 죽음보다도 40대 후반에 당한 김수영의 그것을 더욱 요절로 느끼게 하는 것은 거푸 태어날 수 있었던 그의 젊음 때문이다. 그 점 김수영은 탕진됨을 모르는 가능성이자 안타까운 미완성이었다"고 말한 적이 있다.

니체식으로 말하면 김수영은 "확실한 허무를 위해 죽는 편이 낫다고 생각하는" 쪽보다는 "한 수레 가득한 아름다운 가능성"(『선악의 저편』)에 투신한 시인이다. 이건 김수영식 '영원'이기도 하고 동시에 '반시대적(Unzeit)'인 자세(attitude)이기도 하다. 그는 죽기 석 달 전에 이렇게 썼다. "참 할 일이 많다. 정말 할 일이 많다! 불필요한 어리석은 사랑의 일이!"(「무허가 이발소」) 그러면서 동시에 이렇게도 썼다. "죽음이 없으면 사랑이 없고 사랑이 없으면 죽음이 없다."(「나의 연애시」)

결국 김수영의 돌연한 죽음도 삶에 대한 지나친 사랑 때문에 벌어진 일인가? 이것은 단지 그의 죽음에 대한 사후적인 물음이 아니다. 그의 시는 생명을 향해 타오르는 불꽃과도 같았기 때문이다. 어쩌면 김수영의 시는 그가 가진 생명의지의 결과물일지도 모른다.

1부

[1]

식민지와
해방 공간의
소용돌이

연극하다가
시로 전향

　연보에 의하면 김수영은 「묘정의 노래」를 1945년에 쓰고 이듬해 조연현이 주관하는 《예술부락》에 발표한다. 이에 대해 김수영은 한참 후인 1965년에 쓴 「연극하다가 시로 전향 — 나의 처녀작」에서 제법 상세하게 기록해 놨다. 그때 김수영은 "연현에게 한 20편 가까운 시편을 주었고, 그것이 대체로 소위 모던한 작품들이었는데, 하필이면 고색창연한 「묘정의 노래」가 뽑혀서 실렸다"고 했다. 「묘정의 노래」는 김수영 자신이 어릴 때 "명절 때마다 참묘를 다닌" "동대문 밖에 있는 동묘"에 대한 기억으로 썼다고 한다. 그러면서 《예술부락》에 다른 작품이 실렸더라면 "그 당시에 인환으로부터 좀 더 '낡았다'는 수모는 덜 받았을 것"이고 "바보 같은 콤플렉스 때문에 시달림도 좀 덜 받을 수 있었으리라고” 말한다.

대체로 시인들이 자신의 옛 작품을 낯부끄러워하는 것을 감안하면 김수영의 이런 태도는 그리 새로울 것이 없다. 또 이 산문을 쓴 시기가 몇몇 뛰어난 작품을 쓴 이후인 1965년이라는 점이라든가, 글의 외형은 자신의 처녀작이 무엇인지 회고하는 모양새이지만, 사실상 그는 처녀작을 핑계로 미래의 시를 이야기하고 있다는 점도 함께 읽어야 김수영의 진심에 더 가까이 갈 수 있을 것이다. 이 산문은 “좀 더 깊이 생각해 보면 아직도 나는 진정한 처녀작을 한 편도 쓰지 못한 것 같다. 야단이다”로 끝난다.

아무튼 발표된 시기 순으로 봤을 때 「묘정의 노래」 혹은 「공자의 생활난」 등이 김수영의 처녀작인 것은 사실처럼 보인다. 김수영 자신의 부정(?)에도 불구하고 「묘정의 노래」에 대해서 김상환은 『공자의 생활난』에서 흥미로운 해석을 했다.

김수영의 처녀작 「묘정의 노래」는 20년 후에 발표된 「거대한 뿌리」나 「미역국」과 비교해도 손색없는 역사인식을 담고 있다. 같은 해에 발표된 「공자의 생활난」과 같이 놓고 보면, 이미 등단 시절부터 김수영은 전통의 갱신과 모더니즘의 수용을 분리해서 생각하지 않고 있음을 알 수 있다. 두 시에서 갱신과 수용이라는 두 계기는 “나는 어떤 시인이 되어야 하는가?”라는 물음 속에서 결합된다. 그리고 시인의 정체성에 대한 그 물음은 일단 전통에서 호출한 화공과 공자에서 답을 구하고 있다. 그렇다면 화공과 공자 그리고 시인은 어떤 점에서 같은가? 시인과 화공은 장인(匠人)이라는 점에서 같다. 하나는 언어의 장인이고, 다른 하나는 그림의 장인이다.

「묘정의 노래」는 "과부의 청상(靑裳)", "붉은 주초(柱礎)", "백화(白花)의 의장(意匠)", "관공(關公)의 색대(色帶)" 같은 표현에서 보듯 전통적인 시각 이미지를 전면에 배치한 작품이다. '묘정'은 제례를 담당하는 공간을 의미하는바, 이 작품에서 김수영의 전통에 대한 의식을 읽는 것에 크게 이의를 제기할 수는 없다. 실제로 「연극하다가 시로 전향 — 나의 처녀작」에는 이와 관련된 구절이 등장하기도 한다. "그 무시무시한 얼굴을 한 거대한 관공(關公)의 입상(立像)은 나의 어린 영혼에 이상한 외경과 공포를 주었다. 나는 어린 마음에도 그 공포가 퍽 좋아서 어른들을 따라서 두 손을 높이 치켜들고 무수히 절을 했던 것 같다."

어린 김수영이 가졌던 "이상한 외경과 공포"가 「묘정의 노래」에서 얼마간 재현되었다고 보는 것은 그러므로 타당하다. 「묘정의 노래」 마지막은 이렇게 끝난다. "이 밤 화공의 소맷자락 무거이 적셔 / 오늘도 우는 / 아아 짐승이냐 사람이냐". 여기서 "화공"이 누구를 가리키느냐 하는 문제보다 우리는 "화공"의 상태에 유의할 필요가 있는데, "화공"은 지금 '울고 있다'. 왜냐하면 이 작품에서 "화공"은 "어드매에" 담길지도 모를 '백련(白蓮)의 무늬'를 "향연(香烟)을 찍어" 놓고 있기 때문이다. 그러니까 "화공"은 불가능한 몸짓으로 불가능한 그림을 지금 그리고 있는 것이다. "화공"은 김수영의 또 다른 페르소나인 걸까?

'우는 화공'에는 아마도 태평양전쟁 시기 동안 그가 겪었던 일본 생활과 징병을 피한 귀국, 다시 가족을 찾아 만주로 떠났다가 해방 후 돌아오는 과정에서 겪었음직한 삶의 설움과 비애들이 섞여 있을 가능성도 있다. 물론 그것은 어디에서도 발설되지 않아 여전히 '어두운 영역'에 웅크리고 있지만 말이다. 향후 이 설움과 비애는 한국전쟁을 거쳐 더욱 깊어지고 단단해진다. 1950년대 내내 김수영이 노래하는 설움과 비애는 이미 「묘정의 노래」에서 그 싹이 보이기 시작했다고 해도 과한 해석은 아닐 것이다. 예민하기로는 둘째가지 않는 김수영에게 청년 시절의 식민지 경험과 해방 직후의 시간이 무관하지는 않았을 것이다. 실제로 「연극하다가 시로 전향 — 나의 처녀작」모두에는 이를 암시하는 내용이 잠깐 언급된다.

나는 아직도 나의 신변 애기나 문학 경력 같은 지난날의 일을 써낼 만한 자신이 없다. 그러한 내력 애기를 거침없이 쓰기에는, 나의 수치심도 수치심이려니와 세상은 나에게 있어서 아직도 암흑이다. 나의 처녀작 애기를 쓰려면 해방 후의 혼란기로 소급해야 하는데 그 시대는 더욱이나 나에게 있어선 **텐더 포인트**다. 당시의 나의 자세는 좌익도 아니고 우익도 아닌 그야말로 완전 중립이었지만, 우정 관계가 주로 작용해서, 그리고 그보다도 줏대가 약한 탓으로 본의 아닌 우경 좌경을 하게 되었다고 생각된다. 돌이켜 생각해 보면 지금도 그렇지만, 그때는 **더한층 지독한 치욕의 시대**였던 것 같다.(강조—인용자)

1965년이 되어서도 김수영은 지난날의 자신을 객관화하는 데 힘들어하는 것처럼 보인다. 아무튼 이 인용문을 통해 드러난 것처럼 "해방 후의 혼란기"는 1965년 당시까지도 김수영에게는 '통점'(텐더 포인트)이었다. "해방 후의 혼란기"가 식민지 시기의 결과이며, 삶의 시간이 '지속'을 본질로 한다면, "해방 후의 혼란기"는 결국 해방 전의 시간과 맞닿을 수밖에 없음은 물론이다. 지속으로서의 시간에 대해 베르그손은 『물질과 기억』에서 "우리의 지나간 심리적 삶은 그대로 있다. 그것은—우리가 나중에 입증하려고 하겠지만—시간 속에 위치한 자신의 사건들의 세부사항 전체와 더불어 존속한다"고 말한 적이 있는데, 이 사실을 우리 각자가 경험적으로 확인하는 것도 어려운 일이 아니다.

한편 같은 해에 쓴 것으로 표기된 「공자의 생활난」은 「묘정의 노래」보다 훨씬 더 모던한 작품이다.

꽃이 열매의 상부에 피었을 때

너는 줄넘기 작란(作亂)을 한다

나는 발산한 형상을 구하였으나

그것은 작전 같은 것이기에 어려웁다

국수―이태리어로는 마카로니라고

먹기 쉬운 것은 나의 반란성(叛亂性)일까

동무여 이제 나는 바로 보마

사물과 사물의 생리와

사물의 수량과 한도와

사물의 우매와 사물의 명석성을

그리고 나는 죽을 것이다

―「공자의 생활난」 전문

  이 작품은 적잖게 해석자들을 난감하게 한다. 일부 비평가들
에게는 아예 「공자의 생활난」을 크게 중요하지 않은 작품으로 치
워 놓으려는 경향마저 보인다. 이는 「연극하다가 시로 전향 ― 나

의 처녀작」에서 김수영이 언급한 내용에 의존하고 있다. 이 산문에서 "『새로운 도시와 시민들의 합창』에 수록된 「아메리카 타임지」와 「공자의 생활난」은 이 사화집에 수록하기 위해서 급작스럽게 조제남조(粗製濫造)한 히야까시 같은 작품"이라고 말한 것이다.

발산한 형상을 구하였으나

「공자의 생활난」은 그럼에도 꾸준히 거론되는 작품이며 거론될 수밖에 없는 작품이다. 김상환은 『풍자와 해탈 혹은 사랑과 죽음』에서 "이 시에서 김수영은 자신의 운명과 인생의 여정 전체에 대한 프로그램을 말하고 있다. 이 시에서 산다고 하는 것은 사물의 생리와 한도에 다가서는 접근의 노력이다. 주지하는 바와 같이 주자(朱子)는 이를 격물치지(格物致知)라 했다"면서 성리학적 정신과의 연관성을 암시했다. 특히 5연이 공자의 "아침에 도를 들으면 저녁에 죽어도 좋다(朝聞道夕死可矣)"(『논어(論語)』, 「이인(里仁)」)라는 언명을 상기시킨다며 김수영에게 전통 지향과 근대 지향이 공존하고 있음을 지적했다.

하지만 이 작품은 1연 1행에서부터 면밀히 검토하지 않으면 전체 의미가 모호해질뿐더러 이 시가 갖는 위치를 제대로 파악하지 못하게 된다. 어떤 경우에도 작품의 예술적 가치를 실제 이상으로 부풀릴 필요는 없지만 말이다.

1연 1행에서 "꽃이 열매의 상부에 피었을 때"를 그러면 우리는 어떻게 읽어야 하는가. "꽃이 열매의 상부에" 피는 현상을 자연에 기대 생각하게 되면 처음부터 우리는 김수영의 시적 제스처에 휘말리게 된다. 실제로 '꽃이 열매의 상부에 피는 식물'이 무엇이며 과연 그것이 존재하는지 묻는 이들이 있었다. 그러면서 김수영이 모더니즘을 방법론적으로 수용하면서 시적 '장난'을 도입했으며 이 작품의 난해성은 모더니즘을 수용하는 과정 중에 벌어진 김수영의 혼란한 인식에서 비롯되었다고 해석하기도 했다. 그러나 이 구절의 정확한 뜻은 2행의 "너"가 누구냐는 추론에 따라 달라진다. 이 시의 제목은 '공자의 생활난'이다. 따라서 "너"나 "나" 중 누구는 공자일 수 있다. 아니면 역사적인 '공자의 생활난'을 빗대 작품을 구성했을 수도 있다.

여기서는 1연 2행의 "너"는 공자로 본다. 그리고 "꽃이 열매의 상부에" 핀 형상은 자연계의 현상이 아니라 일종의 관념의 구성물이다. 우리가 자연 현상에서 확인할 수 있듯이 꽃의 최종 지점은 바로 열매라는 사실이다. 따라서 "꽃이 열매의 상부에" 핀 형상은 꽃의 최종 지점인 열매를 넘어선 '다른 꽃'을 의미한다. 다시 말하면 최종 지점, 즉 한계를 돌파한 어떤 상태를 김수영은 "꽃이 열매의 상부에 피었을 때"라고 묘사했던 것이다.

들뢰즈는 이런 말을 한 적이 있다. "'끝에까지'라는 말은 여전히 어떤 한계를 정의한다고 말할 수 있을지 모른다. 그러나 여기서 한계, 즉 경계가 가리키는 것은 사물을 하나의 법칙 아래 묶어 두는 어떤 것도, 사물을 끝마치거나 분리하는 어떤 것도 아니다. 거꾸로 그것은 사물이 자신을 펼치고 자신의 모든 역량을 펼쳐가기 시작하는 출발점이다."(『차이와 반복』)

『논어』「옹야」편은 다음과 같은 공자의 말을 전한다. "아는 사람은 좋아하는 사람에게 못 미치고, 좋아하는 사람은 즐기는 사람에 못 미친다(知之者不如好之者, 好之者不如樂之者)." 우리는 2행의 "줄넘기 작란"을 일종의 '즐김(樂)' 혹은 '놀이'로 읽을 수 있다. 꽃의 최종 지점으로서의 "열매"라는 '한계'를 "사물이 자신을 펼치고 자신의 모든 역량을 펼쳐가기 시작하는 출발점"으로 삼는 것은 곧 "줄넘기 작란"과 같은 '즐김'을 통해서인데, 그것은 곧 4연에서 말하는 '사물을 바로 보기' 이후에야 가능하다. 따라서 '사물을 바로 보기'는 김수영에게 주어진 첫 번째 시인의 사명이 된다고 볼 수 있다.

니체는 『차라투스트라는 이렇게 말했다』에서 "정신의 세 단계 변화에 대하여 이야기"한다. 그것은 널리 알려진 대로, 낙타, 사자, 어린아이의 단계이다. 간략히 요약하면 "짐을 넉넉히 질 수 있는 정신"을 니체는 '낙타'로 비유하고, 존재의 짐을 지우려 하는 "신에게 대적하려 하며, 승리를 쟁취하기 위해 그 거대한 용과 일전을 벌이려" 하는 존재가 '사자'인데, 사자는 "새로운 창조를 위한 자유의 쟁취, 가치의 창조, 쟁취, 적어도 그것을 사자의 힘은 해낸다"고 말한다. 다음 단계가 '어린아이'이다. 어린아이는 "천진난만이요, 망각이며, 새로운 시작, 놀이, 스스로의 힘에 의해 돌아가는 바퀴, 최초의 운동, 거룩한 긍정이다." 그리고 "창조의 놀이를 위해서는 거룩한 긍정이 필요하다." 김수영이 아직 접해 보지 못한 니체의 정신을 자신도 모르게 선취했다고 말하려는 것이 아니다. 다만 이 '정신의 세 단계'가 「공자의 생활난」에 어른거리는 것을 느끼는 것은 순전히 독자의 자유이다. 김수영은 분명 "줄넘기 작란"을 말하고 있지 않은가?

다시 여기서 김상환의 말을 들어보자.

사물 자체에 또는 도(道)에 이르렀을 때, 삶은 그 현장성을 잃어버린다. 삶의 의미가 없어지는 것이다. "나는 죽을 것이다", 아침에 도를 들으면 저녁에 죽을 것이다. 이것이 우리에게 남은 공자의 말이고, 그것이 또한 김수영이 택한 삶의 여정이다. 완성된 시쓰기를 희구하는 김수영은 공자의 생활난이 자신의 것이 되리라 예감한다. 이 시는 그런 예감 안에서 시인이 갖게 된 공자와의 동지 의식을 표현하고 있다. 공자는 그의 "동무"인 것이다. 여기서 시쓰기의 완성과 공자의 구도(求道)

는 다르지 않다. 참된 시, 그 "발산하는 형상"은 아직 씌어지지 않았다. 씌어지지 않았고, 그것이 씌어졌을 때 시인은 죽을 것이다.(『풍자와 해탈 혹은 사랑과 죽음』)

여기서 한 가지 우리가 의문을 가질 수 있는 것은 과연 "발산하는 형상"을 단순히 시에 국한시킬 수 있는가, 하는 점이다. 또 이 작품이 말하고자 하는 것이 너무 추상적이어서 작품으로서는 미달이라는 일부의 평가에 이의를 제기하기 힘들 수도 있다.

아이러니하게도 이 작품을 시이게 하는 것은 2연과 3연이다. 먼저 2연에서 김수영은 1연에서 제기한 "꽃이 열매의 상부에 피었을 때" 같은 경지가 얼마나 힘들고 고통스러운 일인지 토로한다. 자신도 "발산한 형상을 구하였으나" 즉 "꽃이 열매의 상부에" 필 때를 구하였으나 "그것은 작전 같은 것이기에 어렵다"고 말한다. 여기서 눈여겨봐야 할 단어는 "작전"이다. 이 말은 곧 그만큼 치밀한 기획과 행동 그리고 용맹이 필요하다는 뜻이며, 우리는 이 "작전"을 김수영이 평생에 걸쳐 추구했다는 것을 확인하게 될 것이다.

3연에서는 그 '어려움'의 원인이 펼쳐지는데, 그것은 일종의 자기분열 때문이다. "국수"를 "마카로니"라고도 부를 수 있는 변화된 현실을 시적 자아는 혼란스러워하고 있다. 그런데 김수영은 "국수"를 먹기 쉽다고 말하면서 "마카로니"가 상징하는 (외래에서 수입된) 근대의 흐름에 거역하고 싶다는 의지를 내비친다. 비록 그것이 자신이 충동적으로 가진 "반란성" 때문일지는 모르지만 말이다.

4연에 와서야 김수영은 이 모든 것을 '제로(0)'에서 시작해야 한다는 현실인식에 도달한다. "사물과 사물의 생리와/사물의 수량과 한도와/사물의 우매와 사물의 명석성을" 바로 봐야 한다는 깨달음이 그것이다. 4연의 "동무"가 누군지는 명확치 않고 그리고 크게 중요하지도 않지만 김상환의 해석대로 "동무"를 공자로 봤을 때 이 작품은 조금 더 유기적인 구조를 갖는다. 이 작품의 내용을 산문적인 문장으로 풀어보면 이렇게 된다. "동무"(공자)처럼 "꽃이 열매의 상부에" 필 때 같은 "발산한 형상을 구하였으나" 나는 그 어려운 "작전"을 구사할 만큼 성장하지 못했다. 그래서 먼저 '사물을 바로 보기'부터 하겠다. "국수"와 "마카로니"가 공존할 수밖에 없는 나의 현실을 먼저 인식, 이해하겠다. 그런 다음 죽음이란 것도 받아들일 수 있는 게 아닐까?

김수영이 여기서 죽음을 언급한 것은 일종의 치기일 수도 있을 것이다. 하지만 청년 김수영은 태평양전쟁 때의 징집 위기나, 가족을 찾아 만주로의 떠남과 해방을 맞은 귀환, 그리고 해방공간에서 벌어진 이념적·정치적 혼돈을 겪으면서 죽음을 가체험했을 수도 있다. 그 내적 복잡함이야 우리가 쉬 넘겨짚을 수 없는 노릇이지만, 죽음이 곧 삶의 거울이라는 인식을 이미 가지고 있었던 듯하다.

「공자의 생활난」을 이렇게 해석했을 때,「묘정의 노래」에서 보여준 '가고 있는 시간'에 대한 슬픔의 정조가 「공자의 생활난」에 와서 어떤 도약을 보여주고 있음이 드러난다. 이 도약은 목숨을 건 도약이다. 마지막 5연을 한 행으로 맺은 것은 김수영 자신의 내면에 팽배한 어떤 의지를 분명하게 보여준다. 어쩌면 시를 쓴다는 일은 이런 내적인 목숨을 거는 일인지 모른다. 내적인 목숨을 건다는 것은, 기왕의 자신을 죽이면서 동시에 새로운 목숨을 싹틔우는 일이다. 이게 바로 "0에서 출발하거나 다시 시작하는 것"(들뢰즈)의 요체이다.

뱃전에 머리 대고 울던 것은 여인을 위해서가 아니다

"급작스럽게 조제남조(粗製濫造)한 히야까시 같은 작품"이라고 자학한 또 다른 작품인 「아메리카 타임지(誌)」에는 드물게 자신의 과거를 회고하는 구절들이 몇 등장한다. 1연 1~2행에서는 김수영의 만주 생활 흔적이 묻어 있다. 다만 "흘러가는 물결처럼 / 지나인(支那人)의 의복"이 다음 행인 "나는 또 하나의 해협을 찾았던 것이 어리석었다"와 어떻게 공명하는지 알 수 없지만 말이다. 하지만 "또 하나의 해협을 찾았던 것"과 2연 3행의 "나는 수없이 길을 걸어왔다"는 의미론적으로 조응하고 있다. 이 작품에서 가장 시적인 표현인 "그리하여 응결한 물이 떨어진다 / 바위를 문다"는 어쨌든 이 작품을 가까스로 유지시켜 주는 버팀목이며 동시에 "또 하나의 해협을 찾"으며 "수없이 길을" 걸어온 것에 대한 어떤 긍지를 표현한다. 평생에 걸쳐 김수영의 긍지는 현실과의 관계에서 발생된 설움이나 비애와 부딪쳤고, 이 부딪침을 통해 일어난 영혼의 방전 현상을 그는 시로 썼다.

> 기회와 유적 그리고 능금
> 올바로 정신을 가다듬으면서
> 나는 수없이 길을 걸어왔다
> 그리하여 응결한 물이 떨어진다
> 바위를 문다

—「아메리카 타임지」부분

문제는 3연의 "와사(瓦斯)의 정치가여" 이하이다. "와사(瓦斯)"는 가스(gas)의 일본식 표기라는데 이 뜬금없는 문구는 읽기에 혼란을 가져온다. 더군다나 "와사(瓦斯)의 정치가"는 "활자처럼 고웁다". 이 작품을 쓰던 "해방 후의 혼란기"는 그의 "텐더 포인트"

였던 것을 감안하면 그 "혼란기"에 대한 통칭으로 "와사(瓦斯)의 정치가"를 쓴 게 아닌가도 싶다. 김수영의 시에는 적을 친구로 돌리는 역설의 한 수가 자주 숨어 있는 점을 감안해서 읽으면 "와사(瓦斯)의 정치가여 / 너는 활자처럼 곱다"를 전혀 이해 못 할 것도 없다.

최하림에 의하면, "김수영이 일본으로 간 것은, 집안에서는 '유학' 때문만이 아니라 그가 처음으로 열렬히 사랑했던 고인숙을 따라간 면이 클 것이라고 보고 있다. 특히 그렇게 생각한 이는 (김수영의) 노모다. 아들의 마음과 성미를 잘 아는 노모는 경성제대나 연희전문, 보성전문이 마음에 들지 않아서라고 하기보다는 그의 가슴을 뜨겁게 태웠던 그의 사랑이 그를 충동하고 유인했을 것이라는 것이다". 사랑의 결과가 어찌 되었는지는 자세히 알려지지 않았지만 "시인의 노모가 막연하게 '그 사람이 마음의 상처를 입었던 것 같애'라고 한 말로 미루어, 순탄치 못했으리라 짐작될 뿐이다". 첫사랑에 대한 감정은, 평전에 의하면, 제법 길게 지속되었다. 또 1953년에 쓴 「낙타 과음」이란 산문의 "지금 내가 앉아 있는 창밖에는 희고 노란빛을 띤 낙타산이 바라보인다"라는 문장에는 다음과 같은 부기가 붙어 있다.

　낙타산은 나와는 인연이 두터운 곳이다. 낙타산 밑에서 사권 소녀가 있었다. 나는 그 소녀를 따라서 지금으로부터 약 10

년 전에 동경으로 갔었다. 내가 동경으로 가서 얼마 아니 되어 그 여자는 서울로 다시 돌아왔고, 내가 오랜 방랑을 끝마치고 서울로 돌아왔을 때 그는 미국으로 가 버렸다. 지금 그 여자는 미국 태평양 연안의 어느 대도시에서 결혼 생활을 하고 있다. 영원히 이곳에는 돌아오지 않겠다는 편지가 그의 오빠에게로 왔다 한다. 나와 그 여자의 오빠는 죽마지우이다.

최하림은 그 여성은 바로 고인숙이고, 고인숙의 오빠는 김수영의 "죽마지우"인 고광호라고 했다. 또 "그 뒤 김수영이 여러 여성들과 사랑을 나누었음에도 고인숙을 잊지 못했"다고 한다. 김수영의 첫사랑은 「아메리카 타임지」를 쓰던 순간에도 그의 가슴에서 일렁이고 있었던 것 같다. 이 같은 전기적 사실을 감안하면 3연의 "내가 옛날 아메리카에서 돌아오던 길 / 뱃전에 머리 대고 울던 것은 여인을 위해서가 아니다"가 어떻게 나왔는지 유추 가능하다. "뱃전에 머리 대고 울던 것은 여인을 위해서가 아니다"는 구절에는 사랑의 파토스를 드러냄과 동시에 자신의 삶을 그 파토스 아래에 꿇어앉히지 않겠다는 의지도 엿보인다.

여기서 우리는 "아메리카에서 돌아오던 길"에 주목할 필요가 있다. 당연히 김수영이 "아메리카"에 간 적은 없다. "아메리카"는, 해방 이후 일제가 이식한 근대와 '다른' 근대, 즉 '아메리카식' 근대를 표상하며, 이 당시 김수영은 이 '아메리카식' 근대와 자신의 '뿌리'를 형성한 근대 이전의 시간 사이에서 힘겨운 길을 모색하고 있었던 것 같다. 4연에서 "오늘 또 활자를 본다 / 한없이 긴 활자의 연속을 보고 / 와사의 정치가들을 응시한다"는 바로 그 점을 암시하고 있다.

　이 같은 정서는 같은 해에 쓴 「가까이할 수 없는 서적」에서도 드러난다. 김수영에게 모더니즘은 문학에만 해당되는 것이 아니라 삶과 관계되는 것이었다. 더불어 그것은 열렬히 추구해야 할 이념도 아니었다. 오로지 그것은 현실이었던 것이다. 「연극하다가 시로 전향 ― 나의 처녀작」에서 고백했듯 박인환이 『새로운 도시와 시민들의 합창』을 계획했을 때 김수영도 김병욱과 함께 참여하려고 했다가 김경린과 김병욱 사이에 "헤게모니 다툼으로 병욱은 빠지게" 된 틈을 타 자신도 하차하게 되는데, 무엇보다도 박인환의 "모더니즘을 벌써부터 불신하고 있던" 차라고 분명히 적었다. 이 말은 일찍부터 김수영이 모더니즘을 어떻게 인식하고 있었는지 증언해준다. 김수영에게 모더니즘, 그리고 근대는 가까이할 수도 없고 멀리할 수도 없는 엄연한 삶의 현실이었던 것이다.

　　가까이할 수 없는 서적이 있다

　　이것은 먼 바다를 건너온

　　용이하게 찾아갈 수 없는 나라에서 온 것이다

주변 없는 사람이 만져서는 아니 될 책

만지면은 죽어 버릴 듯 말 듯 되는 책

—「가까이할 수 없는 서적」부분

그것은 "용이하게" 접근할 수 없는 무엇이지만 그렇다고 모르
쇠할 수도 없는 현실이었다. 이 시에서 김수영이 "주변 없는 사
람이 만져서는 아니" 된다고 말할 때, 거기에는 박인환, 김경린처
럼 모더니즘을 단순한 외적 양식으로 인식해서는 안 된다는 비판
이 숨어 있기도 하고, 한편으로는 자신도 아직 준비되지 않았다
는 고백이 되기도 한다. 그 책은 "캘리포니아라는 곳에서 온 것만
은" 확실하다. (「아메리카 타임지」에서 말한 "아메리카"가 여기에서는
"캘리포니아"로 등장한다.) 이렇게 김수영이 모더니즘을 '아메리
카 문명'으로 인식한 것은, 해방 공간의 역사적 상황과 긴밀히 연
결되어 있다. 일제 식민지 당국이 물러가고 미군정이 들어선 사
실은 곧 미국의 문물과 문화가 이 땅의 곳곳에 침투하기 시작했
다는 말과 같은 뜻이다. 미국 문물과 문화에 대한 예민한 비판 의
식은 아마 이때 형성되었을 가능성이 높다. '아메리카 문명'이 이
땅의 현실이 되어가고 있는 것을 김수영은 "치욕"이라고 느낀 것
같다.

김수영의 '아메리카 문명'에 대한 비판적 인식은 한순간의 정

서가 아니다. 훗날의 일이지만 대한민국 근현대 시사에서 전무후무한 욕설이 등장하는 「거대한 뿌리」에서도 그것은 드러나고, 1963년에 쓴 「물부리」란 산문에서도 "시단에서까지도 외국에나 갔다 온 영어 나부랭이나 씨부리는 시인에게는 점수가 후하다"며 '아메리카 문명'에 대한 식민지적 근성을 비아냥대기도 했다.

「가까이할 수 없는 서적」에서 "생활의 곤핍함 속에서 '먼 바다를 건너온' 서적을 멀리서 바라보는, 즉 새로운 세계의 문턱에서 머뭇거리는 자아"를 읽은 김명인은 "'바로 봄'을 방해하는 것은 생활이다"고 말하지만, 유감스럽게도 「가까이할 수 없는 서적」에서는 그것에 대한 물증이 없다. 김수영의 시적 인식이 실천적 인식으로까지 나아가지 못하고 실천에 대한 무능으로 인해 시적 기투(企投)에 국한된 면은 분명 있지만, 이 사실이 김수영의 시가 소시민적이라는 결정적 증거는 되지 못한다. 도리어 김수영은 자기를 옭죄는 소시민적 중력과 평생 육박전을 벌인 시인에 해당한다. 그의 시는 그 육박전의 기록에 다름 아니다.

아무튼 김수영은 시대가 강요하는 "치욕"을 감내하면서 그 "치욕"에 매혹되기도 했다. 그래서 "어린 동생들과의 잡담도 마치고 / 오늘도 어제와 같이 괴로운 잠을 / 이루울 준비를 해야 할 이 시간에 / 괴로움도 모르고 / 나는 이 책을 멀리 보고 있다". 여기서 핵심은 '멀리 보다'라는 상태이다. 보긴 보는데, 가까이서 보지 않고 '멀리서' 본다. 김수영에게는 "이 책"을 멀리서 보는 것이 그나마 "바로 보마"(「공자의 생활난」)의 실천이었던 것이다.

괴로움도 모르고 보고 있다가 다시 "나는 괴롭다". 이 모순된 상황을 "이를 깨물고" 사는 일에서 김수영의 모더니즘은 출발한다. 여기서 다시 "이를 깨물고 있네!"에 주목할 필요가 있는데, 느낌표까지 붙일 정도로 강조를 한 것은, 이 이중 상황에 대한 괴로움이 그만큼 컸기 때문일 것이다. 가까이해서도 안 되는데 그러면 그럴수록 자신이 매혹되고 있는 솔직한 심정이 "이를 깨물고 있네!"에 고스란히 담겨 있는 것이다.

그러면서 마지막 결구는 반복으로 채워진다. "가까이할 수 없는 서적이여 / 가까이할 수 없는 서적이여". 여기에서도 매혹되지만 저어하는 이중 정서가 담겨 있다. 변주 없는 반복은 그게 단순한 나열이 아니라면, 시적 화자의 딜레마를 드러내는 데 유용하다. 이렇게 1947년에 생산된 김수영의 작품들은 "아메리카"로 표상되는 근대의 문물과 문화 앞에서 분열을 앓고 있었다. 시간의 불가역성을 그가 모를 리는 없지만 그렇다고 해서 미국이라는 타자를 통한 '새로운' 시간도 섣불리 받아들일 수 없었던 것이다. 사실 시란 것은, 이 불가역적인 크로노스의 시간 속에서 다른 시간을 상상하며 창조하는 일을 제 사명으로 한다. 이때 시인이 먼저 체험해야 할 시간은 아이온의 시간이다. 크로노스의 시간을 분절하여 아이온의 시간, 즉 크로노스의 시간을 발생시키는 내재적 평면으로서의 시간을 감득하는 것이 무엇보다 중요하다.

이 문제는 김수영 시의 심층에 깔린 바탕을 더듬어야 '간신히' 파악할 수 있지만, 무엇보다 먼저 감안해야 할 것은 김수영의 '텐더 포인트'가 해방 공간의 혼란기에 의해 생겼다는 사실이다. 김수영의 작품을 구체적인 현실, 또는 정치적 상황과 떼어서 살피는 일은 불가능하다. 물론 여기서 말하는 정치는 단순한 현실정치만을 의미하는 것은 아니다. 뒤에서 살펴보겠지만 정치에 대한 직접적인 발언은 4·19혁명 직후부터 5·16쿠데타 직전까지 집중되긴 한다.

멈추지 않는 비참

김수영은 지금껏 살핀 네 작품 외에도 한국전쟁이 벌어지기 전까지 「이[蝨]」, 「웃음」, 「토끼」, 「아버지의 사진」, 「아침의 유혹」을 남겼다. 「연극하다가 시로 전향 — 나의 처녀작」에 의하면 「거리」라는 시도 이즈음에 쓴 것으로 보이는데 원문은 없고 김수영이 기억나는 부분만 기록해 놨다. 「거리」에 대해서 김수영은 "리얼리스틱한 우수한 작품"이라 자평하면서 "나의 유일한 연애시이며 나의 마지막 낭만시이며 동시에 나의 실질적인 처녀작이다"고 고백했다. 이 작품에 대한 자신의 애정(?)을 입증하려는 듯이 김수영은 제법 상세하게 「거리」가 창작된 계기와 거기에 달린 에피소드를 남겨 놓았다.

「이」에서 김수영은 "이"라는 기생충을 통해 전통 사회와 근대 사이에 낀 자신의 자아를 드러낸다. 자신은 "한번도 이[蝨]를 / 보지 못한 사람"이라고 규정하지만 "어두운 옷 속에서만 / 이는 사람을 부르고 / 사람을 울린다"고 말한다. 마지막 연에서는 "이"가 "어제의 물처럼 / 걸어나온다"면서 "이"가 상징하는 과거의 시간이 자신의 삶에서 떨어지지 않고 있음을 고백하는데, 앞에서 말했듯이 과거에 대한 이 예민한 자의식은 역으로 해방 이후 벌어진 혼란스런 상황과 드라마틱한 변화가 더 강제했을 수도 있다. 새로운 현실 앞에서 혼란스러운 자아는 곧잘 지나온 길을 돌아보기 마련 아닌가?

「웃음」에서는 "웃음은 자기 자신이 만드는 것이라면 그것은 얼마나 서러운 것일까"라고 말한다. 현실과 무관한 "웃음"은 단순한 자기위로에 지나지 않는다는 이 말은, 도대체 웃음 같은 것은 선물하지 않는 현실에 대한 반어인 동시에 자기풍자이기도 하다. 웃음은 자기원인이 아니라 외부의 작용에 의한 긍정적인 감정 상태에서 일어난다. 이런 인식은 마지막 연에서 끝내 "나는 내 가슴에 / 또 하나의 종지부를 찍어야 합니다"고 말하게 한다. 물론 여기서 "종지부"는 이쪽 시간과 저쪽 시간 사이에서 분열된 자신을 다잡으려는 의지이지 실질적인 양자택일을 뜻하는 것은 아니다.

「토끼」에서는 이런 구절도 보인다. "몽매와 연령이 언제 그에게／나타날는지 모르는 까닭에／잠시 그는 별과 또 하나의 것을 처다보고 있어야 하는 것이다／또 하나의 것이란 우리의 육안에는 보이지 않는 곡선 같은 것일까". "또 하나의 것"은 아직 자신의 "육안에는 보이지 않는 곡선 같은 것"일지도 모른다는 진술은 꽤나 의미심장하다.

"육안에는 보이지 않는" "또 하나의 것"에 대한 태도가 단지 제스처가 아닌 것은 "또 하나의 것"을 "별과" 함께 보겠다는 대목에서 드러난다. 언제나 김수영의 모험과 도약은 내적인 싸움을 동반했는데, 여기에서도 그것은 뭉클하게 도드라진다. 물론 시에 암시적으로 드러난 표현을 가지고 섣불리 그것이 무엇인지 단정하는 것은 위험한 일이다. 하지만, 시를 읽을 때에도 속된 호기심은 멈추지 않는데, "별"은 무엇을 가리킬까? 이것은 일종의 '이념'은 아닐까? 당연히 여기서 '이념'은 형해화한 도그마나 이데올로기와는 거리가 멀다. 도리어 이념은, 칸트적 의미에서 "참된 문제들을 구성하거나 정당한 근거를 지닌 문제들을 제기한다". 그리고 "칸트가 종종 언급하는 바에 따르면, 이념들은 '해답 없는 문제들'이다. 이는 이념들이 필연적으로 어떤 거짓 문제들이고, 따라서 해결 불가능한 문제들임을 뜻하는 것은 아니다. 오히려 거꾸로 그것은 참된 문제들이야말로 이념들이고, 이런 이념들 '자체'는 해결된다고 해서 제거되는 것이 아님을 말한다".(들뢰즈)

다시 말하면, 이념은 세상을 인식하는 일종의 틀이나 현실을 해석하는 번역기가 아니라 김수영이 「공자의 생활난」에서 말한 '바로 보기'의 계속적인 이행에 다름 아니다. '바로 보기'는 사건과 대상을 틀 안에서 파악하는 것이 아니라 그 변화와 운동까지 포괄적으로 보는 행위이며 '바로 보기' 자체가 운동이다. 그러나 현재 김수영은 "바로 보마"라고 선언한 후, "바로 보마"의 실천적 층위를 획득하지 못한 상태이다. 어쩌면 '바로 보기'를 몸으로 득하는 순간이 "육안에는 보이지 않는" "또 하나의 것"이고 "별"은 아닐까? "곡선 같은 것"은 그 순간이 명징한 무엇이 아니라는 뜻도 되지만, 우리가 목적론적으로 파악할 수 있는 것도 아니라는 은유일 수도 있다. 어떻게 보면 김수영의 시 전체는 바로 이 '이념'에 대한 그치지 않는 고투일 것이다. '바로 보기'의 부단한 이행, 그리고 운동 그 자체로서의 '바로 보기'가 "영원히 나 자신을 고쳐 가야 할 운명과 사명"으로 변주된다.

그런데 이 "육안에는 보이지 않는" "또 하나의 것"이 명징하지 않은 "곡선 같은 것"이란 사실은 김수영에게 "비참"을 가지게 한다. 「아버지의 사진」에서 그는 "육안에는 보이지 않는" "또 하나의 것"에 이르지 못하는 자신을 책망하면서 한 발 더 나아가 다른 짐을 자청하고 나서는데, 그것은 바로 아버지를 통해 어렴풋이 알게 되는 역사이다.

아버지의 사진을 보지 않아도

비참은 일찍이 있었던 것

돌아가신 아버지의 사진에는

안경이 걸려 있고

내가 떳떳이 내다볼 수 없는 현실처럼

그의 눈은 깊이 파지어서

그래도 그것은

돌아가신 그날의 푸른 눈은 아니오

—「아버지의 사진」 부분

　김수영이 느낀 "비참"은 아버지에게서 자신으로 면면히 이어지는 역사적 시간이 남긴 "비참"이다. 최하림이 재구성해 놓은 장면, 즉 동경에서 서울로 돌아왔다, 가족을 따라 만주로 가는 장면은, 청년 김수영을 이해하기 위해 음미해볼 만한 대목이다.

　김수영이 어머니를 따라 북행열차를 탄 것은 그해(1944년—인용자) 겨울 밤 9시, 압록강 철교를 건넌 것은 다음날 새벽 5, 6시경이었다. 서서히 떠오르는 아침 해와 함께 광대무변한 들녘이 눈앞에 다가왔다. 우리나라와도 다르고 일본과도 다른 그 풍경을 접하면서, 김수영의 마음속에는 단순한 절망이라 하기 어렵고, 불안 초조 기대라고 하기도 어려운 복잡한 감정이 꿈틀거렸다. 저것은 무엇이냐, 저 광대무변한 것은 무엇이냐, 저것이 나냐, 세계냐, 신이냐, 김수영은 마음속 깊은 곳으로부터 고개를 들고 일어나는 소리를 들으면서 북으로 북으로 달렸다. 열차는 힘찬 기적을 울리면서 달렸다. 파도와 같은 감정이 고개를 숙이고 사라지는 듯싶더니 다시 고개를 들고 일어났다. 이번에는 일본제국주의에 대한 분노가 끓어올랐다. 이전에는 그다지 경험해 보지 못한 것이었다. 그는 일제의 조선 강점과 지배를 별로 생각해 본 적이 없었다. '강점'과 '지배'를 차창의 풍경처럼 스쳐 지나갔다고 할 수도 있었다. 그러나 남만주 벌판을 달리는 열차 속에서 그는 조선이 망했다는 것, 그의 집안이 망했다는 것, 그리고 징집을 피해 자신이 동경을 탈출했으며, 현재는 만주로 가고 있으며, 그의 집안도 만주로 가서 살지 않으면 안 되었다는 것이 일본제국주의 침략야욕 때문이라는 것을 한꺼번에 되씹게 되었다.

이러한 경험들이 어떻게 "비참"이라는 수동적 정서를 만들지 않을 수 있겠는가. 따라서 "아버지의 사진을 보지 않아도/비참은 일찍이 있었"다고 말할 때, 그 "비참"은 김수영 자신의 경험과 아버지의 경험을 통해 만들어진 정서인 것이다. "아버지의 사진을 보지 **않아도**"(강조—인용자), 즉 이 '~하지 않아도'는 아버지와 공유하고 있는 경험 혹은 정서를 드러낸다. 그런데 이 작품에서 김수영은 "그의 얼굴을 따라/왜 이리 조바심"이 나는지 모르겠다고 한다. 자신의 "비참"을 통해 "아버지"가 겪었을 "비참"도 그는 알고 있지만 "조바심"으로는 아무것도 할 수 없는 건 어제오늘만의 이치가 아니다.

"조바심도 습관이 되고/그의 얼굴도 습관이" 될 뿐이다. 심지어 "나의 무리하는 생"은 "그의 사진도 무리가 아닐 수 없"게 만든다. 이 말은 아버지의 시간과 나의 시간은 깊이 이어져 있다는 것을 암시하며, 내가 무리하면 아버지의 시간도 무리가 된다는, 과거 역사는 현재의 삶이 결정하는 것일지 모른다는, 번뜩이는 인식을 보여준다. 그리고 "조바심"을 통한 "무리"는 "아버지"의 삶도 결국 "나의 팔이 될 수 없는 비참"으로 다시 굴러떨어지게 할 수 있다. "편력의 역사", 다시 말하면 이념은 존재하지 않은 채 부유하는 역사를 "재차는 다시 보지 않을" 기회를 잃어버리게 된다. 김수영이 "재차는 다시 보지 않을 편력의 역사" 다음에 말줄임표(……)를 쓴 것은 그도 아직 그 이상을 알지 못하기 때문이다. 즉 "또 하나의 것"은 아직 "우리의 육안에는 보이지 않는 곡선 같은 것"이기 때문이다.

다시 말하자면 김수영이 말하는 "비참"은 자신이 "떳떳이 내다볼 수 없는 현실"에 기인하며, 「아버지의 사진」은 아마도 부친의 죽음(「아버지의 사진」은 1949년 작인데, 1949년은 그의 부친이 숨진 해이다)을 생각하며 아버지가 산 비참한 시간을 자신이 이어받고 있다는 역사에 대한 인식을 표현한 작품이다. "그의 사진"이, 즉 아버지란 존재가 이제 "또 하나 나의 팔이 될 수 없는" 것이라고 할 때, 이제부터 "비참"은 자신의 몫이라고 느꼈던 것이다. 분명 그는 집안의 맏이로서 무게를 느꼈을 것이고 그것은 우리가 경험으로 충분히 수긍할 수 있다. 하지만 김수영은 그것을 역사의 무게에 포개면서 인식의 지평을 넓히려는, 그 성과와는 상관없이, 시도를 하고 있다. 역사에 대한 예민한 인식은 이미 이때부터 시작되었다고 말하면 지나친 것일까?

그런데 얼마 안 가, 김수영이 돌아가신 아버지의 사진을 보며 느낀 비참은 강력한 현실이 되어 밀어닥쳤다. 어쩌면 그가 느낀 비참은 그가 살았던 "떳떳이 내다볼 수 없는 현실"의 기저에 흐르고 있었는지도 모른다.

1950년 6월 25일, 한국전쟁이 터진 것이다!

전쟁의

폐허 위에서

팽이가 돈다,
마치 별세계처럼……

전쟁이 끝나고 김수영이 처음 쓴 시는 「달나라의 장난」이다. 「조국에 돌아오신 상병포로 동지들에게」는 1953년 5월 5일에 쓴 미발표작이며 「달나라의 장난」은 1953년 《자유세계》 4월호에 발표되었다. 그렇다면 「달나라의 장난」은 1953년 4월 이전에 씌어졌다는 말이 된다.

팽이가 돈다
어린아해이고 어른이고 살아가는 것이 신기로워
물끄러미 보고 있기를 좋아하는 나의 너무 큰 눈 앞에서
아이가 팽이를 돌린다
살림을 사는 아해들도 아름다웁듯이

노는 아해도 아름다워 보인다고 생각하면서

손님으로 온 나는 이 집 주인과의 이야기도 잊어버리고

또 한번 팽이를 돌려 주었으면 하고 원하는 것이다

도회 안에서 쫓겨 다니는 듯이 사는

나의 일이며

어느 소설보다도 신기로운 나의 생활이며

모두 다 내던지고

점잖이 앉은 나의 나이와 나이가 준 나의 무게를 생각하면서

정말 속임 없는 눈으로

지금 팽이가 도는 것을 본다

그러면 팽이가 까맣게 변하여 서서 있는 것이다

누구 집을 가 보아도 나 사는 곳보다는 여유가 있고

바쁘지도 않으니

마치 별세계같이 보인다

팽이가 돈다

팽이가 돈다

팽이 밑바닥에 끈을 돌려 매이니 이상하고

손가락 사이에 끈을 한끝 잡고 방바닥에 내어던지니

소리 없이 회색빛으로 도는 것이

오래 보지 못한 달나라의 장난 같다

팽이가 돈다

팽이가 돌면서 나를 울린다

제트기 벽화 밑의 나보다 더 뚱뚱한 주인 앞에서

나는 결코 울어야 할 사람은 아니며

영원히 나 자신을 고쳐 가야 할 운명과 사명에 놓여 있는 이
밤에

나는 한사코 방심조차 하여서는 아니 될 터인데

팽이는 나를 비웃는 듯이 돌고 있다

비행기 프로펠러보다는 팽이가 기억이 멀고

강한 것보다는 약한 것이 더 많은 나의 착한 마음이기에

팽이는 지금 수천 년 전의 성인과 같이

내 앞에서 돈다

생각하면 서러운 것인데

너도 나도 스스로 도는 힘을 위하여

공통된 그 무엇을 위하여 울어서는 아니 된다는 듯이

서서 돌고 있는 것인가

팽이가 돈다

팽이가 돈다

―「달나라의 장난」 전문

김수영은 1959년이 되어서야 첫 시집을 발간하지만, 1968년

에 불의의 죽음을 당하기까지 다시 시집을 발간하지 않았다. 그리고 1974년에 시선집 형식으로 『거대한 뿌리』가 나왔으니 그는 생전에 딱 한 권의 시집을 낸 것이 된다. 그 첫 시집의 제목이 '달나라의 장난'이다. 1959년 당시 시집의 제목을 정할 때 어떤 문화적 흐름이 토대가 되었는지 잘 알지는 못하나 오늘날의 관점에서 보면 표제작을 「달나라의 장난」으로 삼은 것은 작지 않은 의미를 갖는다.

강신주는 『김수영을 위하여』에서 "공통된 그 무엇을 위하여 울어서는 아니 된다는 듯이"의 "공통된 그 무엇"을 인식의 일반성/상투성으로 읽었고, 김유중도 『김수영과 하이데거』에서 "일상성이 가지는 무반성적이고 반복적인 메커니즘에 대해 정식으로 비판을 제기"했다고 읽었다. 즉 "여기서 문제의 핵심은 팽이이다. 줄을 감아 던지기만 하면 내버려두어도 저 혼자 도는 팽이의 비애는 그만 돌고 싶어도 스스로는 절대 멈출 수 없다는 데 있다"는 것이다.

하지만 두 사람이 읽은 「달나라의 장난」은 '나의 설움'을 간과한 오독이다. 또 "공통된 그 무엇"의 대립항으로 "영원히 나 자신을 고쳐 가야 할 운명과 사명"이라는 구절을 놓고 접근한 탓에 이 시가 갖는 풍부함을 평면적으로 마름질하고 말았다. 강신주는 김수영 시를 일반성/독특성이라는 개념으로, 김유중은 하이데거의 존재론으로 김수영 시를 연역함으로써 도달한 논리적인 결론

일 뿐이다. 이 작품에서 먼저 주목해야 할 부분은 시적 화자의 어떤 처지이다.

조금 더 산문적으로 시를 풀어보면, "나"는 볼 일이 있어서 어느 집을 방문했는데 거기서 뜻하지 않게 그 집 마당에서 어린이가 팽이를 솜씨 있게 돌리는 것을 목격하게 된다. 그리고 "나"는 팽이를 돌리면서 "노는 아해"의 행위와 도는 팽이가 신기해 "정말 속임 없는 눈으로／지금 팽이가 도는 것을 본다". "나"에게는 "아해"의 팽이 돌리기 놀이도, 그리고 "까맣게 변하여 서서" 도는 팽이도 신기로울 뿐이다. 왜냐하면 팽이를 돌리는 "어린아해"와 도는 팽이가 보여주는 것은 "나"가 처한 현실을 초월한 "별세계" 같기 때문이다. 동시에 시적 화자는 지금 자신도 모르게 그 "별세계"에 빠져들고 있는 중인데, 이것은 일종의 도피이면서 궁극적 세계에 대한 동경으로도 읽힌다.

유심히 보아야 할 것은 이 작품에 이야기성을 부여해 주는 다음과 같은 구절들이다. "손님으로 온 나는 이 집 주인과의 이야기", "어느 소설보다도 신기로운 나의 생활", "누구 집을 가 보아도 나 사는 곳보다는 여유가 있고", "제트기 벽화 밑의 나보다 더 뚱뚱한 주인 앞" 등등. 조금 더 추측을 밀고 나가면 이 작품의 "나"는 지금 어떤 사람에게 꺼내기 힘든 어떤 말(혹은 부탁)을 하러 왔다. 그런데 차마 그 말이 떨어지지는 않고 대신 "노는 아해"가 돌리고 있는 팽이가 만들어내는 어떤 환영 속으로 자신도 모

르게 빠져들어 가고 있거나 혹은 빠져들고 싶은 심리를 드러내고
있다.

1953년이면 김수영이 포로수용소에서 석방된 다음 해이고, 자
신이 죽은 줄 알고 친구와 살림을 차린 "부실한 처"(「조국에 돌아
오신 상병포로 동지들에게」)를 기다리고 있던 시절이다. 전쟁으로
인해 생활은 궁핍했을 테고, 두 동생은 전장에 끌려가 아직 돌아
오지 못한 상태였다. 여기서 "나"가 "이 집 주인"에게 무슨 용무
가 있어서 왔는지 그 구체적 사실은 중요하지 않다. 이 시에서 중
요한 것은 "나"의 설움이다. 어쩐지 자신만큼 궁핍하고 서러운
삶은 없을 것 같은 나르시시즘에 휩싸이는데 이것은 충분히 있
을 수 있는 심리 상태이다. 그런데 그런 자신의 현실과는 상관없
이 "노는 아해"가 돌린 팽이는 마치 "달나라의 장난" 같은 것이
다. 하지만 "나"는 도는 팽이가 연출하는 "별세계"가 자신의 현실
이 아닌 것을 당연히 인지하고 있다. 차라리 그 "별세계"가 현실
이 될 수 없는 상황이 서러웠을지도 모른다. 그래서 "팽이가 돌
면서 나를 울린다". "나는 결코 울어야 할 사람은 아니며" 도리어
"영원히 나 자신을 고쳐 가야 할 운명과 사명"을 가진 사람(이라
고 다짐하고 있는 중)인데, 주어진 현실은 "나"를 서럽게 하는 것들
뿐이다. "영원히 나 자신을 고쳐 가야 할 운명과 사명"은 평생 동
안 김수영이 언제든 자기 자신에게 내려치는 채찍이었음은 주지
의 사실이다. 이미 「공자의 생활난」에서 "동무여 이제 나는 바로

보마/사물과 사물의 생리와/사물의 수량과 한도와/사물의 우매와 명석성을//그리고 나는 죽을 것이다"라고 말한 적이 있지 않은가.

"팽이가 돌면서 나를" 울리는 것은 "제트기 벽화 밑의 나보다 더 뚱뚱한 주인 앞"이라는 구체적인 상황과 직접적으로 연관돼 있다. 다시 말하면 "나"는 "영원히 나 자신을 고쳐 가야 할 운명과 사명"을 가졌기에 "한사코 방심조차 하여서는 아니 될 터인데" 자신의 처지를 말(부탁)해야 할 사람 앞에서 느낀 비참이 그를 비웃고 있는 것이다. 그것을 김수영은 팽이가 돌면서 자기를 비웃고 있다고 돌려 말한다.

강신주와 김유중이 오독한 "공통된 그 무엇을 위하여 울어서는 아니 된다는 듯이"에서는 "듯이"에 주의해야 한다. "듯이"는 이 앞인 "팽이는 나를 비웃는 듯이"에서 확인할 수 있듯, 현실에서 자꾸 "나"를 유리시키려는 것처럼 돌고 있는 것이다. "팽이"가 만들어내는 "오래 보지 못한 달나라의 장난"에 대비된 현실은 너무 누추하기에, 차라리 "너도 나도 스스로 도는 힘을 위하여/공통된 그 무엇을 위하여 울어서는 아니 된다는 **듯이**(강조—인용자)/서서 돌고 있는 것"처럼 보인다. 그러니까 지금 팽이는 "공통된 그 무엇을 위하여" 울지 마라는 '환영'을 만들어내고 있다. 그것은 "나"의 "영원히 나 자신을 고쳐 가야 할 운명과 사명"마저 "비웃는" 중이다. '도는 팽이'를 통해 김수영은 자신이 속한 현실에 대한 비감(悲感)을 보여주는 동시에 '도는 팽이'가 순간적으로 보여주는 "별세계"에 잠깐 심취해본 것이다.

다르게 말하면 이 작품에서 김수영의 시가 궁극적으로 가닿고 싶은 시간, 크로노스의 시간 안에 잠재되어 있는 다른 시간을 본능적으로 직관하고 있었음이 드러난다. 그런데 그것은 어떻게 가능했을까? 그것은 바로 "정말 속임 없는 눈으로" 봤기 때문이다. 이 '바로 보기', "속임 없는 눈"은 단순한 윤리적 관점을 말하는 것이 아니다. 움직이는 현실을 어떤 규정과 틀로 해석하지 않으려는 김수영의 리얼리스트적 면모를 보여주는 동시에, 평생에 걸쳐 추구되는 그만의 '규제적 이념'을 표상하고 있다.

진정한 자유의 노래를 향하여

김수영은 전쟁이 나던 1950년 4월에 김현경과 결혼을 했다. 신접살림은 서울의 돈암동에서 시작했다. 전쟁 후 인민군에 점령된 서울에서는 인민위원회, 청년동맹, 여성동맹 등이 구성되었다. 서울을 떠나지 않은 김수영은 문학가동맹 문우들과 함께 종군작가단에 참여하도록 되었으나 자신도 모르는 사이에 의용군으로 편성돼 있었다. 김수영이 속한 의용군은 서울을 떠난 지 7,

8일 뒤 평안남도 개천에 도착했다. 행군 도중 여러 차례 미군의 공습이 있었다. 그리고 북에서 만난 사람들의 모습은 전쟁 중이어서 그런지 말이 아니었다.

미완인 자전적 소설 「의용군」에서도 잠시 언급되지만, 김수영은 임화를 깊이 경외하고 있었다. 또 그를 통해 사회주의에 호감을 품고 있었던 듯하다. 하지만 전쟁 체험을 통해 사회주의에 대한 호감이 많이 훼손되었을 것이다. 그래도 김수영은 윤리적 이념으로서 사회주의를 포기한 것 같지는 않다. 이는, 특히 뒤에 살펴보겠지만, 4·19혁명 이후에 쓴 일기에서 그 단면을 확인할 수 있다. 아무튼 김수영이 속한 의용군 부대는 개천에서 북쪽으로 7킬로미터쯤 떨어진 훈련장에 배속되었다. 이 시절에 대한 회고로는 「조국에 돌아오신 상병포로 동지들에게」에 한 구절이 있다. "내가 6·25 후에 개천(价川) 야영훈련소에서 받은 말할 수 없는 학대를 생각한다".

유엔군이 인천상륙작전에 성공한 후 전세는 인민군에게 크게 불리하게 돌아갔다. 10월 20일 평양 공격을 감행한 한국군이 평양을 점령하고 의용군 대열이 지리멸렬한 틈을 타 김수영은 탈출을 감행했다. 김수영은 민가에 가서 헌 옷들을 얻어 입은 다음 소련 군복과 총을 야산에 묻고 남쪽으로 뛰었다. 그러나 그는 곧 북한의 내무성 군인들에게 붙들려 끌려갔다. 이 일에 대해서도 김수영은 「조국에 돌아오신 상병포로 동지들에게」에 기록을 남겼다. "북원 훈련소를 탈출하여 순천 읍내까지도 가지 못하고 / 악귀의 눈동자보다도 더 어둡고 무서운 밤에 중서면 내무성군대에게 체포된 일을 생각한다 / 그리하여 달아나오던 날 새벽에 파묻었던 총과 러시아 군복을 사흘을 걸려서 찾아내고 겨우 총살을 면하던 꿈같은 일을 생각한다".

즉 북한의 내무성 군인들에게 한국군이거나 미군 앞잡이로 오인되어 죽음을 당하기 직전에, 버려서 파묻었던 인민군 군복과 총을 사흘에 걸쳐 찾아내 가까스로 신원을 증명하고 살아남은 것이다. 우여곡절 끝에 김수영은 서울에 도착하게 되었는데, 개성 근교에서 미군의 스리쿼터를 얻어 타는 행운을 입기도 했다. 서울 근교에서 미군과 헤어져 그는 미아리고개를 넘었다.

새로이 발굴되어 최근의 재개정판에 실린 산문 「나는 이렇게 석방되었다」에는 그가 겪은 전쟁과 어떻게 포로가 되었는지에 대해 상세하게 기술되어 있는데, 서울에 돌아와 붙잡혀 포로수용소에 갇히게 된 상황을 김수영은 다음과 같이 기록해두었다.

기어코 순경의 충고를 어기고 억지로 나는 서대문 파출소를 나왔다. 어둠이 내리는 거리는 나의 심장을 앗아갈 듯이 섭기만 하였다. 이대로 어디로 달아나 버릴 수 없는가. 이런 무서운 생각조차 들었다. 조선호텔 앞을 지나서 동화백화점을 지나 해군본부 앞을 지났을 때에 지프차 옆에서 땀에 흠뻑 젖어 있는 나의 얼굴을 향하여 플래시의 광선이 날아왔다.

"어디로 가시오?"

"집에 갑니다."

나는 천연스럽게 대답하였다.

"어디서 오시오?"

"북에서 옵니다."

"무엇을 하는 사람이오?"

나는 한 발 쭈욱 앞으로 다가서서 나지막한 목소리로

"사실은 의용군에 잡혀갔다가 달아나와 지금 집으로 돌아
가는 길입니다. 우리 집은 바로 요 앞이올시다. 방금 서대문 파
출소에 들려서 자초지종을 고백하고 오는 길입니다. 집에 가
서 한번 가족들 얼굴이나 보고 자수하겠습니다."
라고 애걸하였다.

"응 그러면 당신은 '빨치산'이로구료."

그는 대뜸 이렇게 말을 하고 권총을 꺼내 들었다. 나는 기계
적으로 번쩍 손을 들 수밖에 없었다.

이태원 육군형무소로부터 인천포로수용소에 이송되어 나
는 머리를 깎고 처음 P.W가 찍힌 미군 작업복을 입은 포로들
이 철망 앞에 웅기중기 모여 있는 것을 보고 내가 인제 포로가
된 것이라고 깨달았다.

김수영은 "인천 포로수용소에서 부산 서전병원으로, 부산 서전병원에서 거제리 제14야전병원으로"(「내가 겪은 포로 생활」) 옮겨졌는데 그 이유는 다리 부상 때문이었다. 그런데 김수영 자신은 왜 다리 부상을 입었는지 기억이 안 난다고 했다. "사실 나는 어떻게 부상을 당했는지 그에 대한 기억이 확실하지 않았다. 언제 의식을 잃었는지는 도무지 알 수가 없었다. 내가 정신이 났을 때는 내 옆에 얼굴이 예쁘장한 여자같이 생긴 젊은 군의관이 한 손에 주사기를 들고 내 얼굴을 들여다보고 빵끗이 웃으면서 무엇이라고 위안을 하여 주던 때였다."(「나는 이렇게 석방되었다」) 하지만 『김수영 평전』(이하 『평전』)에서 최하림은 이에 대해 다음과 같이 적었다.

중부서에서 김수영은 다시 쇠의자로 두들겨 맞았다. 아무리 자신이 강제로 의용군에 끌려갔으며, 집이 바로 옆에 있는 유명옥이라고 해도 들은 체 만 체였다. 머리가 터져 피가 솟아오르고 정강이가 으깨졌다. 그곳에서도 피투성이가 되어 숨도 제대로 못 쉴 때에야 유치장으로 던졌다. 유치장에는 그와 같이 피투성이 사나이들이 십수 명 엉겨 있었다.

최하림은 김수영이 서대문 파출소에서 폭행을 당했다고 했지만, 김수영의 산문에는 파출소의 순경이 가족을 보고 나서 자수하겠다는 자신에게 통행금지 시간이 넘어서 가다 붙잡힐 수 있으니 다음 날 가라고 걱정해주었다고 적혀 있다. 아무튼 거제리 제14야전병원에서 치료를 받고 거제도 포로수용소에 친공포로와 함께 수감되었는데, 그 자신이 「내가 겪은 포로 생활」에서 밝혀 놓았듯이 "나만 빼놓고 일천 육백 명 제3수용소 전체가 적색분자 같은 생각이 들었다. 그러한 시달림 속에서 날이 지나는 동안 가족에의 애착도 옛날 친구들의 기억도 어느덧 마비되어 버렸다". 그는 "참다 참다 못해서 탄식을 하고 가슴이 아프다는 핑계로 다시 입원을 하여 거제리 병원으로 돌아올 수가 있었다". 그러나 거제리 제14야전병원으로 돌아오고 나서 거제도에 "남겨 놓고 간 동지들은 모조리 적색 포로들에게 학살을 당하였다는 소식을 듣고" 병이 들어버렸다.

김수영은 1952년 11월 28일 "충청남도 온양 온천 한복판에 홀립(屹立)한 국립구호병원에서부터 석방되는 200명 남짓한 민간 억류인 환자의 틈에 끼여서 25개월 동안의 수용소 생활을 뒤로하고 비로소 자유의 천지로 가벼운 발을 내디딜 수 있었"다.(「나는 이렇게 석방되었다」)

1953년은 꽤 많은 시를 창작한 해가 될 것이다. 아마도 4·19혁명을 전후로 한 1960년부터 1961년 사이에 창작한 양 다음이 아닐까도 싶다. 「조국에 돌아오신 상병포로 동지들에게」는 전쟁을 겪은 자신의 이야기를 가장 사실적으로 표현한 작품인데, 이 시에서 김수영은 자신을 "민간 억류인으로서" 규정하고 있다. 의용군이 된 저간의 사정도 마찬가지여서 그는 종군작가를 원했지 전투를 수행하는 전투원이 되고 싶지는 않았었다.

따라서 사실적으로는 의용군이 되었다가 경찰의 오판으로 포로가 되어 수용소에 수용되었지만, 그의 내면은 언제나 '민간인'이었던 것이다. 이 작품에서 드러나듯 김수영은 전쟁을 통해 "자유"에 대한 열망을 깊이 배운다. 자유를 위해서라면 그는 도리어 "포로수용소보다 더 어두운 곳이라 할지라도" "영원한 길을 찾아"가겠다고 말한다. 어쩌면 전쟁과 포로수용소 체험을 통해 김수영이 평생에 걸쳐 추구하게 될 '자유'에 대한 실존적 무게와 질이 확보되었을 것이다.

김수영을 '자유의 시인'이라 부를 때에는 김수영의 이런 시대적·역사적 고통을 함께 감안해야 한다. 이 자유에 대한 여정은 1960년 4·19혁명을 맞아 어떤 환희를 느끼기도 하지만 김수영의 자유는 이른바 리버럴리스트들이 생각하는 추상적인 자유, 구체적 현실과 동떨어진 창백한 자유가 아니라, 언제나 시대적인 억압 상황을 넘어서고자 하는 '비판적인' 자유였다. 다시 「조국에 돌아오신 상병포로 동지들에게」를 보면, 김수영 자신이 "포로로서 나온 것이 아니라 / 민간 억류인으로서 나라에 충성을 다하기 위하여 나온 것이라고 / 그랬더니 그 친구가 빨리 삼팔선을 향하여 가서 / 이북에 억류되고 있는 대한민국과 UN군의 포로들을 구하여 내기 위하여 / 새로운 싸움을 하라고 합니다"라고 말한다. 이에 김수영은 미안하다고 하면서 그런 독촉과 권유는 사양하겠다고 밝힌다. 김수영이 생각하는 자유는 "반항의 자유"이지 국가 테두리 안에서의 자유가 아니었던 것이다. "진정한 자유의 노래", "진정한 반항의 자유", "마지막 부르고 갈 / 새날을 향한 전승(戰勝)의 노래"라고 거듭해서 말하는 것은 그 증거에 다름 아니다. 물론 김수영은 "나라에 충성을 다하기 위하여"라고 했지만, 여기서 "나라"는 국가(state)가 아닐 것이다. 어쩌면 그의 "나라'는 "자유가 살고 있는" '나라'였을 것이다.

「조국에 돌아오신 상병포로 동지들에게」는 이렇게 끝맺는다.

　　나의 노래가 거치럽게 되는 것을 욕하지 마라!
　　지금 이 땅에는 온갖 형태의 희생이 있거니
　　나의 노래가 없어진들
　　누가 나라와 민족과 청춘과
　　그리고 그대들의 영령을 위하여 잊어버릴 것인가!

　　자유의 길을 잊어버릴 것인가!

　　　　　—「조국에 돌아오신 상병포로 동지들에게」 부분

김수영이 전쟁과 포로수용소에서 본 광경은 "자유의 길을 잊어"버린 삶들이었다. 전쟁을 통해 김수영은 자유를 잃어버린 상태를 깊이 체험하게 되었고, 그것은 이후 자유를 위한 싸움의 동력이 되기도 했다. 이는 결국 4·19 직후에 전격적으로 본격화되고 또 그가 죽을 때까지 지속되었다.

또 하나 다른 유성

포로수용소에서 나왔지만 김수영에게 주어진 현실은 녹록치 않았다.

중공군이 참전한 1951년에 김수영의 가족은 경기도 화성군 조암리로 피난을 갔다. 그로부터 1년여 뒤 어머니와 가족은 김현경을 조암리에 두고 서울로 다시 돌아왔다. 포로수용소에서 나온 김수영은 영등포에 살고 있던 가족과 재회한 후 동생 수성이 있는 부산으로 다시 갔다. 부산에는 '후반기' 동인들을 비롯한 여러 친구들이 활동을 하고 있었다. 부인 김현경이 친구 이종구와 광복동에서 동거 중이라는 소식도 그때쯤 들었다. 김수영은 김현경을 찾아갔으나 별 소득 없이 돌아와야만 했고, 휴전이 된 다음인 1954년 10월에 서울로 돌아갔다. 김수영에게 전쟁은 혹독한 개

인적 상처를 심어줬지만, 이미 그 상처는 김수영 자신만의 상처
도 아니었음을 알았을 것이다. 학도의용군으로 끌려간 동생 수강
과 수경도 아직 돌아오지 않았다. 아마도 「애정지둔(愛情遲鈍)」
은 그때쯤 씌어진 것으로 추정되는데, 1연에는 어떤 처연함이 배
어 있다.

조용한 시절은 돌아오지 않았다
그 대신 사랑이 생기었다
굵다란 사랑
누가 있어 나를 본다면은
이것은 확실히 우스운 이야깃거리다
다리 밑에 물이 흐르고
나의 시절은 좁다
사랑은 고독이라고 내가 나에게 재긍정하는 것이
또한 우스운 일일 것이다

―「애정지둔(愛情遲鈍)」부분

포로수용소에서 나온 후 전쟁은 끝났으나 그에게 "조용한 시
절"은 허락되지 않았다. 앞에서 말했듯이 전쟁 전 이뤘던 가정은
깨졌으며, 학도의용군으로 끌려간 동생 수강과 수경은 돌아오지

않았다. 수강과 수경에 대해서는 1961년에 쓴 「누이야 장하고나!
— 신귀거래 7」에 잠깐 언급되는데, 그 작품에서도 김수영은 놀
라운 절제를 보여준다. 하지만 그의 심경이 어떠할지는 미루어
짐작 가능하다. 그는 이렇게 말한다. "나에게는 '동생의 사진'을
보고도/나는 몇 번이고 그의 진혼가를 피해 왔다". 이런 절제력
은 자신의 안을 향해 갱도를 뚫는 힘의 결과인지도 모른다.

니체는 『아침놀』 '서문'에서 이렇게 말한 적이 있다.

이 책에서 사람들은 '지하에서 작업하고 있는 한 사람'을 보
게 될 것이다. 그는 뚫고 들어가고, 파내며, 밑을 파고들어 뒤
집어엎는 사람이다. 그렇게 깊은 곳에서 행해지는 일을 보는
안목이 있는 사람들이라면 그가 얼마나 서서히, 신중하게, 부
드럽지만 가차 없이 전진하는지 보게 될 것이다. 그는 오랫동
안 빛과 공기를 맛보지 못하면서도 한마디 고통도 호소하지
않는다. 사람들은 그가 자신이 행하고 있는 어두운 일에 만족
하고 있다고 말할 수 있을 것이다. 그가 어떤 신념에 의해 인도
되고 있고, 그의 노고가 어떤 위로를 통해 보상받고 있는 것 같
지는 않은가? 그는 자신이 [결국] 무엇에 도달하게 될지를 알
고 있기 때문에, 즉 자신의 아침, 자신의 구원, 자신의 아침놀
에 도달하게 될 것을 알고 있기 때문에, 자신의 긴 암흑과 이
해하기 어렵고 은폐되어 있으며 수수께끼 같은 일을 감수하는

것이 아닐까?……

들뢰즈는 「유목적 사유」라는 짧은 논문에서 니체, 프로이트, 마르크스를 무비판적으로 종합하는 현상을 비판하면서 니체를 그들과 완전히 다른 "저항 문화의 여명"이라 부른 적이 있었다. 니체의 말대로 김수영에게서는 "한마디 고통도 호소하지 않는" 면이 있으면서 그 힘을 어떤 '여명의 계발'에 쏟는 경향이 분명 존재한다.

전쟁이 남긴 폐허에서 김수영도 자유로울 수가 없었지만 김수영은 "사랑이 생기"게 하는 힘을 잃지 않으려고 했다. 비록 그런 자신의 모습이 "확실히 우스운 이야깃거리"가 될지언정 말이다. "조용한 시절 대신 나의 백골이 생기었"지만 말이다. 「애정지둔(愛情遲鈍)」은 그러한 작품이다. "생활의 백골" 가운데에서 찾는 사랑이기에 "나의 노래는 물방울처럼 땅속으로 향하여 들어"가듯이 사랑은 자꾸 지연되고[遲] 그만큼 굼뜨다[鈍]. '지둔(遲鈍)'은 그러나 탄식이 아니다. 지둔할 수밖에 없는 현실을 "재긍정"하는 것이다. "나의 노래는 물방울처럼 땅속으로 향하여 들어갈 것"은, 1연에서 말한 "사랑은 고독이라고 내가 나에게 재긍정하는 것"의 변주다.

하지만 1953년부터 1954년에 쓴 작품들에는 어쩔 수 없이 설움의 정조가 짙고 실제로 '설움'이라는 어휘를 자주 쓰기도 했다.

하지만 단언할 수 있는 것은 김수영의 내면은 전쟁의 경험과 전쟁이 남긴 폐허 위에서도 섣불리 나르시시즘으로 빠져들지 않았다는 것이다. 김수영은 현실이 주는 고통을 도약대 삼아 시적으로 현실을 뒤집어엎는 모험을 죽을 때까지 시도했다. 김수영의 시를 이해하려면 언제나 김수영이 처한 현실의 지평에 서는 상상력이 필요하다. 김수영이 구축한 시적 양식이 모더니즘이 되었건 뭐가 되었건 그 성과는 결국 김수영이 리얼리스트였기 때문에 가능했던 것이다.

「풍뎅이」와 「너를 잃고」에서도 마찬가지로 설움은 등장하는데 이 시기 김수영에게 나타나는 설움은 일종의 상실감 때문으로 보인다. 전쟁은 그에게서 많은 것을 빼앗아가 버렸기 때문이다. 아내를 잃은 것도 매우 뼈아팠을 것이다. 김수영이 부산 광복동에서 함께 사는 이종구와 김현경을 봤을 때 어떤 심정이었을지도 상상하기 어렵지만 그 열패감도 우리가 온전히 이해하기는 쉽지 않다. 김현경의 증언에서도 그렇지만, 『평전』에서 두 부부가 조우하는 장면에서 우리는 김수영의 의연함을 확인할 수 있는데, 그 의연함의 바탕에는 단단한 고독이 있었을 거라고 추정할 수 있다. 「풍뎅이」에서 김수영은 이렇게 말한다. "늬가 부르는 노래가 어디서 오는 것을/너보다는 내가 더 잘 알고 있는 것이다".

그것은 자신들이 감당하기 어려웠던 시대적 상황 때문이었음을 김수영도 알고 있다. 이것은 단순히 아내의 일탈을 이해하는 너그러움이 아니다. 그러므로 "너의 이름과 / 너와 나와의 관계가 무엇인지 알아질 때까지 // 소금 같은 이 세계가 존속할 것"이라고 말할 때, 전쟁도 전쟁이지만 그 다음의 폐허를 살아가려는 의지와 허무를 동시에 느낄 수 있다. 그는 전쟁으로 엉켜버린 삶이 쉬 끝나지 않을 것이라는 허무를 알고 있었던 듯하다. "소금 같은 이 세계가 존속할 것"이라는 예감은 그것을 의미한다.

하지만 김수영은 "의지"와 "노래"와 "사랑"에 어떻게든 기대려 한다. 비록 의지는 "미끄러져 가는 의지"이지만 그 의지보다 "더 빠른 너의 노래"가 있고 "너의 노래보다 더한층 신축성이 있는 / 너의 사랑"이 있는 한 "소금 같은 이 세계"는 긍정되어야 한다. 물론 「풍뎅이」를 김현경과의 관계로 좁혀서 읽을 필요는 없다. 하지만 이 작품은 그 당시 김수영이 처한 실존적 조건을 떠올리지 않을 수 없게 만든다.

「너를 잃고」에서는 조금 더 직접적이다. "늬가 없어도 나는 산다"로 시작되는 이 작품은 "너"에게 받은 "억만 개의 모욕"을 곱씹으며 자신의 '되기(becoming)'를 멈추지 않겠다는 다짐을 다독이고 있다.

나의 생활의 원주(圓周) 위에 어느 날이고 늬가 서기를 바라고
나의 애정의 원주가 진정으로 위대하여지기 바라고

>

그리하여 이 공허한 원주가 가장 찬란하여지는 무렵

나는 또 하나 다른 유성(遊星)을 향하여 달아날 것을 알고

이 영원한 숨바꼭질 속에서

나는 또한 영원히 늬가 없어도 살 수 있는 날을 기다려야 하

겠다

나는 억만무려(億萬無慮)의 모욕인 까닭에

―「너를 잃고」 부분

이 부분에서 인상적인 것은 "나의 생활의 원주(圓周) 위에 어
느 날이고 늬가 서기를 바라"지만 그 "애정의 원주가" "가장 찬
란하여지는 무렵 / 나는 또 하나 다른 유성(遊星)을 향하여 달아
날 것"이라는 점이다. 물론 이것은 복수가 아니다. 김수영의 시에
서는 복수 같은 부정적인 감정은 존재하지 않는다. 그는 긍정의
시인이지 부정과 원한의 시인이 아니다. "늬가 없어도 나는 산단
다"라고 1연 1행부터 말하는 것은 "또 하나 다른 유성(遊星)"을 향
하여" 자신이 개방되어 있기 때문이다.

"늬가" "나의 애정의 원주" 위에 서기를 바라는 것은 잃어버린
너와 함께 가야 할 어떤 여정이 있다는 뜻이다. 그것을 부정하는
순간 "또 하나 다른 유성(遊星)"은 그저 하나의 도피처일 뿐이다.

"또 하나 다른 유성(遊星)"은 그 "애정의 원주가" "위대하여"지는 것을 넘어 "가장 찬란하여"질 때 드디어 현현한다. 또 그랬을 때만 "또 하나 다른 유성(遊星)"은 가능하다. 지난 시간과 나쁜 경험을 서둘러 소거하고 길을 떠나는 것은 김수영에게는 있을 수 없는 노릇이다. 물론 예외적인 경우가 있는데, 그것은 4·19혁명 이후에 나타난다.

혁명 이후에 김수영이 강하게 부정하고 비난한 구체제는 그러나 김수영의 '긍정'을 부정했던 존재이기 때문에 부정되어야 했다. 긍정은 긍정을 부정하는 것을 용인하는 것이 아니다. 긍정을 부정하는 부정은 부정해야 하는 게 긍정이다. 그러나 "늬가" "애정의 원주" 위에 서는 것은 결국 '너'의 몫이다. 만일 "늬가" 끝내 그것을 거부한다면, "영원히 늬가 없어도 살 수 있는 날"을 받아들이겠다고 한다. 그래서 아직 김수영에게 삶은 "영원한 숨바꼭질 속"이었던 것이다.

죽음 위에 죽음 위에 죽음을 거듭하리

김현경이 김수영에게로 돌아와 "생활의 원주 위에" 선 것은 1954년 말 즈음이다. 그들은 성북동에서 잠시 살다가 1955년 여름 어름에 지금의 서울시 마포구 구수동 지역인 서강으로 이사를 한다. 나는 김수영의 서강 생활을 그의 삶에서나 시에서나 숨어 있는 중요한 분기점이라고 생각한다. 서강 생활이 김수영의 내면에 건강한 숨결을 불어넣어 주었기 때문이다. 그 원인은 두 가지로 볼 수 있다. 하나는 일상이 조금 안정되면서 정신적·심리적 에너지의 낭비를 줄이고 더 시에 열중할 조건이 주어졌다는 측면에서이고, 또 다른 하나는, 같은 이야기일지도 모르지만, 그의 시에 생활의 근육이 붙기 시작했다는 의미에서이다.

「너를 잃고」에서 보여줬던 "또 하나 다른 유성(遊星)"이 구체적 방향을 잡아간 것도 아마 서강 이주 후 얻게 된 생활의 건강 때문으로 보인다. 물론 「시골 선물」에서 썼듯 그는 근대의 "소음과 광증(狂症)과 속도와 허위"에 대해서 충분히 자각하고 있었으나 그 "소음과 광증과 속도와 허위"의 복판에서보다 그 외곽에서 근대에 대한 응전에 필요한 힘을 충전 받을 수 있었다. 근대의 외곽이 꼭 특정 공간에 국한되는 것은 아니다. 하지만 구체적인 장소는 확실히 시와 삶을 조형하는 역할을 한다. 구체적인 장소에 대한 감각이 없는 '대지'는 공허하며, 장소성을 상실했을 때 각질만 두꺼운 관념 안에서 유아적인 자아만을 양육하는 꼴을 면치 못한다.

김수영이 말년의 산문에서 "대지에 발을 디딘 초월시" 운운한 것이나 "체취가 풍기는 작품"은 "자기의 땀내" 나는 작품이라고 말한 것에서 구체적인 장소를 확보한 자신감이 깊게 배어 있다는 것을 느낄 수 있다. 김수영이 그런 발화를 할 수 있었던 것은 이 서강 생활이 그의 삶 안으로 깊이 들어왔기 때문에 가능했다. 다시 말하면 서강은 전쟁으로 피폐해진 젊은 김수영을 치유함과 동시에 그의 시와 삶의 실질적인 토대가 되어주었다. 서강으로 이주한 것이 김수영의 시와 삶의 중요한 분기점인 것은 여러 정황과 작품, 그리고 발언을 고려했을 때 더욱 명확해진다.

김유중은 「구라중화(九羅重花)」를 "이해하는 데 있어 무엇보다도 결정적인 것은 바로 말라르메적인 사유의 핵심으로서의 꽃에 대한 관념일 것이다"라고 말하며 다음과 같은 말라르메의 말을 옮긴다.

나는 꽃이여!라고 말한다. 그러면 내 목소리가 어떤 윤곽을 지워버리는 망각 밖에서, 꽃받침으로 알려진 어떤 다른 것으로서, 그윽한 이데아 그 자체가, 모든 꽃다발에 부재(不在)하는 것이 음악과도 같이 스스로 일어선다.

또 그는 말라르메의 시론에 기대 「구라중화」를 다음과 같이 분석한다.

시인으로서 이상을 향한 그의 열망은 그의 "마음을 딛고 가는 거룩한 발자국 소리"에 귀 기울이게 하며, 연이어 그러한 자신의 열망을 담아 낼 "마지막 붓"을 들도록 요구하지만, 그러나 동시에 그는 자신의 붓이 "이 시대를 진지하게 걸어가는 사람에게는 치욕"으로 비칠 수도 있다는 사실을 날카롭게 인식한다. 그는 스스로의 작업이 당대가 처한 현실적인 문제들을 도외시한 고도로 관념화된 작업임을 잘 알고 있었던 것이다. 그러기에 이어지는 구절에서와 같이 "물소리 빗소리 바람소리 하나 들리지 않는" 절대화된 공간 속에서, "무수한 꽃송이와 그 그림자"라는 절대 존재에 대한 동경만을 안고 있는 그의 작업은 외부에서 볼 때는 "말할 수 없이 깊은 치욕"으로 비칠 수도 있었을 것이다.

그럼에도 불구하고 그는 자신의 시인다운 열망을 결코 포기하려 하지 않는다. "동요 없는 마음으로", 그리고 "무량의 환희"에 젖어 자신만의 고독한 글쓰기 작업에 몰입한다. 이 과정에서 그가 머릿속으로 떠올리는 것은 오로지 그 자신이 "먹고 사는 물의 것도 아니며", "나(시인)의 것도 아니"며, "누구의 것도 아"닌 꽃이다. 이 꽃이야말로 시인 김수영이 바라는 진정한 꽃이자 진정한 시인 것이다.

우리는 여기서 김수영이 이 시절 꿈꾸었던 것이 텍스트의 완성과 동시에 찾아오는 시인의 죽음이라는 가장 말라르메적인 구상임을 예감케 된다.

그러나 김수영이 1954년 즈음에 얼마나 말라르메적인 분위기에 취해 있었는지도 확실치 않거니와 설령 말라르메적 모더니즘을 수용했다 하더라도 김유중의 해석은 여러모로 과하다. 특히 "여기서 김수영이 이 시절 꿈꾸었던 것이 텍스트의 완성과 동시에 찾아오는 시인의 죽음이라는 가장 말라르메적인 구상"이라는 해석은 자의적이기까지 하다.

분명 「구라중화」에는 이전의 작품들과 다른 점이 있다. 일단 '구라중화'(즉 글라디올러스)를 시의 피사체로 등장시키고 그 피사체에 집중적으로 의식의 흐름을 겹쳐 놓으면서 상당한 난해성을 갖는데, 김수영의 시가 난해성의 외투를 어지간해서는 벗지 않는 특징인 것을 감안했을 때 이 점은 특징이라고 부를 수 없겠으나, 「구라중화」와 「도취의 피안」을 통해 예술주의적 작품을 실험한 경향은 눈에 띈다.

하지만 '텍스트의 완성은 시인의 죽음'이라는 김유중의 해석과는 달리, 「구라중화」는 '꽃'이 갖는 상징성에 기대 "치욕"과 "부끄러움"이 사라진, 현실에서는 불가능한 어떤 '빛나는 시간'을 노래하고 있다. 물론 이 '빛나는 시간'은 "고독한 글쓰기"에 대한 은유도 아니며, "이데아"나 "순수 이념, 절대 이념"과는 아무 관계가 없다.

꽃 꽃 꽃

부끄러움을 모르는 꽃들

누구의 것도 아닌 꽃들

너는 늬가 먹고사는 물의 것도 아니며

나의 것도 아니고 누구의 것도 아니기에

지금 마음 놓고 고즈넉이 날개를 펴라

마음대로 뛰놀 수 있는 마당은 아닐지나

(그것은 골고다의 언덕이 아닌

현대의 가시철망 옆에 피어 있는 꽃이기에)

물도 아니며 꽃도 아닌 꽃일지나

너의 숨어 있는 인내와 용기를 다하여 날개를 펴라

―「구라중화」 부분

　현실의 소유 관계에서 자유로운 꽃을 노래했다고 해서 그게 곧바로 이데아적인 세계를 표현한 것이라고 보는 것은 세계를 현상/본질, 허상/이데아로 구분해 보려는 초월주의에 지나지 않는다. 김수영의 시를 초월주의로 해석하는 것은 김수영을 거꾸로 읽는 일이다. 여기서 "부끄러움을 모르"고 "누구의 것도 아닌 꽃들"은 현실에 대한 초월주의가 아니다. 다시 말하면 "물도 아니며 꽃도 아닌 꽃"이라는 것은 기왕의 규정과 관계로부터 자유로워

진 새로움을 의미하지만, 김수영이 참담한 현실을 회피하고 이른
바 "진정한 시"를 구하고 있다는 시각은 김수영의 전체 시세계와
도 어울리지 않는다.

김수영은 분명하게 자신의 현실이 "마음대로 뛰놀 수 있는 마
당"이 아닌 "현대의 가시철망"이 둘러진 곳이라고 인식하고 있
다. 그러한 조건이지만 "인내와 용기를 다하여 날개를 펴라"고
'구라중화'에게 (즉 자신에게) 독려하고 있는 것이다. 또 "늬가 끊
을 수 있는 것은 오직 생사의 선조(線條)뿐"인데 그 "선조도 하나
가 아니"다. 그래서 현실적으로 "부끄러움과 주저를 품고 숨가
빠" 하고 있는 것이다. 이 작품이 "숨어 있는 인내와 용기를 다하
여 날개를 펴라"에서 멈췄다면 그냥 '평범한 난해성'에 머무르고
말았을 것이다.

「구라중화」의 핵심은 작품의 마지막에 숨어 있다. 그것은, "죽
음 위에 죽음 위에 죽음을 거듭하리"이다. 김명인은 이에 대해
"순간에 대한 집착이, 순간을 다투는 윤리가 그 자체로서 하나
의 목적이 될 때, 그것은 쇄말주의(瑣末主義)로 빠지기 쉽다"면
서, 김수영은 "이 현대주의 특유의 약점을" "감히 '죽음'의 무게를
빌려 와 보완하고 있"는데 「구라중화」는 "죽음과 부활을 거듭하
며 삶의 고난을 이겨나가리라는 의식을 표백하고 있다"고 말했
다. 그러나 김명인의 해석과는 다르게 "순간을 다투는 윤리"가 쇄
말주의로 빠지는 것은 아니다. 김수영에게 "순간을 다투는 윤리"

는 '순간'을 현전시킨 현실을 구체적으로 대하는 것이다. 다시 말해, 지나간 "순간"에 얻은 관점과 시각으로 다른 "순간"을 받아들이는 것이 아니라, 맞닥뜨린 "순간"을 언제나 현실적 맥락과 함께 해석하는 것이 김수영의 "순간을 다투는 윤리"이다. 따라서 여기에서는 쇄말주의가 문제가 아니라 기존 관념을 위협하며 생기하는 사건에 대한 입장이다.

"죽음 위에 죽음 위에 죽음을 거듭하리"는 두 가지 관점을 '겹쳐' 읽어야 한다. 먼저 「공자의 생활난」에서 보여준 "그리고 나는 죽을 것이다"라는 김수영 특유의 목숨을 건 도약으로서의 시적 태도가 그 하나이고, 다른 하나는 그가 몸으로 기어 통과한 전쟁에서 받은 공포와 충격을 통해 생성된 죽음에 대한 실존적 인식이 그것이다. 김수영이 처음에 가진 죽음에 대한 관념은 전쟁이라는 현실을 통과하면서 어떤 식으로든 변형되었을 것이라고 추측하는 것은 무리가 아니다.

"현대의 가시철망 옆에"서 "치욕"과 "부끄러움"을 어떻게 넘어갈 것인가. 그것은 "죽음 위에 죽음 위에 죽음을 거듭하"는 전진뿐이다. 죽음에 대한 관념적인 태도나 정신주의적인 의지만으로는 주어진 현실을 넘어가지 못한다. 오직 죽음을 '사는' 일 말고는 다른 길이 없다. 물론 여기서 '죽음을 산다'는 말이 정확히 어떤 모습을 갖는지에 대해서는 말하기 쉽지 않다. 아마도 그것은 작품을 통해서 순간순간 현현하곤 곧 사라지는 시적인 시간을 사는 것에 다름 아닐 것이다. 시적인 시간이야말로 산문적인 일상의 시간을 순간적으로 죽임으로써 가능한 것이니까 말이다.

죄의식 같은 부정적인 정신을 버리고 '구라중화'처럼 "부끄러움을 모르는" 자세로 산다는 것은, 현상을, 표면으로 번들거리는 이 세계를 긍정한다는 것을 의미한다. 내재적 즉 비판적 사유는 긍정을 모르는 허무주의와는 병립할 수 없다. 도리어 허무주의란 비판을 상실한 상태를 말하는 것 아닌가? 본질도 없고, 이데아도 없다. 그런 것들은 우리가 사는 구체적인 세계를 더럽히려는 술수에 지나지 않는다. 또 이 세계는 존재론적으로 무구(無垢)하다는 자세여야만 현실에서 자꾸 고개를 드는 부정적인 것들과 투쟁할 수 있다.

그래서 「도취의 피안」에서 "나는 취하지 않으련다"고 단호해진 것이다. 이 단호함은 "죽음 위에 죽음 위에 죽음을 거듭"한 태도에서 탄생하며, 여기서 "도취"는 바로 '초월(주의)적' 상태를 말한다. 「구라중화」에서뿐만이 아니라 김수영의 모든 시는 명백하게 '초월(주의)적'이 아니라 내재적 태도를 취하고 있다.

나의 겨울을
한층 더 무거운 것으로 만들기 위하여

「도취의 피안」에 대해서 염무웅은 "앙상한 논리보다 풍부한 이미지와 비유로써 이루어"져 "가장 시다움을 느낀다"고 한 적이 있다. 과연 김수영의 적지 않은 작품들은 현대시에 훈련이 어지간히 된 독자들에게도 쉽게 다가오지 않을 만큼 복잡한 논리가 내장되어 있다. 이 말은 김수영이 논리로 시를 썼다는 뜻이 아니라 현실을 인식하는 데 있어 치밀하게 산문적이었다는 것을 가리킨다. 만일 김수영의 시에 논리가 살아 있다면 시가 발생하기 시작한 지점에서는 산문적 인식이 작동해서 시에 그 흔적을 남겨서이다. "가장 시다움을" 느낄 수는 있겠지만 그렇다고 「도취의 피안」이 읽기 편한 작품은 아니다.

내가 사는 지붕 위를 흘러가는 날짐승들이

울고 가는 울음소리에도

나는 취하지 않으련다

사람이야 말할 수 없이 애처로운 것이지만

내가 부끄러운 것은 사람보다도

저 날짐승이라 할까

내가 있는 방 위에 와서 앉거나

또는 그의 그림자가 혹시나 떨어질까 보아 두려워하는 것도

나는 아무것에도 취하여 살기를 싫어하기 때문이다

하루에 한번씩 찾아오는

수치와 고민의 순간을 너에게 보이거나

들키거나 하기가 싫어서가 아니라

나의 얇은 지붕에서 솔개미 같은

사나운 놈이 약한 날짐승들이 오기를 노리면서 기다리고

더운 날과 추운 날을 가리지 않고

늙은 버섯처럼 숨어 있기 때문에도 아니다

날짐승의 가는 발가락 사이에라도 잠겨 있을 운명—

그것이 사람의 발자국 소리보다도

나에게 시간을 가르쳐 주는 것이 나는 싫다

나야 늙어 가는 몸 위에 하잘것없이 앉아 있으면 고만이고

너는 날아가면 고만이지만

잠시라도 나는 취하는 것이 싫다는 말이다

>

나의 초라한 검은 지붕에

너의 날개 소리를 남기지 말고

네가 던지는 조그마한 그림자가 무서워 벌벌 떨고 있는

나의 귀에다 너의 엷은 울음소리를 남기지 말아라

차라리 앉아 있는 기계와 같이

취하지 않고 늙어 가는

나와 나의 겨울을 한층 더 무거운 것으로 만들기 위하여

나의 눈일랑 한층 더 맑게 하여 다오

짐승이여 짐승이여 날짐승이여

도취의 피안(彼岸)에서 날아온 무수한 날짐승들이여

—「도취의 피안」 전문

　　이 작품은, 그 뜻이 명료하지 않다 하더라도, 흐름과 호흡이 자연스럽고 유장한 점이 있다. 작품의 뜻이 명료하지 않은 것은 김수영 시의 일반적 특징인바 이 은폐 전략에 무릎 꿇기 시작하면 우리는 김수영의 시를 느끼지 못하게 된다.

　　남진우는 김수영의 1950년대 시를 일컬어 "데뷔 무렵부터 50년대 후반까지의 초기시에선 자기 세계를 정립하기 위한 다양한 시도가 눈길을 끌며 시적 제재로는 6·25전쟁이나 전후의 피폐한

현실이 자주 채택되고 있다"고 진단했다. 남진우는 특히 「달나라의 장난」을 분석하면서 "일상이 물이나 바람 같은 액체-기체의 유동성과 수평적 흐름으로 드러난다면 '서 있음'은 이러한 존재 조건을 거슬러 수직적 초월을 꿈꾸는 태도를 의미한다. 직립의 수직성은 인간으로 하여금 지상에서 벗어나 천상을 지향하게 만든다"고 말한다. 「폭포」에 대해서는, "이 작품은 존재의 소멸과 그것을 통한 수직적 초월의 가능성을 직접하게 드러내고 있다"면서 「폭포」의 "곧은 소리"가 "시각적 어둠 속에서 청각을 통한 초월의 부름이 현전한다"(「김수영의 시의 시간의식」)고 했다.

그러나 1950년대의 김수영 시에 대한 남진우의 이런 해석은 김수영에 대한 것이 아니라 혹 남진우 자신의 자기분석이 아닌가 의심이 들 정도로 자의적이다. 다시 말하지만 김수영의 시는 처음부터 끝까지 남진우의 해석과는 달리 '초월성'과는 아무 상관이 없다. 반대로 김수영의 시정신은 언제나 현실 내재적이었고, 내재적이었기에 비판적이었다.

'초월성'과 '내재성'의 대비는 중요한 정치적 구분선을 만든다. 들뢰즈는 「플라톤과 그리스인들」이라는 글에서 다음과 같이 플라톤을 비판한 적이 있다.

하지만 플라톤은 모든 사람이 이처럼 아무것이나 주장한다는 바로 이 사실 때문에 아테네의 민주주의를 비난했다. 물론 플라톤은 이때 경쟁자들에 대한 새로운 선별 기준을 복원하려는 의도 아래 비난을 가했으며, 따라서 그는 (비록 그가 다른 곳[예로서『파이드로스』와『정치가』]에서 신화의 특수한 기능을 부여하며 그것을 이용하는 측면이 있기는 하지만) 황제의 초월성이나 신화적인 초월성과는 완전히 다른 초월성을, 말하자면 내재성의 장 속에서 작동될 수 있는 새로운 유형의 [선별을 위한] 초월성을 세워야만 했다. 이데아 이론이 갖는 의미란 정확하게 이것을 말한다. 이처럼 초월성을 철학에 물고 들어갔다는 사실, 그리고 초월성에 그럴듯한 철학적 의미를 부여했다는 사실, 바로 이것이 플라톤주의가 우리에게 남긴 독이 든 선물인 것이다.

다른 말로 하면 '초월성'은 어떤 구체적인 사실(일테면 아테네의 민주주의) 바깥에 또 하나의 척도를 구축하는 일이다. 실재하지 않는 환영인 이 척도가 하는 일은 현실의 사건과 의미들을 위계화하는(이데아-모사물-시뮬라크르) 데 있다. 이것은 신화화한 권력의 다른 이름이다. 권력은 언제나 지금-여기의 사건들을 해석해 새로이 인식하기보다는 초월적인 기준을 통해서 심판하는 속성이 있다. 남진우의 1950년대 김수영 해석이 우익적인 것은 이렇게 '초월성' 자체에 권력을 향한 욕망이 숨어 있기 때문이며, 김수영과 '초월성'은 아무 상관이 없기에 자의적인 것이다.

다른 많은 작품들도 당연히 '초월성·외재성'과 무관함을 입증하고 있지만 「도취의 피안」은 더욱더 직접적으로 그것에 대해 항변하고(?) 있는 작품이다. 먼저 이 작품에서 "날짐승들"이 무엇을 의미하는지가 해석되어야 한다. 산문적으로 풀어보면 "날짐승들"은 시의 화자를 취하게 하는 존재들이다. 나아가, 마치 오디세우스를 유혹했던 사이렌처럼, "조그마한 그림자"만으로도 시적 화자를 "벌벌 떨고" 있게 하는 존재이다. 그런 "날짐승"에 대해 "나의 귀에다 너의 엷은 울음소리를 남기지 말아라"고 한다. 왜냐하면 시의 화자는 "날짐승"의 매혹에 취하고 싶지 않기 때문이다.

하지만 작품의 전체 내용에 의하면, 그리고 "취하지 않으련다"의 반복을 보건대, 역설적으로 "날짐승"은 강력한 마력을 가지고 있다. 사람살이가 "말할 수 없이 애처로운 것이지만" 그것보다 더 "내가 부끄러운 것은" "저 날짐승"들 때문이다. 여기에서 우리는 "날짐승"이 "나"를 심리적으로 괴롭히는 존재라는 것을 눈치챌 수 있다. 그런데 그것은 단지 "나"의 "수치와 고민의 순간을 너에게 보이거나/들키거나 하기가 싫어서가" 아니다. 이 말은 "날짐승"을 통해 "수치와 고민"의 정체가 드러난다는 뜻도 되는데, 여기서 의미심장한 것은 "날짐승"보다 더 "사나운 놈"이 "나"의 현실에 존재한다는 사실이다. 4연의 "나의 얇은 지붕에서 솔개미 같은/사나운 놈이 약한 날짐승들이 오기를 노리면서 기다리고"에 그것이 명시되고 있다. 이 작품에서 "사나운 놈"의 구체적 형상은, "날짐승들"처럼 명확하지 않다. 그럼에도 정리해 보자면, "날짐승들"은 나를 유혹하는 존재인 동시에 "나"의 현실에 노출되면 곧바로 위험에 빠지는 존재이다. 다시 말하면 지금 "나"는 위험하고 불온한 상상과 구체적인 현실 사이에서 긴장 상태에 있다고 볼 수 있다.

하지만 "나"가 "날짐승들"에게 동질감을 느끼고 있는 게 분명한데, 5연의 "날짐승의 가는 발가락 사이에라도 잠겨 있을 운명―"은 그것을 환기시킨다. 5연 1행에서 조금 더 자신의 내면을 밖으로 드러내지만 "그것이" 지금 시의 화자의 주위에서 애처로운 삶을 살고 있는 "사람의 발자국 소리보다도/나에게 시간을 가르쳐 주는 것이 나는 싫다"고도 한다. 왜냐하면 6연에서 보듯 "너는 날아가면 고만"이기 때문이다. 다시 말하면 "날짐승들"은 지금-여기에서 "나"와 함께 살 수 있는 '운명'이 아닌 것이다. 도리어 "날짐승들"은 "나"를 취하게만 하고 떠나는 존재들인 것이다. 그래서 "나"는 "날짐승들"에게 차라리 자신의 "귀에다 너의 엷은 울음소리를 남기지 말아라"고 하는 것이다.

(김수영의 부인인 김현경의 증언에 의하면 김수영은 이 작품을 "사회주의에 대한 노스탤지어"로 썼다고 한다. 이 증언은 "날짐승들"에 대한 "나"의 양가감정을 고려할 때 의미심장한 면이 있다. 강력한 반공 체제에서 김수영이 '사회주의'를 상상하는 방식은 상징적 방법 말고는 없었을지 모른다. 그러나 "날짐승들"을 사회주의를 상징하는 것으로 좁혀 해

석할 필요는 없다. 4·19혁명 이후 일기장에서 김수영의 사회주의적 상상력을 확인하는 것은 어렵지 않은 일이기는 하다. 시인의 산문적 인식을 확인하는 일은 시를 읽는 데 얼마간 도움이 되지만 산문적 층위의 인식과 시적 층위의 인식은 엄연히 다르다는 점도 동시에 유념해야 한다.)

그러느니 차라리 "나의 눈일랑 한층 더 맑게 하여 다오"라고 한다. "나와 나의 겨울을 한층 더 무거운 것으로 만들기 위하여" 말이다. 여기까지 읽으면 현실에서 살 수 없는 "날짐승들"을 생각하며 지금 "나"는 자신을 단련시키고 있는 것 같다. 김수영의 다른 1950년대 시가 현실의 복판에서 자기를 극복하고 나아가려는 힘을 보여주는 것처럼 말이다. "겨울을 한층 더 무거운 것으로" 만들어야 할 "운명과 사명"(「달나라의 장난」)이 자신에게 있으니까. 이렇게 김수영은 피안으로, 유토피아로 초월하지 않는다. 김수영이 자신에게 아로새기는 것은 "도취의 피안"으로 기울어지는 일이 아니라 "나와 나의 겨울을" 차라리 "한층 더 무거운 것으로" 만드는 것이다.

이것은 철저하게 세계에 대한 내재적인 태도이지 초월적이거나 외재적인 태도가 아니다. 김수영의 1950년대 작품에 대한 해석은 (작품의 성과와는 관계없이) 4·19혁명 이후보다 더 입체적으로 이루어져야 할 텍스트들이다. 왜냐하면 1950년대는 전쟁을 겪은 김수영이 자신의 길을 치열하게 탐색하는 시기였고 따라서 내면이 상당히 복잡했기 때문이다. 뭔가를 모색한다는 것은, 여러 가지 층위와 맥락을 함께 사유하면서 오솔길의 입구를 더듬는 고통스러운 과정이다. 따라서 남진우가 김수영이 "6·25전쟁이나 전후의 피폐한 현실"을 "시적 제재"로 "채택"했다고 말하는 순간 그의 해석은 김수영과는 아무 상관이 없는 게 되어버린다.

왜냐하면 김수영에게 "6·25전쟁이나 전후의 피폐한 현실"은 "시적 제재"가 아니라 그의 삶 자체였기 때문이다.

낡아도 좋은 것은
사랑뿐이냐

전쟁이 가져온 폐허에 굴복하지 않는 김수영의 태도에는 확실히 놀라운 면이 있다. 그런데 우리는 현실에서의 패배가 예술적 승리를 낳는 장면을 역사를 통해 종종 확인하곤 한다. 하지만 현실에 실재하지 않는 예술적·정신적 지평을 구축하려는 모험은 부정적인 심리를 동시에 거느리게도 한다. 김수영에게 그것은 '설움'인데, 설움이란 일종의 슬픔으로서 모험이 강렬할수록 그 그림자로서의 '설움'도 깊어질 수밖에 없다.

김수영은 「방 안에서 익어 가는 설움」(1954)이란 시에서 이렇게 토로한다. "비가 그친 후 어느 날― / 나의 방 안에 설움이 충만되어 있는 것을 발견하였다". 그런데 그 "나의 설움은 유유히 자기의 시간을 찾아"가고 있다. "설움을 역류하는 야릇한 것만을 구태여 찾아서 헤매는" 자신을 관조하면서, "하나의 가냘픈 물체에 도저히 고정될 수 없는/나의 눈이며 나의 정신"은 이제 "이 밤이 기다리는 고요한 사상마저" "초연히" "시간 위에 얹고/어려운 몇 고비를 넘어가는 기술을 알고 있"다고 말한다. 즉 김수영은 "방 안에 설움이 충만되어 있는 것을 발견하였"지만 이제 "마지막 설움마저 보"내는 의식을 치를 수 있는 것이다.

'설움'이 풍기는 우울한 정조와는 달리 「방 안에서 익어 가는 설움」에서는 '설움'을 관조하며, 부정적인 정서로서의 설움을 통해 다른 시간의 끄트머리를 붙잡은 것이다. 혹은 붙잡으려 하고 있는 것이다. 그 "흐르는 시간"을 발견하였기에 이 작품은 돌연 설움을 돌파한 긍정의 에너지를 뿜어낼 수 있었던 것이다. "어려운 몇 고비를 넘어가는 기술을" 알게 된 것은 "누구의 생활도 아닌 이것은 확실한 나의 생활"이라고 말하고 있지 않은가. 그래서 그는 이제 다른 "책을 열어 보려"는 것이다.

김수영에게 '책'은 언제나 다른 시간으로 넘어가는 입구 혹은 문턱을 상징한다. 따라서 이 작품에서 등장하는 "책"도 그러한 의미를 갖는다고 보면 된다. 더군다나 그는 부정적인 정서로서의 "설움"에도 고유한 시간이 있는 것을 발견하지 않았는가. 부정적인 것을 버리고 긍정적인 것을 취하는 일은 도덕적 결단으로 할 수 있지만, 부정적인 것을 긍정적인 것으로 변신시키는 일은 오직 '힘'으로서만 가능하다.

「거미」는 한편으로 존재 자체가 "설움"으로 화한 케이스로 읽힌다. 하지만 이 작품은 단지 설움의 정서를 뱉어내는 시가 아니다. 먼저 김수영은 자신의 설움은 "내가 바라는 것이 있기 때문이다"고 한다. 우리가 지금껏 보아온 바대로, 김수영은 참담한 현실에 대한 반작용을 통해 자기혁신을 감행해 왔는데, 다만 현실적토대의 부재 때문에 설움의 정서를 갖게 된 것이다. 이게 「거미」1연이 품고 있는 속뜻이다.

내가 으스러지게 설움에 몸을 태우는 것은 내가 바라는 것
이 있기 때문이다

그러나 나는 그 으스러진 설움의 풍경마저 싫어진다

나는 너무나 자주 설움과 입을 맞추었기 때문에
가을바람에 늙어 가는 거미처럼 몸이 까맣게 타 버렸다

—「거미」전문

그런데 돌연 2연에서 "그러나 나는 그 으스러진 설움의 풍경마저 싫어진다"고 말한다. 아무런 인과적 설명은 없다. 시에는 본

래 그런 인과관계를 다 설명하지 않는 특성이 있는데, 다만 「방
안에서 익어 가는 설움」에서 보았듯 그 이유를 유추할 수 있을 뿐
이다. 이제 김수영에게 설움은 예전의 부정적인 정서가 아니다.
이제 설움을 통해 "빈 방 안에" "홀로이 머물러 앉아" 있을 수 있
는 힘을 얻게 된 것이다. 따라서 「거미」의 3연 "늙어 가는 거미처
럼 몸이 까맣게 타 버렸다"는 설움의 극한을 넘어 일종의 존재인
죽음을 의미한다. 3연 1행에서 나타났듯 "나는 너무나 자주 설움
과 입을 맞추었기 때문"이다. 즉 설움을 회피하거나 저주하지 않
고 "너무나 자주 설움과 입을 맞추었"다고 김수영은 고백하고 있
다. 「거미」를 읽으면 슬프다는 느낌보다 아름답다는 느낌이 드는
것은 바로 이런 이유에서일 것이다.

　김현경이 부산에서 돌아오자 "생활의 원주"(「너를 잃고」) 위
에 서게 된 김수영은 빠르게 심리적 안정감을 찾아간다. 「나의
가족」은 그것을 여실히 보여준다. 남진우는 앞에 인용한 글에서
"대상의 이면을 꿰뚫어보고자 하는 화자의 시선도 집이라는 이
피호성(被護性)의 공간에선 그 비판적 에너지를 유지하지 못하
고 그들 속에 무력하게 동화되어버린다. 화자 또한 개별성을 상
실한 채 바람과 물결 속에 휩쓸려 들어가고 마는 것이다. 가족이
수행하는 동질화의 작용은 자아의 예민한 의식을 누그러뜨리고,
그의 개별성을 가족이라는 더 큰 그릇 속에 용해시켜버린다"고
비판한다.

물론 남진우의 비판은 작품의 표면만 읽고 얻은 결론이다. 김수영의 시는 각 작품과 작품이 서로 겹을 이루며 이루어져 있다. 조금 과장되게 말하면 김수영은 평생에 걸쳐 '거대한 한 편의 시'를 쓰고 죽었다. 왜냐하면 그의 시는 현실로부터 받은 모욕과 수치와 설움을 철저하게 밀어붙이는 '온몸' 그 자체였기 때문이다. '거대한 한 편의 시'에서 그 한 겹만 떼 내어 읽으면 남진우 같은 해석이 가능할 수도 있을 것이다. 김수영에게 꼬리표처럼 따라다니는 '소시민' 운운은 바로 이 한 겹을 그야말로 개별적으로 해석한 데서 오는 억측에 지나지 않는다.

「나의 가족」에서 예의 그 예민한 인식이 어느 정도 무뎌진 건 사실이다. 도리어 2연과 3연에서는 김수영이 갑자기 회고주의자가 된 것처럼도 보인다. 3연 1행 "얼마나 장구한 세월이 흘러갔던가"는 그것을 직접적으로 보여준다. 여기서 "장구한"은 뜻 그대로 '매우 긴'이 아니다. "장구한"은 양적 시간을 가리키는 게 아니라 질적 시간을 가리킨다. 다시 말하면 여기서 "장구한 세월"은 질적으로 심원한 사건이 구성한 시간을 말한다.

다시 전기적 사실에 기대 보면, 그야말로 김수영의 가족사는 슬픈 우리 근대사와 한 치 오차도 없이 겹친다. 그 사건들을 지나서 "많은 식구들이" 모인 것이다. 김수영은 이제야 "물결과 바람이/신선한 기운을 가지고 쏟아져 들어왔다"고 안도한다. 그리고 그것은 "누구 한 사람의 입김이 아니라/모든 가족의 입김이 합치어진 것"이라고 말한다. 즉 여기서 한 사람 한 사람의 뼈아픈 역사를 김수영은 분명히 기억하고 있는 것이다. 그래서 그는 "위대한 고대 조각의 사진"에서 받은 "성스러운 향수(鄕愁)와 우주의 위대감을 담아 주는 삽시간의 자극을 / 나의 가족들의 기미 많은 얼굴에 비하여 보아서는 아니" 된다고 하는 것이다. 그래, 우리 가족의 한 명 한 명, 아직 전쟁에서 돌아오지 못한 수강이와 수경이의 역사가 고대 조각 사진에서 느낀 위대함에 결코 모자라지 않는다, 이렇게 혼잣말을 하고 있는지도 모른다.

이 작품에서 김수영은 한동안 잃었다고 생각했던 사랑의 구체적인 모습을 느끼고 확인하고 있다. 사랑이라는 것은 고차원적이고 위대한 것이라기보다 이렇게 사소한 것이라는 어떤 감각을 그는 노래하고 있는 것이다. 다시 말하면 구체적인 사랑의 현현을 담담하게 느끼고 있는 것이다. 그래서 그는 묻는 것이다. "이것이 사랑이냐 / 낡아도 좋은 것은 사랑뿐이냐"?

「나의 가족」에서 우리가 느낄 수 있는 것은 남진우의 지적처럼 "개별성을 상실한 채 바람과 물결 속에 휩쓸려 들어가"는 것이 아니다. 도리어 가족 각자의 개별성을 긍정하는 바탕 위에서 삶에서 펼쳐지는 구체적 사랑에 대한 감각을 확인하는 것이다. 사랑은 '비참의 아들'(안토니오 네그리)이 아니다. 가족 각자의 개별성을 긍정한다는 것은 비참마저 긍정할 수 있는 존재론적 가난 때문이다. 김수영처럼 첨단을 달리고자 하는 시인에게 "낡아도 좋은 것은 사랑뿐이냐"는 의외의 인식인 것처럼 보이지만, 이 작품은 인식 이전의 사랑을 노래하고 있는 것이며, 사랑의 구체성과 그것에 도달하기까지 달려온 "모든 가족의 입김"을 호명하는 찰나이다.

나의 최종점은 긍지

연대기적인 시간을 따라가며 시의 변화를 따지는 것은 분명 과한 태도이지만, 김수영의 경우는 그러한 접근이 이해의 통로를 넓혀주기도 한다. 그에게 벌어진 사건을 토대로 시의 변화를 추적해보는 것은 얼마간 유효하단 뜻이다. 1954년까지의 그의 시는 '설움'과 '오욕'에 시달리고 있었지만 1955년에 들어서면서 그런 수동적 정서는 서서히 그 자취가 엷어진다. 김수영의 '오욕'과 '설움'은 당연히 구체적 현실과 "영원히 나 자신을 고쳐 가야 할 운명과 사명"(「달나라의 장난」)의 간극 때문에 발생하며, 그 간극을 지워나가려는 정신의 고투는 "피로"를 가져온다. 「구슬픈 육체」에서 드러나듯 자신의 "영원히 나 자신을 고쳐 가야 할 운명과 사명"을 앞서가게 하면 "잊어버린 생활"이 "불을 끄고 누웠다가"도 "다시 일어"나게 한다. 왜냐하면 "잊어버린 생활"은 "귀중한 생활"이기 때문이다. 하지만 "다시 불을 켜고 앉았을 때는/

이미 내가 찾던 것은 없어졌을 때"이다. 아직 김수영에게 생활은 현실의 등을 켜도 잡히지 않는 것이다. 다만 "땅과 몸이 일체가 되기를 원하며 그것만을 힘삼고 있"지만 그 "불굴의 의지" 사이사이로 "귀중한 생활들"은 곧잘 빠져나간다. "땅과 몸이 일체가 되기를 원하"고 있다는 것은 아직은 "땅과 몸이" 괴리되어 있다는 것을 반어적으로 가리키기도 한다.

이 "땅과 몸"의 괴리에 대해 「긍지의 날」에서는 이렇게 쓴다. "너무나 잘 아는 / 순환의 원리를 위하여 / 나는 피로하였고 / 또 나는 / 영원히 피로할 것"이다. "땅과 몸"의 일치란, 마치 "순환의 원리"처럼 거리낌 없는 상태를 말하는데 그것을 위한 결의와 행동은 언제나 쉬운 일이 아니어서 괴롭고 "영원히 피로"를 안긴다. 이 악무한을 뚫고 나가는 일이 곧 "고독한 정신"이며 동시에 "고독의 명맥을 남기지 않으려고" "주야를 무릅쓰고 애를 쓰"는 일 (「나비의 무덤」)이 현재 자신의 모습이다. 하지만 이런 고투는 "구태여 옛날을 돌아보지 않아도 / 설움과 아름다움을 대신하여" 긍지를 느끼게 한다. 비록 현실은 "파도처럼 요동하여 / 소리가 없고"(여기서 "하여"를 '쳐도'라고 바꿔 읽으면 뜻은 명료해지겠지만, 김수영 특유의 역경주의를 생각하면 "하여"를 그대로 읽어야 시의 생기가 더욱 살아난다) 아무리 세속적인 생활이 "비처럼 퍼부어"도 나의 정신은 이제 그 비에 "젖지 않는"다.

그리하여

피로도 내가 만드는 것

긍지도 내가 만드는 것

그러할 때면은 나의 몸은 항상

한 치를 더 자라는 꽃이 아니더냐

오늘은 필경 여러 가지를 합한 긍지의 날인가 보다

암만 불러도 싫지 않은 긍지의 날인가 보다

모든 설움이 합쳐지고 모든 것이 설움으로 돌아가는

긍지의 날인가 보다

이것이 나의 날

내가 자라는 날인가 보다

—「긍지의 날」 부분

이제 김수영은 "피로"와 "긍지"와 "설움"의 변증법을 알았다. "긍지"는 분명 "나의 최종점"이지만, 그 "최종점"은 먼 훗날의 일이 아니라 자신이 생활 속에서 구현해나가야 하는 것이다. 이것을 아는 순간 그는 "긍지"를 **느낄** 수 있는 것이다. 자신이 지금의 현실을 '어떻게' 뚫고 나가느냐에 따라 "피로"와 "긍지"는 만들어진다. 아니 "피로" 자체가 "긍지"가 될 수도 있다. 그래서 이 순간은 "한 치를 더 자라는" 순간이며, "모든 설움이 합쳐지"면서 동시에 "모든 것이 설움으로 돌아가는 / 긍지"인 순간이다. 여기서 눈여겨봐야 할 것은 "모든 설움이 합쳐지고" 다시 "모든 것이 설움으로 돌아"간다는 점이다. 즉 김수영이 느끼는 "긍지"는 "설움"을 초탈하지 않으면서, 아니 도리어 "설움"이라는 정서를 유발시키는 현실에 뿌리내리면서 생기는 힘의 다른 이름이다. 언제나 문제는 '어떻게'로 전환되는데, '어떻게'에 따라 "피로"는 수고 다음에 오는 '건강'이 될 수 있다. 이 건강의 예감을 느끼기 시작하는 순간이 바로 "긍지의 날"이다.

그런데 이 갑작스런(?) 돈오(頓悟)는 어떻게 일어나는가? 일단 김수영의 시적 여정에서 갑작스러운 것은 애당초 없음을 유념할 필요가 있다. "자신을 고쳐 가야 할 운명과 사명"을 받아들이는 순간부터 김수영에게는 미지를 향해 나아갈 수 있는 역량이 축적되기 시작했던 것이다. (이렇게 잠재적 역량은 결단과 행동에 의해 변화·증강된다.) 김수영의 위대함은, "자신을 고쳐 가야 할 운명과 사명"을 심리적인 결의로서만 가지고 있지 않았다는 점에 있다. 중요한 것은 "운명과 사명"이라는 추상적이고 주관주의적인 결의의 인식이 아니라 현실의 운동에 자신을 던져 넣어 "자신을 고쳐" 가는 행동에 있다.

「긍지의 날」에서 보여줬던 긍정적 정서는 「영사판」에서도 되풀이된다. 먼저 "어룽대며 변하여 가는 찬란한 현실을 잡으려고 / 나는 어떠한 몸짓을 하여야 되는가"라고 자문하는 것은, 이제 표면적인 현실을 움직이게 하는 "주야를 가리지 않는 어둠"을 볼 수 있는 힘이 생겼다는 것을 우회적으로 표현한 것이다. 아직 그 "어둠"의 원리나 법칙에 대해 자신할 수 없어 "두 어깨는 꺼부러지고" 있지만 "영사판 위에 비치는 길 잃은 비둘기"의 "울음소리"를 통해 "나의 온 정신에 화룡점정이 이루어지는 순간"을 경험한 것이다.

아직까지는 "화룡점정"이 구체적이지 않고 막연한 느낌일 뿐이다. 눈여겨봐야 할 것은 김수영이 1955년 초반 즈음에 자신도 알 수 없는 어떤 예감에 휩싸이기 시작했다는 점이다. 사실 시적 순간은 바로 이런 시간을 말하는 것이다. 그러나 김수영의 지성은 여기에 머물지 않고 예감이 구체적으로 무엇을 가리키는 것인지 탐구해 들어가는 산문적 정신으로 빛을 발하기 시작한다. 찾아온 예감을 산문적 정신을 통해 구체적으로 조탁하지 않으면 '다른 시간'은 시적 순간을 지속적으로 점멸시키지 못한다. 도리어 그 예감에 만족해 산문적 정신의 등을 꺼버리면 나태와 허위가 시인의 영혼을 덮칠 수 있다.

「서책」에서 "덮어 놓은 책은 기도와 같은 것"이고, "신(神)밖에는 아무도 손을 대어서는 아니 된다"고 말하는 것은 자신이 느낀 예감의 정체를 아직은 몸으로 체득하지 못했다는 고백이며, 전율 다음에 오는 피로를 잠깐 내려놓으려는 휴식의 징후이다. 그리고 「휴식」은 그것에 대한 고백이다. 하지만 "나는 나를 속이고 역사까지 속이고 / 구태여 낯익은 하늘을 보지 않고 / 구렁이같이 태연하게 앉아서 / 마음을 쉬다"는, 건강을 얻은 자의 도약을 위한 휴식이지 퇴행을 준비하는 회피가 아니다. 「서책」에서 "신이여 / 당신의 책을 당신이 여시오"라고 말할 때, 그것은 "신"에게 이 세계의 책임을 떠넘기는 것이 아니라, 자신의 자아만으로 "서책"으로 상징되는 현실의 진실을 밝힐 단계는 아니라는 겸양의 고백이다. 또 그가 예감하고 있는 '다른 시간'에 대한 인식이 독단으로 빠지지 않게 하려는 무의식적인 '멈춤'이기도 하다.

니체의 『차라투스트라는 이렇게 말했다』 「머리말」에는 '산속'에 있던 차라투스트라가 저잣거리로 내려와 '위버멘쉬'에 대해 설파하는 장면이 나온다. 그는 처음에는 성자를 만난다. 산 아래로 내려가서 헛고생하지 말고 다시 숲속으로 돌아가라는 성자에게 차라투스트라는 헤어지며 중얼거린다. "신이 죽었다는 사실을 아직도 듣지 못했다는 말인가!" 하지만 성자의 충고대로 "숲 가장자리에 있는 첫 도시"의 "많은 군중"은 차라투스트라의 말을 이해하지 못하고 도리어 "줄타는 광대에 관해서는 이미 들을 만큼 들었다"고 일축한다. 그러자 차라투스트라는 조금 더 자세히 위버멘쉬에 대해서 말하다가 군중들 "나름대로 자부심을 가질 만한 어떤 것이 있"음을 간파한다. 이어서 '최후의 인간'에 대해서 말한다. "이 종족은 벼룩과도 같아서 근절되지 않는다. 최후의 인간이 가장 오래 산다."

"최후의 인간"에게는 "병에 걸리는 것과 의심을 품는 것이 그들에게는 죄스러운 것이" 되며, 그래서 "아주 조심조심 걷는다". "때때로" "단 꿈"이라는 "얼마간의 독"을 마시다가 끝내 "편안한 죽음에 이를 수도 있다." "그들은 더 이상 가난해지지 않으며 부유해지지도 않는다. 이런 것은 너무도 귀찮은 일이다." "그들의 조소에는 끝이 없다. 그들도 다투기는 하지만 이내 화해한다." "사람들은 낮에는 낮대로, 밤에는 밤대로 조촐한 쾌락을 즐긴다. 그러면서도 건강은 끔찍이도 생각한다." 행복을 찾아냈다고 말하면서 "눈을 깜박인다." 군중들은 말한다. "우리에게 최후의 인간을 달라. 우리들로 하여금 그 최후의 인간이 되도록 하라!"

니체가 말하는 "최후의 인간"은 파도처럼 닥쳐오는 삶을 살 역량이 없는 자이며 "병에 걸리는 것(아픈 것─인용자)"과 "의심을 품는 것"을 꺼리는 존재이다. 그러면서 "행복을 찾았다"고 "눈을 깜박인다." 이런 인간 유형이 결과적으로 가장 오래까지 산다고 니체는 말한다. '휴식'은 "최후의 인간"이 선호하는 상태이다. '휴식'은 "몸을 해치는 일이 없도록 조심"하는 것이다. 또 "돌에 걸리거나 사람에 부딪쳐 비틀거리는" 일이 없도록 활동을 멈추는 것이다. 그저 아무 일이 없기를 바라는 "최후의 인간"의 '휴식'은 고작 "편안한 죽음"에 이르게 하는 '병든 건강'이다. 하지만 자기를 넘어서려는 자의 '휴식'은 "저편으로 건너가고 있는" 과정 중에 존재하는 "하나의 교량", 즉 '건강한 병'이다. "한 방울의 정신조차도 자신을 위해 남겨두지 않고 전적으로 자신의 덕의 정신이 되고자 하는 자"에게는 말이다.

「휴식」은 제목과는 다르게 어떠한 나른함이나 도피 같은 수동적 정서를 풍기지 않는다. 도리어 발랄하고 능동적인 정서를 품고 있다. 시의 화자는 휴식이 갖는 부정적 의미를 알지만 이제 그것은 그의 적수가 되지 못한다. "잣나무 전나무 집뽕나무 상나무/연못 흰 바위/이러한 것들이 나를 속이는가/어두운 그늘 밑에 드나드는 쥐새끼들"마저? 남의 집 "마당은 주인의 마음이 숨어 있지 않은 것처럼 안온"하지만 이제 "나 역시 이 마당"에 어떤 "원한"도 없다. 이 '원한 없음'의 단계 이후에 김수영의 시가 한동안 흔쾌하게 전진하는 것은 나중에 확인되지만, 그전에 이 단계에 도달하게 된 구체적 계기를 한번 살펴볼 필요가 있다. 그 점을 명확하게 제시해주는 작품이 「헬리콥터」다.

자유와 비애

— 자유

— 비애

더 넓은 전망이 필요 없는 이 무제한의 시간 위에서

산도 없고 바다도 없고 진흙도 없고 진창도 없고 미련도
없이

앙상한 육체의 투명한 골격과 세포와 신경과 안구까지

모조리 노출 낙하시켜 가면서

안개처럼 가벼웁게 날아가는 과감한 너의 의사 속에는

남을 보기 전에 네 자신을 먼저 보이는

긍지와 선의가 있다

너의 조상들이 우리의 조상과 함께

손을 잡고 초동물(超動物) 세계 속에서 영위하던

자유의 정신의 아름다운 원형을

너는 또한 우리가 발견하고 규정하기 전에 가지고 있었으며

오늘에 네가 전하는 자유의 마지막 파편에

스스로 겸손의 침묵을 지켜 가며 울고 있는 것이다

—「헬리콥터」 부분

이 작품은 일종의 고백록인 동시에 자신의 '원한 없음' 상태가
어떻게 만들어졌는지에 대해 힌트를 주며, 「달나라의 장난」에서
느꼈던 호흡을 다시금 보여주는 시이다. 다른 점은, 「달나라의 장
난」이 역사적 현실의 심연 속으로 침몰하지 않으려는 비극적 정
조로 씌어졌다면 「헬리콥터」는 이제 그것을 극복했다는 자신감

으로 썼다는 것이다. 김수영은 이 작품에서 "자유"와 "자유의 정신"을 말하는 바, 「조국에 돌아오신 상병포로 동지들에게」에서 희구했던 "자유가 살고 있는 영원한 길"이 드디어 구체적인 삶의 윤리로 자리 잡아 가고 있음을 보여준다. 그리고 이 태도는 "자유의 정신"을 낳고, "자유의 정신"은 "어두운 대지를 차고 이륙하"게 하는 긍정의 정신을 낳는다.

1연에서 시의 화자는 "어두운 대지를 차고 이륙하는" 헬리콥터를 자신의 자유를 향한 비상의 이미지로 채택한다. 진정한 비상은, 비상의 순간만큼은 "힘이 들지 않는다". 그런데 그것을 발견할 수 있는 존재들은 "우매한 나라의 어린 시인"들이다. "우매한 나라", 즉 근대의 파국적인 역사를 소유하지 않은 나라, 아니면 그 역사를 털어버린 나라. 그 나라의 "어린 시인"들만이 무구하게 자유를 향해 비상할 수 있는 것이다. 하지만 이 명제는 원론적이다.

이 원론과는 상관없이 시의 화자는 "설움을 아는 사람"이며 이 "설움을 아는 사람"은 헬리콥터의 이륙을 보고 놀랄 수도 있고 놀라지 않을 수도 있다. 더 정확히 말하면, 이 "설움을 아는 사람"은 한때 헬리콥터의 이륙을 보고 놀랐지만 이제는 놀라지 않는다는 뜻이다. 왜냐하면 이제 "긍지"를 알게 되었으니까.

그 "설움을 아는 사람"에게는 실존에 부정적 영향을 끼친 역사적 사건들이 있었다. 그것은 "자기의 말을 잊고 / 남의 말을 하여 왔"던 시간과 관계가 있다. 이 언어의 상실 또는 박탈의 기억은 "설움이 설움을 먹었던 시절이"다. 이 문장에는 두 가지 의미가 배어 있다. 차마 "설움"도 제 것으로 할 수 없었다는 뜻과 결국 그 "설움"을 "설움"으로 치유했다는 뜻. 그 다음 두 행에 비췄을 때는 후자로 해석하는 게 나을 것 같지만 전자의 의미로 받아들여도 무방하다고 본다. 그러나 「긍지의 날」과 「영사판」을 감안하면 "설움"을 "설움"으로 넘어선다고 해석하는 게 더 자연스러울 것이다. "설움"을 "설움"으로 넘어설 때, "젊은 시절보다도 더 젊은" "헬리콥터의 영원한 생리(生理)"를 발견할 수 있는 것은 타당하다.

1연에서는 이렇게 헬리콥터의 비상과 시의 화자의 과거를 대비시킨 뒤에 "설움"을 넘어 드디어 과거의 시간에 대해서 우매해졌으며(얽매이지 않게 됐으며) 질곡에 찬 "젊은 시절보다도 더 젊은 것"을 발견하게 되었다. 이 작품은 전체가 환희와 설움으로 짜였으면서 동시에 그 설움과 환희가 교대로 펼쳐진다. 각 연도 그 구조를 비슷하게 반복하고 있는 특징을 가지고 있다. 이는 이 시를 쓸 당시 김수영 자신의 정서가 복잡하고 아슬아슬함을 드러낸다. 아무튼 1연의 마지막은 아연 젊어지면서 끝을 맺는다.

2연의 앞부분에서는 뜬금없이 헬리콥터의 역사를 설명하고 있는데, 작품 내에 존재하는 긴장을 이완시키는 휴게 코너인 것처럼 읽히지만 실제로는 그렇지도 않다. 2연의 중반부터는 20세기 근대사에 대한 암시들이 나타나기 때문이다. 헬리콥터는 "대서양을 횡단하지 않았기 때문에", 즉 근대 서구 국가의 영토 확장에 이바지하지 않았기 때문에, 도리어 "동양의 풍자를" 느끼게 한다는 것이다. 데카르트로부터 시작하는 근대철학의 특징은 '연장과 사유'인데 여기서 '연장' 개념은 유럽인들로 하여금 타자의 장소를 진공 상태로 인식하게 하였다. 타자의 삶이 전개된 장소마저 그냥 자신들의 욕망이 연장되어야 할 추상적 공간으로 인식하는 뿌리가 되었던 것이다.

하지만 헬리콥터는 제트기나 카고가 갖는 그런 특징을 표상하지 않는다. 헬리콥터 자신이 공간을 점유하면서 면적을 갖는 물건이 아니라 "비애의 수직선을 그리면서 날아가는" 설움이기 때문이다. 면적을 갖는다는 것은 곧 영토를 갖는다는 말과 다를 바 없으며 영토는 언제나 지배와 정복, 권력의 결과물이다. 아니, 도리어 영토 자체가 지배와 정복, 권력의 다른 이름이다. 반면에 헬리콥터는 "비애의 수직선을 그리면서 날아가는" 양태를 갖기에 그것은 "좁은 뜰 안에서뿐만 아니라" "심지어는 항아리 속에서부터라도 내어다볼 수 있"는 "설운 동물"이다. 헬리콥터가 면적을 지향하는 "동물"이 아니기에 그것을 바라보는 아래의 시선 자체에도 면적이 끼어들 여지는 없다. 시의 화자는 헬리콥터와 우리의 관계가 이래서 "순수한 치정(痴情)" 관계라고 말한다. 왜냐하면 면적을 갖지 않는 시선끼리는 실증적 증명보다 "짐작"으로도 확신할 수 있기 때문이다.

"헬리콥터여 너는 설운 동물이다"라는 2연 마지막의 진술은, 우리도 섧고 너도 섧고 "우리의 순수한 치정"도 섧다는 말에 다름 아니지만, 그 설움은 3연에서 말하듯이 동시에 "자유"이기도 하다. 그러면서 어쩔 수 없이 "비애"이기도 하다. 즉 "어두운 대지를 차고 이륙하는 것이" 곧 초월을 뜻하는 것은 아니기 때문이다. 다시 말해서 눈에 보이는 현상대로 "가벼웁게 상승하는 것"처럼 보이지만, 거기에는 필연적으로 "설움"이 묻어 있으며, "설움"을 안고 비상하는 일은 "자유"이면서 "비애"인 것이다. "설움"에서 "자유"로 전환하는 일은, 속된 말로 칼로 두부 자르듯이 진행될 수는 없는 일이다. 김수영이 1955년 중반 즈음부터 "피로"를 떨쳐내는 것처럼 보이지만, "영원히 나 자신을 고쳐 가야 할 운명과 사명"을 인식하고 있는 영웅(?)에게는 피로는 자연스럽게 따라 붙는 '존재의 그림자'이다. 사실 이 "피로"는 1968년 급작스런 죽음 직전까지 그를 따라다녔다.

눈여겨봐야 할 것은, '자유/비애'를 어떻게 받아들이냐는 점이다. 김수영은 "설움"을 묻힌 채로 비상하면서 생기는 '자유/비애'에 "긍지와 선의가 있다"고 4연에서 말한다. 그런데 그것은 어떻게 가능한가? "산도 없고 바다도 없고 진흙도 없고 진창도 없고 미련도 없이 / 앙상한 육체의 투명한 골격과 세포와 신경과 안구까지 / 모조리 노출"할 줄 아는 용기 때문이다. 그러니까 "어두운 대지를 차고 이륙하는" 힘은 면적을 가지려는 욕망이 아니라 "남을 보기 전에 네 자신을 먼저 보이는/ 긍지와 선의"가 있었기에 가능하다는 깨달음에 도달한 것이다. 그것은 모험을 회피하지 않으려는 용기에서 나온다. 지금껏 "어룽대며 변하여 가는 찬란한 현실을 잡으려고" 했지만, "찬란한 현실"을 움직이는 "주야를 가리지 않는 어둠"(이상 「영사판」)을 이제 알게 된 것이다. 여기서 "어둠"은 "찬란한 현실을" 가능하게 하는 배면을 의미한다.

하지만 그 "어둠"은 아직 김수영에게는 "잠자는 책"이다. 그렇지만 김수영은 그 꼬리를 움켜잡은 게 분명하다. 아직까지 "잠자는 책"은 "신(神)밖에는 아무도 손을 대어서도 아니 된다"고 했지만 이제 그 "어둠" 다음, 즉 "어둠"으로 내려가는 입구일지도 모르는 '다음 책'은 신 "당신이 여시오"라고 호기롭게 말할 수 있게 된 것이다.(이상 「서책」) 그 호기와 용기는 "비상"을 가능하게 하는데 아직은 "설움"을 완전히 넘어서지는 못하고 있는 형국이다. "설움"이 "설움"을 넘어서는 이 운동 중에도 "자유"와 "비애"는 아직 한 몸이다. 그럼에도 불구하고 '자유/비애'를 생산하는 "비상"에는 현실을 객관적으로 파악하려는 의지에 앞서 자기 "자신을 먼저 보이는" "긍지와 선의"가 있는 것이다.

김수영의 인식이 여기까지 이르자 우리 자신에게 "자유의 정신의 아름다운 원형"이 잠재적으로 존재하고 있음도 드러나고 만다. 이제 헬리콥터가 "전하는 자유의 마지막 파편"을 접수할 수 있을 만큼, 아니 스스로 "비애의 수직선을 그리면서 날아" 보는 용기를 가지면서 '원한 없음' 상태에 도달하게 된 것이다. 물론 김수영에게 "설움" 대신 "비애"가 찾아오지만, 그 "비애"는 이제 구체적인 삶의 윤리가 된 "자유"가 그것을 부정하는 현실 조건들과 맞닥뜨리면서 생긴 별도의 정서이다.「헬리콥터」의 마지막 연이 "자유의 마지막 파편에/스스로 겸손의 침묵을 지켜 가며 울고 있는 것이다"라는 진술인 것은, 그가 다시 맞아야 할 어떤 예감이 그를 기다리고 있음을 알고 있기 때문이다. 이후 수년간 김수영의 시적 행보에 쾌활함과 "비애"가 공존하는 것은 다른 예감을 맞기 위한 이행 동작 때문일 수도 있다. 하지만 일단 휴식을 가질 필요가 있다. 이제 휴식을 가져도 조급하지 않고 약간의 "안온"에 원한 같은 것도 없다.

【3】

서강 생활

어둠과는
타협하는 법이 없다

「수난로」에서 김수영은 "문명의 폐물(廢物)"에 고이는 "어둠"을 말한다. 이는 「영사판」의 "주야를 가리지 않는 어둠"과 일정 부분 의미론적으로 겹치면서 「서책」에서 말하는 "신(神)"과도 연결이 된다. "문명의 폐물(廢物)"에 고이는 "어둠을 신이라고 생각"하기 때문이기도 하다. 이즈음 김수영은 어떤 판단중지 상태를 간헐적으로 보여준다. 어둠을 신이라고 부르는 것은 김수영 자신이 맞닥뜨린 한계 상황을 우회적으로 드러내는 은유에 해당한다.

특정 시간대에 생산된 시에서 특정 어휘들이 반복되는 것은 전혀 부자연스러운 현상이 아니다. 도리어 반복되는 그 어휘들을 통해 조금 더 명료하게 시인의 내적 상태를 읽을 수 있다. 물론

「헬리콥터」와 「영사판」에서 봤듯 "긍지와 선의"를 가지고 현실을 "받치고 있는 주야를 가리지 않는 어둠"을 느끼게 되었지만, 김수영은 아직 자신의 인식 안쪽에 자리 잡지 못한 세계를 일러 "어둠" 혹은 "신(神)"이라 명명하고 있다.

그런데 "이 어두운 신은 밤에도 외출을 못하고 자기의 영토를 지킨다". 왜냐하면 한 문명은 끝났지만 이 땅에 온 새로운 문명을 시의 화자는 받아들이지 못하고 있기 때문이다. 현실과의 이런 갈등과 불화는 1955년에서 1956년 사이에 집중적으로 드러난다. "이 어두운 신"의 현재 "유일한 희망은 겨울을 기다리는 것이다". 수난로는 "그의 내부에" "더운 물"을 채워 실내를 덥히는 게 제 역할이기에, 수난로의 "유일한 희망"이 "겨울"인 것은 범상한 비유 같지만 "더운 물이 없어"진 상태를 "어두운 신"이라고 말하는 순간 이 "유일한 희망"으로서의 "겨울"은 다른 의미와 아우라를 한 겹 더 입는다. 여기서 우리는 어떤 정신주의를 읽을 수도 있다. 겨울은 "가혹한 손님이다. 그런데도 나는 그를 공경하며, 마음이 여린 자들과 달리 배불뚝이 불의 우상을 경배하지는 않는다. 우상을 경배하기보다는 차라리 얼마만큼 이를 덜덜 떨겠다! 그것이 내 성미에 맞는 일이다. 나는 특히 발정을 하여 김을 내뿜는 후텁지근한 불의 우상 모두를 싫어한다."(『차라투스트라는 이렇게 말했다』)

수난로의 "유일한 희망은 겨울을 기다리는 것이다"고 말한 다음 김수영은 돌연 "그의 가치는 / 왼손으로 글을 쓰는 소녀만이 알고 있"는데, "그의 머리 위에 반드시 창이 달려 있는 것은 / 죄악이 아니"냐고 묻는다. 어떤 연구자는 수난로의 가치는 "왼손으로 글을 쓰는 소녀만이 알고 있다"는 구절을 '오른손잡이' 세계에 대해 '다른 가치'를 표상하는 이미지로 본다. 일리 있는 해석이지만, "그것은 그의 둥근 호흡기가 언제나 왼쪽에 달려 있기 때문이다"는 너스레에 의해 곧 무의미해져 버린다.

도리어 "그의 머리 위에 반드시 창이 달려 있는 것은 / 죄악"이라는 다음 구절을 보건대, 중요한 것은 "어두운 신"을 섣불리 환기시키려는 시대적 경향들에 대한 비판적 인식이다. "더운 물이 없어"진 수난로에는 아직 아무것도 당도하지 않았기 때문에 "창"을 통해 "어두운 신"을 섣불리 없애려는 현실은 신뢰할 만하지 않다. "그는 인간의 비극을" 알기에 아직 "어둠"이 더 필요하다. 그러나 "그는 낮에도 밤에도 / 어둠을 지니고 있으면서 / 어둠과는 타협하는 법이 없다". 즉 새로운 시간이 오지는 않았지만 다시 "문명의 폐물"에게로 돌아가지 않겠다는 말이다.

"차라투스트라는 그의 나이 서른이 되던 해에 고향과 고향의 호수를 떠나 산속으로 들어"가서 "자신의 정신과 고독을 즐기면서 십 년을 보냈다". "그러나 마침내 그의 마음에 변화가" 와서 동굴을 떠난다. 많은 사람들을 만나고 많은 대화를 하고 가르침을 행했지만 다시 그에게 찾아온 것은 고독이었다. 하지만 그 고독은 처음에 동굴을 떠날 때의 고독과는 다른 것이다. 이제는 "일체의 좋은 사물의 근원은 수천 겹으로 되어 있"으며 "일체의 좋고 분방한 사물은 기쁨에 넘쳐 현존하는 세계 속으로 뛰어든다"는 것을 알게 된 자의 고독이다. 이때 고독에는 두 가지가 있는데, "병든 자의 도피"로서의 고독과 "병든 자로부터의 도피"로서의 고독이 그것이다. "병든 자로부터의 도피"로서의 고독은 새로운 시간을 창조하는 자의 고독이며, "그것이 생이었던가? 좋다! 그렇다면 다시 한번!"이라고 말할 수 있는 용감한 자의 고독이다.(이상 『차라투스트라는 이렇게 말했다』)

김수영은 현실의 어떤 벽과 부딪쳤을 때 과거의 유물로 돌아가는 모습은 보이지 않는다. 그의 도약대는 언제나 현재였기에 현재가 어떤 모습을 하고 있든 부정적인 자세를 보이지 않았던 것이다. 5·16쿠데타 이후 찾아온 혼란처럼 보이는 '신귀거래' 연작마저도 과거로의 회귀는 아니다. 그가 과연 니체처럼 "다시 한번!"을 외친 적은 없어도 끊임없이 "병든 자로부터" 벗어나려고 했던 것만은 사실이다. 물론 그에게 가장 깊게 "병든 자"는 대한민국의 현실이다. 그 현실은, 사회·문화적 현실뿐만 아니라 정치적 현실, 문학장 내부의 현실까지 모두 다 포함된다. 동시에 자신의 그런 현실을 깊게 사랑했음도 물론이다. 사랑이 아닌 원한감정이나 연민으로는 어떤 새로움도 창조하지 못한다는 것을 그는 알고 있었다.

연보에 의하면 김수영은 1955년부터 1956년에 걸쳐 6개월 동안 〈평화신문〉 문화부 차장으로 일하게 된다.「바뀌어진 지평선」,「기자의 정열」,「구름의 파수병」은 이 즈음에 씌어졌다. 일단 연보를 봐도 그렇지만「바뀌어진 지평선」의 시적 정황 자체를 봐도 그렇고, "타락한 신문기자의 / 탈을 쓰고 살고 있단다" 같은 구절에서도 어렵지 않게 짐작할 수 있다.「기자의 정열」은 제목부터가 시의 화자가 기자라는 것을 밝히고 있는 데다, 시의 내용도 화자인 기자가 자신에게 하는 말로 채워져 있다. 그러나「바뀌어진 지평선」과「구름의 파수병」에 의거해 보면, 이때 김수영은 우울을 앓고 있는데, 그것은 자신이 하는 일이 "시와는 반역된 생활"(「구름의 파수병」)이라는 자괴감 때문인 듯하다.

그나마「바뀌어진 지평선」에서는 자신의 생활이 빠진 "경박성"과 "뮤즈"의 대립을 어떻게든 화해시켜보려고 하지만「구름의 파수병」에서는 그 "경박성"에게 끝내 등을 돌리고 만다. 이렇게 김수영이 평생 받은 생활의 압력은 시를 낳게 한 동력이 되었다. 그러나 그 압력이 곧바로 시를 낳게 하지는 않았다. 그것과의 투쟁 과정에서만 김수영의 시는 탄생했다.「바뀌어진 지평선」에서는 표면적으로 "뮤즈"에게 자신의 "생활이 비겁하다고 경멸하지 말아" 달라고 한다. 또 "뮤즈"는 "어제까지의 나의 세력"이나 "오늘은 나의 지평선이 바뀌어졌다"고 짐짓 자기 자신을 합리화해 보기도 한다. 이게 "아슬아슬하게 / 세상에 배를 대고 날아가는 정신"이며, 동시에 "배반"이며, "모험"이며, 그러나 "간악"이기도 하다.

작품의 뒷부분에서 "뮤즈는 조금쯤 걸음을 멈추고 / 서정시인은 조금만 더 속보로 가라 / 그러면 대열은 일자(一字)가 된다"고 결정적인 화해를 시도한 듯 보이나, 결국 그것마저도 "오늘의 우울"과 "오늘의 경박을 위하여"라고 실토하고 만다. 김수영에게 시와 생활의 일치는 끝내 불가능했던 것일까. 그에게 생활은 시에 대해서는 일종의 잡음이었다.

「바뀌어진 지평선」에서와는 달리 「구름의 파수병」에서는 "시와는 반역된 생활을 하고 있다는 것을" 반성하고 "이미 정하여진 물체만을 보기로 결심"한다. 누군가가 이런 자신의 변한 태도의 "그릇됨을 꾸짖어 주어도 좋다". "함부로 흘리는 피가 싫어서 / 이다지 낡아 빠진 생활을 하는 것은 아니"기 때문이다. 김수영에게는 "방 두 칸과 마루 한 칸과 말쑥한 부엌과 애처로운 처를 거느리고 / 외양만이라도 남들과 같이 살아간다는 것이 이다지도 쑥스러"운 일이다. 하지만 "자기의 나체를 더듬어 보고 / 살펴볼 수 없는 시인처럼 / 비참한 사람이 또" 없다. 한때 생활과 타협하려 했던 마음을 물리치고 "날아간 제비와 같이 자국도 꿈도 없이 / 어디로인지 알 수 없으나 / 어디로이든 가야 할 반역의 정신"이 곧 자신의 것임을 다짐하는 일은 고독의 다른 이름이다. 이렇게 자신을 고독이라는 "산정"에 유폐시킨 다음, 거기서 "꿈도 없이 바라보아야 할 구름"의 파수병을 자처한다.

하지만 이런 의도적인 자기유폐가 문제를 해결해주는 것은 아니다. 「사무실」에서는 백수(?)가 된 김수영의 우울한 자의식이 다시 읽힌다. "남의 일하는 곳에 와서 아무 목적 없이 앉았으면" 순간 설움이라는 생활의 우울이 찾아온 것이다. 여기서 "설움"은 전쟁 직후의 설움과는 그 맥락과 내포가 다르다. (당연히 시어도 그렇지만 모든 언어는 언제나 구체적 맥락을 드러내면서 해석되어야 한다.) 마지막 결구에서 "어떻게 하리"를 반복하는 것은 아직도 생활에서 시로 전적으로 넘어오지 못했다는 뜻이기도 하다. 그러나 생활에서 시로 넘어온다는 표현은 하나의 비유에 지나지 않는다. 현실에서는 그게 가능하지 않기 때문이다.

김수영이 〈평화신문〉 기자로 6개월가량 일을 하면서 느낀 것은 현실의 모습과 논리는 자신이 생각하는 시쓰기의 삶과 대치된다는 점이었을 것이다. 그것이 "시와는 반역된 생활을" 강요한다는 것을 알게 되자 그 자리를 떠났을 개연성이 있다. 하지만 그는 언제나 현재에서 새로운 출발을 다짐한다. 그래서 "이미 정하여진 물체만을 보기로 결심"한 것이다. 비록 순간 '설움'이 다시 찾아오기는 하지만 말이다. 그럼에도 불구하고 김수영의 의지는 결국 「백의」에 닿는다. 새삼 여기서 말해둘 것은 김수영의 '의지'는 자의적인 정신주의가 아니라는 것이다. 그의 현실 해석은 언제나 자신의 경험에서 출발한다. 직접 겪고 부딪친 흔적이 노골적으로 드러나지는 않지만 말이다. 그의 시쓰기는 경험의 층위에서 시작되는 것이 아니라 해석의 층위에서 시작되기 때문이다. 그래서 그만큼 그의 시는 치밀하고 그만큼 또 난해하다. 해석은 일종의 종합이니까.

차라리
숙련 없는 영혼이 되어

「여름 뜰」은 근대적 현실이 강요하는 분열증적 사태에 대한 조금 더 명료한 발언이며, 그것마저 "속지 않고 보고 있을 것"이라는 김수영 특유의 돌파의지가 번득이고 있는 작품이다. 먼저 "무엇 때문에 부자유한 생활을 하고 있으며 / 무엇 때문에 자유스러운 생활을 피하고 있느냐"고 묻는 것은, 다시 말하면, '무엇 때문에 누구나 다 하는 생활을 꾸리지 못하고 있느냐?'는 것과 같은 의미로 읽힌다. 그런데 시의 화자는 여기서 "여름 뜰"에게 "부자유한 생활을 하고 있"지만 자신은 "혼자서 볼 수 있는 주름살"과 "굴곡"이 있다고 말한다. 그 "주름살"과 "굴곡"은 "모-든 언어가" 이글거리는 곳이며 그것이 드디어 "시에로 통할 때" 현실에 대한 무모한 "대담성을 잊어버리고 / 젖 먹는 아이와 같이 이지러진 얼굴"을 가질 수 있다.

"합리와 비합리와의 사이에 묵연히 앉아 있는" 상태는 바로 이런 상태를 가리키며, 그것의 속성은 "우스웁고 간지럽고 서먹하고 쓰디쓴 것마저 섞여 있"는 것이다. 즉 명석·판명한 상태가 아니다. 하지만 중요한 것은, "여름 뜰"을 "달려가는 조그마한 동물이라도 있다면" 자신을 "희생할 것을 준비"할 수 있다는 점이다. 그런데 왜 "여름 뜰"인가? "여름 뜰"에는 "조심하여라! 자중하여라! 무서워할 줄 알아라!" 같은 "억만의 소리가 비 오듯" 하는 곳이다. 그런 "여름 뜰"을 통한 "조심", "자중", '두려움' 같은 언어들은 자기 내면의 목소리들이었을 것이다. 뜨거운 햇볕의 복판에서 "조심"하고 "자중"해야 할 것은 많다. 시골집 마당의 여름 뜰은 햇볕이 이글이글 타고 있을 터, "여름 뜰"은 김수영이 실존적으로 마주하고 있는 현실의 은유로서 어색하지 않다.

이런 신중의 자세와 "나는 너에게 희생할 것을 준비하고 있노라" 같은 독백의 낙차는 역설적으로 시의 화자의 결연함과 의지를 증폭시킨다. 이런 맥락에서 읽을 때만이 4연 3행의 "시체나 다름없는 것이다"가 도리어 긍정적으로 밝아진다. 여기서 "시체"는 "합리와 비합리와의 사이에 묵연히 앉아 있는" 상태를 말하는 것이기도 하며, "질서와 무질서와의 사이에"서 "움직이는" 무엇인데, "섧지가 않아"에서 눈치챌 수 있듯이, 「사무실」에서 예시됐던 설움의 부동 상태를 말하는 것이다. 그러니까 "여름 뜰" 앞에서 잠시 설움을 멈추고, 시의 화자는 자신이 처한 상태의 진실을 "속

지 않고 보고 있"겠다고 말하고 있다. "여름 뜰을 흘겨보지 않"으
며 또 "여름 뜰을 밟"지도 않으며 그렇게 하겠다는 것이다. 자신
에게 주어진 현실을 부정하지도 않으며, 원망하지도 않겠다는 의
미이다. 다시 말하지만, 여기서 "여름 뜰"은 지금 시의 화자에게
주어진 냉엄한 현실을 상징한다. 다음 작품을 읽어보자.

여름 아침의 시골은 가족과 같다

햇살을 모자같이 이고 앉은 사람들이 밭을 고르고

우리 집에도 어저께는 무씨를 뿌렸다

원활하게 굽은 산등성이를 바라보며

나는 지금 간밤의 쓰디쓴 후각과 청각과 미각과 통각(統覺)
마저 잊어버리려고 한다

물을 뜨러 나온 아내의 얼굴은

어느 틈에 저렇게 검어졌는지 모르나

차차 시골 동리 사람들의 얼굴을 닮아 간다

뜨거워질 햇살이 산 위를 걸어 내려온다

가장 아름다운 이기적인 시간 위에서

나는 나의 검게 타야 할 정신을 생각하며

구별을 용사(容赦)*하지 않는

밭고랑 사이를 무겁게 걸어간다

>

고뇌여

강물은 도도하게 흘러내려 가는데
천국도 지옥도 너무나 가까운 곳
사람들이여
차라리 숙련이 없는 영혼이 되어
씨를 뿌리고 밭을 갈고 가래질을 하고 고물개질을 하자

여름 아침에는
자비로운 하늘이 무수한 우리들의 사진을 찍으리라
단 한 장의 사진을 찍으리라

—「여름 아침」전문

김수영이 부산에서 돌아온 아내 김현경과 서강에 자리 잡은
시점은 1955년 6월이다. 김수영에게서 연구자들이 일반적으로
읽어내는 초상은, 현실인식으로든 시의 양식으로든 모더니스트
일 뿐 그에게 민중 친화적인 정동(情動)이 존재한다는 것은 쉽게

* 용서하여 놓아 준다는 뜻.

인정하지 않는다. 4·19혁명 이후 쓴 시에서도 그리고 일기와 시평에서도 김수영에게는 비록 최소한이지만 민중에 대한 인식이 있었던 것은 확실하다. 작품을 통해서는 「여름 아침」이 아마 그 시초일 것이다. 물론 김수영의 민중의식을 저 1980년대적인 것과 같은 저울 위에 올려놓는 것은, 김수영의 여성의식을 2010년대의 저울 위에 올려놓는 것과 함께 몰역사적인 태도일 것이다.

「여름 아침」은 "첨단의 노래만을"(「서시」) 부르던 김수영이 가장 가까운 이웃들에게 시선을 던진 작품에 해당한다. 물론 「나의 가족」이 있기는 하지만 이 작품의 시선은 어디까지나 '가족'에 가 닿아 있을 뿐, 가족을 넘어선 이웃을 그나마 인식하고 있는 첫 작품은 「여름 아침」이다. 물론 이 작품이 이른바 민중시의 계열에 있다는 뜻은 아니다. 그러나 "햇살을 모자같이 이고 앉은 사람들이 밭을 고르고"나 "차차 시골 동리 사람들의 얼굴을 닮아 간다"는 구절은, 익명화되어 있긴 하지만, 이웃에 대한 인식이 처음 나타나는 대목임이 분명하다. 이런 인식이 있었기에 혁명 이후에 쓴 「가다오 나가다오」에서 "잿님이 할아버지가 상추씨, 아욱씨, 근대씨를 뿌린 다음에 / 호박씨, 배추씨, 무씨를 또 뿌리고 / 호박씨, 배추씨를 뿌린 다음에 / 시금치씨, 파씨를 또 뿌리는" 같은 구절이 자연스레 가능했다.

「여름 아침」이 본격적으로 타자에 대한 인식을 펼친 작품이라고 말하기는 힘들다. 도리어 "햇살을 모자같이 이고 앉은 사람들이 밭을 고르"는 생활의 풍경을 통해 자신의 내면에 "씨를 뿌리고 밭을 갈고 가래질을 하고 고물개질을 하"려는 건강이 일시적으로 회복되는 찰나를 그리고 있는 작품으로 읽어야 한다. 앞에서 얘기했듯이, 신문기자 생활을 하면서 느꼈던 "시를 배반하고 사는 마음"(「구름의 파수병」)과 투쟁해야 했던 "우울"과 '설움'을 잠시 내려놓고 '처음'을 가다듬어 보는 거울이 이웃의 생활이라는 데에 의미가 있다. 또 혁명 이후 보여주는 민중의식의 바탕이 시작된다는 점에서도 주목을 요하며, 무엇보다 "첨단의 노래" 바깥에서 "첨단의 노래"가 마냥 관념으로 빠지는 것을 가로막는 '인력(引力)'으로 작용했다는 가설도 세워볼 만하다. 김수영에게서 이런 급진적 관념과 구체적 현실 사이의 공존 혹은 동시적 문제는 후기시에서도 다시 나타난다.

작품의 구조와 의미는 명확하다. 내용의 요지는, 현실이 강요하는 어떤 분열적 상황을 "여름 아침의 시골"의 삶을 통하여 조금은 수습하고 있는 것이다. "무씨를 뿌"리는 행위는 "간밤의 쓰디쓴" 여러 감각과 잡념을 "잊어버리"게 하는 치유 행위이다. 그리고 자신의 주위를 둘러보니 "아내의 얼굴은/어느 틈에 저렇게 검어"져 간다. 심지어 "차차 시골 동리 사람들의 얼굴을 닮아 간다". 변해가는 아내의 모습을 언급하는 것을 통해 인텔리적 자의식을 조금은 가라앉히는 김수영의 내면을 우리는 느낄 수 있다. 이 작품에서 김수영에게 "가장 아름다운 이기적인 시간"은 다름 아닌 "뜨거워질 햇살이 산 위를 걸어 내려"오는 순간이다. 이때 그는 "구별을 용사(容赦)하지 않는/밭고랑 사이를 무겁게" 걷는다. 이 대목에서도 "가장 아름다운 이기적인 시간"과의 긴장을 놓치지 않는 치열함이 느껴진다. 하나의 연으로 독립한 "고뇌여"라는 구절은 "밭고랑 사이를 무겁게 걸어"가는 순간을 가리키지만, 1956년 당시 그가 앓고 있는 고뇌 전체를 말하기도 한다.

자신의 이 인텔리적 고뇌에 비해 "강물은 도도하게 흘러내려"간다. "천국도 지옥도 너무나 가까운 곳"이라면, 다시 말해, "천국"이든 "지옥"이든 현실과 멀리 있는 곳이 아니라면, "차라리 숙련이 없는 영혼"이 먼저 되자는 깨달음을 불러온다. "천국"과 "지옥"을 가르는 분기점은 어쩌면 인텔리적 고뇌가 아니라, 지금 당장에 주어진 일에 대한 태도일지 모른다. "천국도 지옥도" 의식하지 않는 "숙련이 없는 영혼"을 갖고 말이다. 「거리 1」에서도 "그러나 필경 내가 일을 끌고 가는 것이다"라고 했고, 4·19혁명이 5·16이라는 반혁명에 짓밟히고 나서 쓴 「시」에서도 "어서 일을 해요 변화는 끝났소/어서 일을 해요"라고 했듯이, 김수영은 평생에 걸쳐 어떤 딜레마에 빠지면 눈앞에 놓인 구체적인 일에 자신을 던지는 태도를 자주 보여주었다. 이 작품에서도 마찬가지이다. 이것은 물론 도피가 아니다. '일'을 통해서 자신을 다시 세우려는 일종의 수신(修身)에 해당한다.

그러할 때만이 "자비로운 하늘이 무수한 우리들의 사진을" 찍어준다. 그것도 "단 한 장의 사진을". 그런데 왜 "단 한 장"인가? "우리들의 사진"이 "단 한 장"이라는 진술은, 김수영의 몸부림이 단지 자신의 실존 상황을 타개하려는 몸짓만은 아니라는 것을 암시한다. 1950년대 보이는 김수영의 정치의식이란 현실정치에 대한 비판과 분노라기보다는, 시대적 조건과 한계를 자신의 변화를 통해 돌파하려는 윤리와 거의 같은 말이다. 이 윤리의 극한이 혁명 이후 형식을 개의치 않는 정치시로 나타났던 것일 뿐이다. 암튼, 김수영에게서 "무수한 우리들의 사진"은 "단 한 장의 사진"이라는 진술이 터져 나온 것은 바로 「여름 아침」에 와서인데, "단 한 장의 사진"이 "무수한 우리들의 사진"을 종합할 수 있다는 것은 "무수한 우리들"이 지니고 있는 정서적 동질감 내지는 유대감을 의미하는 것은 아닐까? 우리는 「백의」를 살펴보면서, "무수한 우리들"을 에워싸고 있는 현실에 대한 고도의 알레고리와 그것을 대하는 진실한 태도가 어떠해야 하는가에 대한 통렬한 고백을 접하게 될 것이다.

이렇듯 1955년에서 1956년 사이에 김수영에게 찾아온 변화는, "긍지와 선의"(「헬리콥터」)를 통해 과거의 시간, 역사적 현실과 그에 휘말려버린 개인사 등을 긍정하게 되지만 그렇다고 해서 곧바로 새로운 시간을 맞이하지는 못한 것이다. "긍지와 선의"를 통해 엿본 (부재하는) 새로운 시간에는 아직까지는 "어두운 신"(「수난로」)의 그림자가 존재하지만 서광이 찾아온 것은 아니다. 아마도 여기에서 김수영에게 내적 혼란이 찾아왔던 것 같다. 그것을 타개하기 위해 생활을 택했을지도 모른다. 하지만 기자 생활을 통한 현실과의 접점 찾기는 실패로 돌아가고 만다.

더러운 자식
너는 백의와 간통하였다지?

김수영 시의 난해성이야 재론할 필요가 없는 문제다. 그리고 김수영의 시가 난해한 것은 당연히 내적 필연성을 갖추고 있다. 그의 난해성은 문학적 포즈가 아니다. 하지만 이 난해성이라는 해자(垓字)는 김수영의 시를 곡해하게 만드는 데 큰 역할을 하기도 했고, 반대로 신화화하는 데 이바지하기도 했다. 「백의」도 난해하기로는 그의 작품 중에서 단연 앞자리를 차지하지 두 번째 가려 하지 않는다. 「백의」가 뛰어난 작품이라고는 말하기 난감하지만, 김수영의 시적 인식의 변화 과정에서 중요한 변곡점에 해당한다고는 말할 수 있을 것이다.

함돈균은 「오염된 시인과 시 ― 김수영 시의 아이러니와 현대성」이란 논문에서, 마샬 버먼이 "현대적 삶에서는 지배적 삶을 창출하는 계층과 그에 대한 강력한 비판자의 욕망이 쉽게 구분되지 않는다는 사실을 논증한다"고 요약한 뒤, "이는 도시의 삶으로 뛰어든 시인인 보들레르나 보들레르에 대한 가장 창조적인 주석자 중 하나인 벤야민도 마찬가지였다"고 지적한다. 그리고 "이 아이러니 자체를 현대성의 특징이자 '현대 예술'의 시작점으로" 버먼은 보고 있다고 말한다. "보들레르의 예에서 잘 드러나듯이 시인이 세속적 삶에 섞여 들어감으로써 예술의 전통적 '아우라'가 탈피될수록 그는 오히려 더 '시적인' 자리에 서게 된다는" 게 사실이라는 것이다. 다시 말하면 "예술적 순수성과 신성함은 본질적인 것이 아니라 우연한 것이며, '시적인' 장소는 전통적인 관점에서는 '나쁜 환경', 즉 '비시(非詩)적인' 장소에서 나올 수 있다는 사실이다". 이게 '현대성의 아이러니'라는 것이다.

함돈균은 한국 현대시인들 중 이상과 김수영을 그 예로 호출한 뒤 김수영의 1950년대 작품 「토끼」, 「수난로」 그리고 「백의」를 분석한다. 이 논문에서 함돈균은 먼저 「백의」가 연구자들에게도 회피되어 온 대표적인 난해시라고 말한 뒤 김수영이 작품의 길이를 "난해성을 증폭시키는 방법으로 활용하는 것처럼 보인다"고 덧붙인다. 실제로 「백의」를 꼼꼼히 읽어보면 긴 분량은 단지 "난해성을 증폭시키"기 위함이라기보다 거꾸로 치밀하게 계산·배치된 에피소드들 때문에 시가 길어졌으며, 그로 인해 작품에 요설의 급류가 휘몰아치는 것 같은 인상을 준다. 그런데 이런 요설의 급류는 김수영의 장기이기도 하다. 예컨대 「달나라의 장난」이나 「도취의 피안」, 「헬리콥터」 같은 작품을 통해 요설의 숙

런도를 이미 증명해 보였다. 이 작품들이 김수영의 전체 작품 중에서 어느 정도의 상품(上品)인지에 대해서는 의견이 엇갈릴 수 있다. 그러나 이런 작품들을 읽을수록 매혹을 느끼는 것은 김수영의 요설이 무언가를 가리거나 구부려 놓는 장치이기 때문이기도 하지만, 시에서 요설이 주는 매력이 없지 않기 때문이다. 김수영에게는 자신의 어떤 자의식을 은폐하려는 경향이 있는데, 그럴 때에는 어김없이 난해시가 등장한다. 사실 은폐하려는 힘이 없는 시만큼 싱거운 시도 없다. 은폐하려는 힘은 시가 언어로 표현되는 만큼 세계의 혼돈을 끌어들이는 힘이기도 하며, 그 혼돈에서 다른 리얼리티가 해석되어 표현된다. 다시 말해 시쓰기는 세계를 언어로 펼치면서 언어 이전의 것을 함축하는 동시적인 운동이다.

그런데 '백의(白蟻)'는 무엇을 의미할까? 한자어를 그대로 풀면 '흰개미'가 된다. 다시 함돈균의 해석을 소개하자면 "'백의'라고 하는 대상 자체가 우리에게 관습적 표상을 허용하지 않는 낯선 사물이며" 이것이 "이 시의 난해성을 증폭시키는 데 한몫을 하고 있다." 그러나 이 작품을 읽을 때 '과연 백의란 무엇인가?'라는 질문에 빠지게 되면 앞에서 말한 김수영이 설치한 해자에 걸려들고 만다.

함돈균의 말대로 "이 정체불명의 대상이 끝까지 그 실체가 밝혀지지 않는 것이 이 시의 창작의도에 부합하는 것이라고 볼 수 있다." 그럼에도 불구하고 우리는 이 '백의'가 무엇인지에 대해서 궁금증을 쉬 놓기 힘들다. 일단 작품의 제목이기도 하지만, 작품의 내용이 온통 '백의'에 대한 것이다. 또 작품의 모두에서 "내가 비로소 여유를 갖게 된 것은 / 거리에서와 마찬가지로 집 안에 있어서도 저 무시무시한 백의(白蟻)를 보기 시작한 때부터이었다"라고 말하고 있지 않은가. 다시 말하면 시의 화자는 백의로 인해 큰 변화를 경험한 것이다. 따라서 이 작품을 읽는 내내 우리는 '백의란 무엇인가?'에 대한 궁금증에서 풀려날 수 없다. 즉 김수영이 설치한 해자를 어떻게든 건너야 하는 모험을 피할 수 없다는 말이다.

함돈균은 작품의 내용에 의거해 다음과 같이 백의의 정체를 좁혀가고 있다. "첫째, '백의'는 본래 이 땅에 있던 것이 아닌 것으로 추정된다." 또, "김수영의 시대에 급격히 확산되고 공격적으로 침투하고 있는 어떤 상황과 관련이 있는 것으로 짐작된다." 셋째, "백의가 문명과 밀접한 관련이 있다"는 것은 확실하고 그것도 "과학기술과 같은 현대문명일 가능성이 크다." 네 번째로는 "수용의 효과나 반응의 측면에서 양가성을 띠고 있는 어떤 것으로 보인다." 다섯 번째로 "이데올로기적인 성격"을 가지고 있다. 그리고 여섯 번째로 "백의"는 시의 화자의 비판적 대상이며 나아가 "서구 문명의 표상"이고 "분단체제하에 또 하나의 외세 정치권력이자 서구 문화 문명의 표상으로서의 '미국'을 함축하는 표상이라고 해석될 수" 있다. 일곱 번째로, "이 시의 가장 마지막 언술인 '─ 백의의 비극은 그가 현대의 경제학을 등한히 하였을 때에서부터 시작되었던 것이다'"를 통해 알 수 있듯이, '백의'는 "백의(白蟻)이자 우리 민족을 상징하는 백의(白衣)의 의미를 중의적으로 갖고 있는 언표일 가능성이 높다". 즉, "'백의'라는 언표는 김수영이 심각한 작가적 상황으로 인식하고 있었던 1950년대의 역사적 상황과 그것에 대한 작가적 판단과 심리가 복잡하게 얽힌 문제적인 시어일 가능성이 높다."

결론적으로 이 작품을 통해 함돈균이 말하고 싶었던 것은, 김수영 시에 숨어 있는 '현대성'이며 함돈균이 생각하고 있는 '현대성'은, 마샬 버먼이 말한 아이러니를 인식하고 그 상태, 즉 '나쁜 환경'을 시로 뒤바꿔 놓는 것을 말한다. 그는 말한다. "김수영 시에 이르러 '현대시'의 주체는 풍경의 바깥이 아니라 풍경의 내부의 대상이 된다. 이상의 시에서 일단의 기미로만 증후적으로 나타났던 풍경과 공모하는 시선의 주체는 김수영에 와서는 그 자체가 시의 본격적인 모티프로 수용된다. 김수영의 시에서 시인과 시의 언어에 대한 전통적인 아우라는 완전히 사라지게 된다고 할 수 있는데, 다른 식으로 말해 김수영에 이르러 한국시는 '비(非)시적인' 자리 자체를 비로소 온전히 '시적인' 자리로 삼는 '현대성'의 새로운 전기를 마련하게 된 것이라고 평가할 수 있다."

함돈균의 장점은 오로지 작품에 의거해 "백의"가 무엇인지 추적해 들어간 점에 있다. 하지만 함돈균의 "백의" 추적은 선형적인 논리에 입각해 있어서 결국 "백의(白蟻)"와 '백의(白衣)'가 의미상 겹치는 지점까지 나아간다. 하지만 '백의(白衣)'가 "우리 민족을 상징"한다고 단정지으면서 본의 아니게 민족주의적 관점을 내비친다. 그런데 과연 1955~1956년 즈음의 김수영에게 민족주의적 인식이 존재했는지 여부부터가 불투명하다. 아니, 지금껏 읽어온 김수영의 시적 인식을 고려했을 때 채택하기 힘든 해석이다. 함돈균도 쓰고 있듯이, 「백의」는 반전과 아이러니로 가득 차 있다. 따라서 작품을 이해하는 데 있어 반전과 아이러니를 마름질한 단정적인 결론은 결국 선형적인 해석을 할 수밖에 없다.

대체로 연구자들의 논문은, 읽어본 몇몇 경우를 보자면 김수영의 시적 여정을 무시하고 특정 주제나 범주로 절단해 분석한다. 예컨대, 김수영이 하이데거에게 어떤 영향을 받았는지를 연구한 김유중의 논문은 1950년대 작품에서도 하이데거 철학과의 연관성을 찾아 헤맨다. 하지만 이런 접근 방법들은 "시인의 스승은 현실"이라는 김수영의 단호한 태도에서 벗어나도 한참 벗어난 방법론이다.

「백의」도 마찬가지이다. 「백의」는 민족주의적 인식과는 아무 상관이 없으며 도리어 「백의」는 그 작품이 탄생하기 전후의 작품과의 흐름 속에서 읽어야 한다. 이 자체가 매우 아이러니한 상황이지만, 「백의」를 쓰기 전의 「헬리콥터」와 「네이팜 탄」을 떠올릴 필요도 있다고 본다. 「헬리콥터」에서도 느낄 수 있지만 앞에서

미처 언급하지 않은 것은, 김수영이 '헬리콥터'로 표상되는 현대문명에 대해 어떤 불가피함을 인식하고 있다는 점이다. 「네이팜 탄」에서도 김수영은 이렇게 말한다.

죽음이 싫으면서
너를 딛고 일어서고
시간이 싫으면서
너를 타고 가야 한다

창조를 위하여
방향은 현대—

— 「네이팜 탄」 부분

이런 면모는 김수영이 가지고 있는 리얼리스트적 태도를 보여주기도 하지만, 아직 미숙한 현실인식을 아울러 드러내기도 한다. 「백의」에서 자조적으로 말한 "백의와 간통"은 그간의 자기 자신에 대한 통렬한 직시일 수도 있다. 물론 이 말은 "백의"가 함돈균의 지적대로 "과학기술과 같은 현대문명"을 의미함을 받아들인다는 것을 전제로 한다.

경제활동이기도 한 짧은 신문기자 생활을 통해, 더 근본적으로는 가족을 다시 이루고 난 후 김수영이 갖게 된 현실과의 딜레마에 대해서는 앞서 「바뀌어진 지평선」과 「구름의 파수병」에서 살펴본 바가 있다. 기자 생활을 그만두고 난 후 순간 찾아온 '설움'을 말한 「사무실」과 자신이 감당해야 할 현실에 대한 다짐인 「여름 뜰」을 거쳐 「백의」가 나왔다는 점을 여기서 유념할 필요가 있다. 물론 실제 작품이 창작된 순서가 조금 뒤바뀐대도 변하는 것은 없다. 어쨌든 1956년 즈음에 집중적으로 생산된 작품들에서 구체적 현실의 소용돌이 안에서 방황하는(?) 김수영을 만나는 것은 어려운 일이 아니다.

그러다 돌연 「백의」 1행과 2행에서 "내가 비로소 여유를 갖게 된 것은/거리에서와 마찬가지로 집 안에 있어서도 저 무시무시한 백의를 보기 시작한 때부터이었다"고 고백한다. 그렇다면 "백의"는 어느 날 갑자기 화자의 눈에 보이기 시작한 것일까? 당연히 그것은 아니다. 어느 날 갑자기 인식이 가능해졌다고 보는 건 설득력이 없다. 하지만 인식이란 것은, 그 이전에 이런저런 전조가 없이는 불가능하다.

작품 내용에서 "백의"가 무엇인지는 제시되지 않는다. 하지만 3행과 4행에서 "백의"의 특정 행동이 간략하게 제시된다. "백의"는 "그의 소유주에게는/일언의 약속도 없이 제가 갈 길을 자유자재로 찾아다니"는 존재인데, 왜냐하면 "백의"는 "자동식 문명의 천재이었기 때문"이다.

김수영이 '헬리콥터'와 '네이팜 탄'이라는 기술문명의 성과를 전유해 자신이 처한 현실을 뚫고 나아가는 표상으로 삼았다는 것은 이미 말한 바인데 '네이팜 탄'에 대한 각주에는 자신이 직접 "최근 미국에서 새로 발명된 유도탄이다"라고 밝혔다. 또 「네이팜 탄」에서 시의 화자 자신에게는 "지휘편(指揮鞭)이 없을 뿐이다"고 말한다. 우리는 이 "유도"와 "지휘편(指揮鞭)"이라는 말이 "자동식 문명"의 다른 면을 가리킨다는 가설을 세울 수 있다고 본다. 거꾸로 말하면 "자동식 문명"이란 말은 「네이팜 탄」에서 언급된 "유도"와 "지휘편"의 종합이라고 볼 수 있다. 다른 말로 하면, 새로운 기술문명을 통해 후진적인 자신의 현실을 벗어날 수 있는 길을 탐색하다가 「백의」에서 그 전회를 보여주고 있다는 뜻이다. "백의"는 "자동식 문명의 천재이었"다고 과거형으로 말하는 것을 염두에 둔다면 특히 그렇다. '헬리콥터'나 '네이팜 탄'으로 표상되는 기술문명을 한편으로는 받아들이지만 그것들은 또다시 싸워야 하는 현실인 것을 자각한 것이다. 그것들은 어느새 "그의 소유주에게는 / 일언의 약속도 없이 제가 갈 길을 자유자재로 찾아다니"는 존재가 된 점은 사태의 심각성을 알려주고 있다.

　　김수영이 어떻게 근대 기술문명의 부정적인 그림자를 의식하게 되었는지는 명확치 않다. 다만 신문기자 생활을 통해서 얻은 현실에 대한 다른 감각이 어떤 역할을 했을 수도 있다. 아무튼 이제 "백의"는 "제가 갈 길을 자유자재로 찾아다니"는데, 작품 전체에서 봤을 때 "백의(白蟻)", 즉 '흰개미' 떼의 움직임을 연상시키게 하는 딱 하나의 이미지라면 바로 이 대목이다. '흰개미'를 직접 관찰했는지의 여부는 드러나 있지 않다. 어쩌면 생활에서 흔히 볼 수 있는 개미떼의 움직임에 '하양'의 색깔을 의도적으로 결합시켜 "백의"를 만들고, 그것을 시적 대상으로 삼아 작품의 분위기를 이질적이고 모호하게 한 것일 수도 있다. 중요한 것은 이제 "백의"가 "자유자재로" 활보하는 세상이라는 것이고, 그것을 보면서도 이제는 "비로소 여유를 갖게" 되었다는 점이다. 여기서 유추할 수 있는 것은 "백의"는 실체가 아닐 수도 있다는 것이다. "백의"는 이 작품에서 한 번도 자신의 모습을 나타내지 않는다. "자유자재로" 활보하면서 여러 모습을 동시에 갖고 있는 듯하고, 또 여러 작용까지 하고 있지만 말이다.

"백의"는 "뇌신(雷神)보다 더 사나웁게 사람들을 울리고 / 뮤즈보다도 더 부드러웁게 사람들의 상처를 쓰다듬어 준다". 또 "질책의 권리를 주면서 질책의 행동을 주지 않"는다. 그렇다면 "백의"는 모순적인 존재인가? 아니다. "백의"는 흐름이고 리좀(Rhizom)이다. 연결의 공간과 시간에 따라 다른 결과물을 생산해 낸다. 한편으로는 "뇌신(雷神)보다 더 사나웁게 사람들을 울리"지만, 다른 시공간에서는 "뮤즈보다도 더 부드러웁게 사람들의 상처를 쓰다듬어 준다". "권리"는 주지만 그러나 "행동을 주지 않"는다. 그럼에도 불구하고 "어떤 나라의 지폐보다도 신용은 있"다. 다만

"신체가 너무 왜소한 까닭에 사람들의 눈에 띄지를 않는다". "신체가 너무 왜소"하다는 것은, "백의"가 가시적인 실체가 아닐 수도 있음을 환기한다.

>   고대 형이상학자들은 그를 보고 '양극의 합치'라든가 혹은
> '거대한 희열'이라고 부르고 있었지만
>   19세기 시인들은 그를 보고 '도피의 왕자' 혹은 단순히 '여유'라고 불렀다
>   그는 남미의 어느 면공업자의 서자로 태어나서
>   나이아가라 강변에서 수도공사(隧道工事)에 정신(挺身)하고 있었다 하며
>   그의 모친은 희랍인이라고 한다
>   양안(兩眼)이 모두 담홍색을 하고 있는 것으로 보아
>   그가 오랜 세월을 암야(暗夜) 속에서 살고 있었던 것만은 확실하다고 나는 생각한다
>
>   ―「백의」부분

"백의"에 대해 가까스로 쌓아온 이미지를 부수는 중간 구절이다. 이 구절에 의하면 대략 "백의"는 전 역사에 걸쳐 존재했으며 또 세계의 전 공간에 잠재해 있다가 태어났다. 이 구절을 시인의

의도대로 이해하기는 불가능해 보인다. 이 불가능성을 어떤 의도로 직접 기입했는지도 이해하기 힘들지만, 한 가지 가설은 세울 수 있을 것 같다. 그것은 바로 김수영이 시에 연극적 요소를 끌어들였을 수도 있다는 점이다. 그러니까 시의 화자의 방백을 통해서 "백의"를 실체화시키려는 독자의 무의식적 시도를 흩뜨려 놓으려는 전략일 수 있다는 것이다. 흥미로운 것은 이런 시도들이 이 작품 안에서 한 번 더 등장하고 거기에 '보물찾기' 같은 암시를 심어 놓았다는 점이다. (우리는 이 점을 뒷부분에서 읽을 것이다.) 아무튼 이 구절을 건너뛰어 읽어도 시를 간신히 이해하는 데는 별 지장이 없어 보인다.

"나의 맏누이동생이 그를 '허니'라고 부르고 있는 것이 아니꼬와서 / 내가 어느 날 그에게 '마신(魔神)'이라는 별명"을 붙였다는 것은, 앞에서 말했듯, "백의"의 속성, 즉 무엇과 어디에서 언제 연결되느냐에 따라 그의 양태가 언제나 다르다는 것을 다시 한 번 변주하고 있으며, 이제 "백의"가 시의 화자의 가족 안으로도 들어와 있다는 것을 의미한다. 심지어 맏누이동생은 "그를 '허니'라고 부르"지만 "나"는 "그"를 "마신'이라"고 부른다. 다른 말로 하면 모두 다 "백의"에 취해 있지만, 시의 화자는 "백의"가 "마신"이라는 것을 알고 있다는 뜻도 된다. 그러자 "맏누이동생"은 "오빠는 어머니보다도 더 완고하다"고 항변한다. 여기서 눈치챌 수 있는 것은 "어머니"로 표상되는 세대도 "백의"에 대해 냉담하거나 또는 부정적이라는 뜻이다.

그런데 이 다음에 반전이 이루어지는데, 돌연 그런 "백의"가 "비참"하다고 한다. "비참한 것은 백의이다". 왜냐하면 "그는 한국에 수입되어 가지고 완전한 고아가 되었고" "거리에 흩어진 월간 대중잡지 위에 매월 그의 사진이 게재되어 왔을 뿐만 아니라 / 어느 삼류 신문의 사회면에는 간혹 그의 구제금 응모 기사 같은 것이 나오고 있"는 형국이다. 그러니까 "백의"는 기원과 고향을 잃고 함부로 소비되고 마모되고 있는 것이다. 같은 해인 1956년에 쓴 「기자의 정열」에는 다음과 같은 구절이 나온다.

> "결혼 윤리의 좌절
> — 행복은 어디에 있나? —"
> 이것이 어제 오후에 써 놓은 기사 대목으로
> 내일 조간분 사회면의 표독한 타이틀이 될 것이라고 해서
> 네가 이 두 시간의 중간 위에 서 있는 것이라고 해서
>
> —「기자의 정열」 부분

"사회면"이라는 어휘의 반복 등장은 「기자의 정열」과 「백의」가 특정 어휘군의 공통 영역에서 씌어졌음을 암시한다고 주장해도 큰 무리는 아니다. 물론 그렇다고 해서 두 작품을 상호 비교해

보면 「백의」의 뜻이 더 명료해진다고 말하려는 것은 아니다. 기원과 고향을 읽고 "자유자재로" 활보하는 것은 "백의"의 리좀적 성격을 더욱 강하게 해준다. 이제 "백의"는 비참을 가장하는 능력도 갖췄다. 비참을 가장하는 "백의"의 역량을 간파한 시의 화자가 혹 그것은 한국의 "저널리스트의 역습의 묘리" 아닌가 생각하는 찰나, "백의는 이와 같은 나의 안심과 태만을 비웃"기까지한다. 시의 화자가 말한 한국의 "저널리스트의 역습의 묘리"는 "백의"가 천의 얼굴을 하고 "저널리스트"에서까지 활보하고 있다는 것을 암시해주고 있다.

이쯤 되면 "백의"는 자본주의 대중문화를 가리키기도 하고 함돈균의 말대로 사회의 이데올로기를 의미하기도 한다. 그러니까 "백의"는 앞부분에서 근대 기술문명의 모습으로 나타났다가 그 기술문명을 동력 삼은 대중문화와 이데올로기로 작동하기도 한다는 것이다. 오죽하면 "맏누이동생"마저 "허니"라고 부르겠는가. 시의 화자가 그 대신 "마신"이라고 부를 때에도 최소한 "백의"의 마력을 인정한다는 의미가 깔려 있다. 이제 "백의"는 저널리즘과도 공모 관계가 되었다. 그래서 비참을 가장할 정도로 여기저기 "게재"되고 "구제"되기까지 한다. 그리고 화자가 느끼는 약간의 연민과 동정을 입구 삼아 "어느 틈에 우리 가정의 내부에까지 침입하여 들어와서 / 신심양면의 허약증으로 신음하고 있는 나를 독촉하여" 일을 시킨다.

이런 역전 현상은 시의 화자를 어떤 위기로 몰아붙인다. 그리고 김수영은 여기서 다시 한 번 앞에서 말한 연극적 요소이자 시적 요설을 등장시켜 독자의 이해를 방해하려고 한다.

「희랍인을 모친으로 가진 미국인에게 대한 호소문」과 「정
신상(精神上)으로 본 희랍의 독립선언서」를 써서
　　전자를 현재 일리노이 주에 있는 자기의 모친에게 보내고
　　후자는 희랍 독립박물관 관장에게 보내 달라고 한다
　　이러한 그의 무리한 요청에 대하여 나는 하는 수 없이
　　"그것은 나의 역량 이상의 것이므로 신세계극단의 연출자 S
씨를 찾아가 보라"고
　　터무니없는 거짓말을 하여가지고 즉석에 거절하여 버렸다

─「백의」부분

이제 "백의"는 시의 화자를 조종하려고 한다. 위 구절은 두 가지로 이해할 수 있다. "백의"의 터무니없는 요구를 가까스로 떨쳐버렸다는 점과 "백의"의 터무니없는 요구는 차라리 극적 요소에나 어울린다는 것. 어쩌면 그것을 표현하기 위하여 이 작품에서 연극적 요소를 끌어들이지 않았나 하는 생각이 든다. 물론 여기서 말한 연극적 요소라는 것은, 시의 흐름에 엉뚱한 이야기와

에피소드를 끌어들여 시인의 정동만이 아니라 다른 이야기와 에피소드도 시가 될 수 있다는 김수영의 시적 전략을 가리키는 소극적인 표현이다. "신세계극단의 연출자 S씨를 찾아가 보라"는 진술은 김수영 자신이 연극적 요소를 도입하고 있다는 무의식적 진술로도 읽힌다.

「백의」는 이제 마지막 반전을 남겨두고 있다. "오히려 이와 같은 나의 경멸과 강의(剛毅)로 인하여 / 나는 그날부터 그를 진심으로 사랑하게" 된 것이다. 그러니까 "백의"와 투쟁하다 "백의"의 연인이 되어버린 것이다. "사랑"은 당연히 존재의 변신을 가져온다. 그래서 "그러나 바로 어저께 내가 오래간만에 거리에 나가니 / 나의 친구들은 모조리 나를 회피하는 눈치이었다 / 그중의 어느 시인은 다음과 같이 나에게 욕을 하였다". 이 상태를 타락으로 말하지 않고 변신이라고 말하는 것은 시의 화자가 "사랑"을 말하고 있기 때문이다. "사랑"은 변신의 용광로이지 타락의 함정이 될 수 없다. 더군다나 "나의 친구들은 모조리 나를 회피하는 눈치"인 것은 이제 "나의 친구들"의 눈에도 나의 '변신'이 보이기 때문이다.

"더러운 자식 너는 백의와 간통하였다지? 너는 오늘부터 시인이 아니다……". 친구들은 이렇게 화자를 비난하기까지 한다. 여기서 눈여겨봐야 할 점은 "백의와 간통"은 '시인됨'의 문제를 직접 겨냥한다는 점이다. "백의"는 그러니까 시인으로서는 응당 멀리해야 할 존재이다. 작품에서는 그 이유를 말하지 않는다. 다만 "백의"가 순수하지 못한 존재라는 것은 "백의"와의 관계를 "간통"이라고 부르고 있는 것만으로 드러난다. 함돈균은 예의 논문에서 "문명과 역사의 비평적 주체로서 마주한 이 자가당착적 상황이 지닌 아이러니"를 지적하며 "이 시에서 시인은 이 수상쩍은 비평적 대상과의 연루를 자인하는 모습을 보인다"고 한 점은 설득력 있는 해석이다. 하지만 제일 마지막 구절, "—백의의 비극은 그가 현대의 경제학을 등한히 하였을 때에서부터 시작되었던 것이다"에서 "백의"를 '白衣'로 해석하면서 결정적 오독을 했다. 그건 단순히 중의적인 차원을 넘은 변신의 문제를 가리키고 있기 때문이다.

마지막 구절의 "백의"는 곧 시의 화자이며, 시의 화자는 "백의와 간통"을 통해 자신이 "백의"가 되어버린 것이다. 이렇게 해석되었을 때만이 함돈균이 말하는 '아이러니'가 완성되는 것이다. 또는 "백의"는 시의 화자의 다른 자아일 수도 있다. 들뢰즈의 존재론에서 다양체(multiplicity)는 매우 핵심적인데, 그가 시종일관 밀고 나간 개념이기도 하다. 이 다양체는 일종의 '가능성의 공간'이면서 현존재의 양태이기도 하다. 우리는 단 하나의 자아를 실체로서 갖고 있지 않다. 끊임없이 외부의 사건을 통해 겹 혹은 층이 쌓여 현존재를 구성하는 것이다. 김수영이 말한 "백의와 간통"도 이 외부적 사건을 통해 하나의 겹이 추가되어 변신이 이루어진 것이다. 따라서 '아이러니'를 말하기 전에, 존재론적으로 다양체를 먼저 사고하는 것도 이 작품을 이해하는 데 도움이 될 것이다.

문제는 "백의의 비극"이 "현대의 경제학을 등한히" 해서 시작되었다는 언표다. 백의민족(白衣民族)이 자본주의 근대를 따라잡지 못해서 후진적 현실을 꾸려나가고 있는 것일까? 아니면 "백의"로 상징되는 민중의 삶이 서구 문명과 외세의 정치세력 때문에 고통을 받고 있는 것일까? 이러한 해석은 건조하다. "백의"가 "현대의 경제학을 등한히" 했다는 것은, "백의"가 가리키는 모든 현상들의 바탕에는 바로 "현대의 경제"가 작동하고 있다는 인식일 수도 있다. 그것은 "백의"가 누구였건, 누가 "백의"를 "허니"라고 부르건, "백의"와 어떻게 해서 사랑에 빠졌건 간에 자본주의 근대의 바탕은 "경제"라는 유물론적인 인식을 보여주는 것일 가능성이 크다. 따라서 현실적 조건으로 인해 "백의"로 변신해버린 또는 변신할 수밖에 없었던 "나"의 "비극"은 "현대의 경제학을 등한히" 한 탓이라고 읽는 게 보다 자연스럽다.

김수영의 전기적 사실로 돌아가 보면, 신문기자 생활을 통해 김수영은 이 사실을 뼈저리게 느꼈을 가능성이 크다. 「양계 변명」이란 산문을 보면, 양계를 "내가 취직도 하지 않고 수입도 비정기적이고 하니 하는 수 없이 여편네가 시작한 거지요", "이걸 시작한 게 한 8년 가까이 되나 봅니다. 성북동에서 이곳 마포 서강 강변으로 이사를 온 것이 그렇게 되니까요", 이러한 경제 행위에 대한 고백이 나온다. 또 1954년 12월 30일 일기를 보면, "어쩌다가 얻어걸리는 미국 잡지의 번역물을 골라 파는 일"에 대한 괴로움을 토로하고 있다. 이런 구체적인 생활에 대한 번민이 김수영의 스타일상 시에 반영되었으리라 추측하는 것은 결코 무리가 아니다. 그것보다 강력한 증거는 당연히 「바뀌어진 지평선」이다. 재론할 필요는 없지만 그가 경제행위를 하면서 느꼈을 "경박"은 그의 자의식에 어떤 흔적을 남겼을 것이다.

　김수영의 시가 난해한 이유 중 하나는, 직접 겪은 현실의 물리적 층위에서 시가 시작되지 않는다는 점 때문이다. 그는 그의 현실을 해석하는 과정을 거친 다음의 층위에서 시를 시작한다. 「백의」는 그러한 해석의 과정을 몇 번 더 거친 다음에 쓴 작품으로 보인다. 대단히 난해하지만 낯선 작품은 아니다. 이 작품에도 분명히 긍정의 정신이 배어 있다. 그가 처한 아이러니한 상황, 더 정확히 말하면 자본주의 근대가 강요하는 분열증적 사태를 김수영은 회피하지 않는다. "백의"를 "진심으로 사랑하게 되"고 "백의와 간통"도 마다하지 않는 것은 이런 태도를 표현한 것이다. 분열증적 사태는 자본주의 근대의 속성이다. 그것을 이해하지 못하는 "친구들"은 도리어 시의 화자를 "시인이 아니다"고 선언하지만, '시인이다/아니다'는 규정은 시인 스스로 하는 게 아니다. 얼마나 현실을 시적 태도로 대하느냐의 문제일 뿐이다.

이 작품은 반전에 반전, 그리고 어떤 접속사나 정황 암시 없는 아이러니를 묘사한 데다가 연극적 요소를 기입해 난해성을 최대한 부풀리고 있다. 분명히 이런 시작법은 독자들을 질리게 만든다. 복잡하게 뒤엉킨 현실과 그 현실에 발을 디디고 살아야 하는 존재들의 소용돌이 같은 내면을 표현하기 위해 불가피한 면이 있다손 치더라도, 자칫하면 어떤 시적 질환을 배태시킬 수 있는 가능성이 있다는 것도 부정하기 힘들다. 그렇지만 이 작품이 패배적이거나 허무적인 뉘앙스를 갖지 않고 활달한 목소리와 거침없는 발화들로 이루어진 것은 "백의"에 대한 건강한 태도 때문이다. 산문과 시 사이를 솜씨 있게 유영하는 방식은 김수영 시의 주요 특징이다. 그럼에도 불구하고 김수영에게 필요 이상의 난해성을 발견하는 것은 어렵지 않다. 이 지점에서 김수영이 독자들을 골려 먹고 있다는 인상도 받는다. 「백의」는 그중 하나이다.

「여름 아침」이나, 멀리 갈 것도 없이, 「봄밤」 같은 건강하고 빼어난 시를 김수영이 쓰지 못하는 것은 아니었다. 삶도 시도 시시포스의 바위처럼 내려놓을 수 없었던 것은 "영원히 나 자신을 고쳐 가야 할 운명과 사명"(「달나라의 장난」) 때문이었고, 그래서 김수영은 삶과 시를 매번 다시 쓰려 했다. 그리고 그것이 결국 자신의 시를 매번 난해하게 했다.

무엇보다 먼저 끊어야 할 것은 설움

1965년에 쓴 산문 「연극하다가 시로 전향 — 나의 처녀작」에서 김수영은 "요즘 나는 라이오넬 트릴링의 「쾌락의 운명」이란 논문을 번역하면서, 트릴링의 수준으로 본다면 나의 현대시의 출발은 어디에서 시작되었나 하고 생각해 보기도 했다. 얼른 머리에 떠오르는 것이 십여 년 전에 쓴 「병풍」과 「폭포」다"고 하면서 다시 "나의 현대시의 출발은 「병풍」 정도에서 시작되었다고 볼 수 있"다고 강조한다. 물론 이 말의 배경에는 라이오넬 트릴링에게서 받은 영향이 있다. 김수영에 의하면 "트릴링은 쾌락의 부르주아적 원칙을 배격하고 고통과 불쾌와 죽음을 현대성의 자각의 요인으로 들고" 있다.

「병풍」에서는 상갓집에 세워진 "병풍"을 통해 어떤 단절을 노래하고 있다. 지금의 장례식 분위기와는 다르게 예전에는 망자와 산 자 사이에 병풍을 세워두었다. "병풍은 무엇에서부터라도 나를 끊어 준다"고 1행부터 고백하고 있거니와 김수영의 기억처럼 이 작품은 죽음에 대한 시로 읽히지는 않고 '단절'에 대한 작품 같다. 그런데 '단절'을 죽음의 이미지로 받아들인다면 그것은 다음과 같은 구절 때문일 것이다. "내 앞에 서서 죽음을 가지고 죽음을 막고 있다". 그러나 이 작품에서 죽음은 실존을 무화시키지 않는다. 도리어 죽음은 삶의 부활을 위해 참여한다. "죽음을 가지고 죽음을 막고 있다"는 그런 의미이다. 이미 앞에서 "무엇보다도 먼저 끊어야 할 것이 설움"이라고 하지 않았던가!

1950년대 중반 즈음의 김수영에게 "설움"은 주된 정서였다. 이 작품에서 "무엇보다도 먼저 끊어야 할 것이 설움"이라고 단호하게 말하는 것을 보면 그가 얼마나 "설움"과 투쟁하고 있는가를 드러내준다. 그런데 여기서 유념해야 할 것은, 설움이라든가 비애 같은 부정적 정서는 현실에서 벌어지는 사건들과 마주칠 수밖에 없는 한 꾸준히 엄습한다는 것이다. 사실 김수영의 시 전체는 삶을 병들게 하는 부정적 정서와의 투쟁이었다고 해도 과언이 아니다. 「헬리콥터」에서 그는 분명히 "긍지와 선의"를 말하고 「긍지의 날」에서는 "나의 긍지"는 "설움과 아름다움을 대신하여" 있다고 말하지만, 현실은 그에게 계속 설움을 심어주고는 했다. 그러면 다시 김수영은 "긍지"를 회복하려 고투하고, "긍지"에 차 있을 때 가장 김수영다운 작품이 나왔다. 우리는 앞으로 김수영이 현실이 주는 부정적 정서를 밀어내며 삶의 건강을 회복하는 장면들을 거듭 보게 될 것이다.

「병풍」에서도 '건강'을 되찾으려 시도하는데, 이런 시도는 「백의」에서도 시도되었고 상당히 득의만만한 모습을 보여주기도 했다. 그것은 "백의"로 상징되는 구체적인 현실과 용감하게 "간통"함으로써 말이다. 누구는 "백의"를 숭상하고, 누구는 "백의"를 백안시하지만 김수영은 "백의"와의 "간통"을 통해 삶의 다른 윤리를 제출하고 있는 것이다. 이 일은 분명 '시의 길'을 위협할지도 모른다. 하지만 반대로 보면 다른 '시의 길'을 가능하게도 해준다. 모험 없는 삶은 아무것도 창조하지 못한다. 그리고 그것이 훗날 트릴링에게서 배운 "쾌락의 부르주아적 원칙을 배격"하는 것이다. 「병풍」에서는 마지막 두 행이 인상적인 것은 건강을 다시 회복한 자가 아니면 가질 수 없는 관점에서 나오는 표현이기 때문이다.

　　나는 병풍을 바라보고
　　달은 나의 등 뒤에서 병풍의 주인 육칠옹 해사(六七翁 海士)의 인장(印章)을 비추어 주는 것이었다

　　　　　　　　　　　　　　　　　—「병풍」부분

　　김유중은 이 구절의 "육칠옹 해사(六七翁 海士)"가 하이데거를 암시한다며 그 이유를 다음과 같이 설명하고 있다. "이 점에 대해 필자는 다음과 같은 세 가지 관점에 기초하여, '육칠옹 해사'란 바로 하이데거를 암시하는 말임을 주장한다. 첫째, 이제까지의 논의를 통해 밝혔듯이, 이 텍스트의 전반적인 내용이 하이데거의 『존재와 시간』에 나타난 죽음에 관한 논의와 밀접한 연관성을 맺

고 있다는 점. 둘째, 이 텍스트가 쓰인 것이 1956년이므로, 이 해는 1889년생인 하이데거가 정확히 67세 되는 해라는 점. 셋째, 하이데거의 백화문 표기가 '해덕격[海德格, Häidé gé]'이라는 점." 덧붙여 그는 다음과 같은 각주까지 달았다. "셰익스피어는 '사옹(沙翁)'으로, 톨스토이를 '두옹(杜翁)'으로 지칭해왔던 그간의 관례에 비추어 볼 때, 김수영이 하이데거[海德格]를 '해사(海士)'로 암시하려 했을 가능성은 충분하다."

1956년 여름에 김수영이 하이데거에게 얼마나 깊은 영향을 받았는지는 둘째치고 일단 「병풍」은 죽음에 대한 인식을 통해, 위에서 인용한 두 행처럼 시의 화자가 담담하게 "병풍을 바라보고" 있는데, "달"도 "등 뒤에서" '함께' 병풍을 바라보고 있는 광경을 묘사하고 있다. 달과 병풍의 만남을 더 실감나게 표현하기 위해 병풍에 그려진 그림을 디테일하게 묘사하고 있을 뿐이다. 여기서 핵심은 "나"와 "달"이 함께하고 있다는 것이며, "나"는 "죽음을 가지고 죽음을" 차단한 채 현존하고 있다. "육칠옹 해사(六七翁 海士)의 인장(印章)"을 달이 "비추어 주는 것"은 지금 시의 화자가 죽음을 통해 다른 삶을 얻은 것을 은유한 것이다. 따라서 이 작품은 죽음에 대한 시이자, 부활에 대한 시가 된다.

또 김유중은 그 당시 하이데거 나이가 67세인 점을 들어 김수영이 "육칠옹"이라고 불렀다고 하면서, 각주까지 동원해 셰익스피어와 톨스토이를 '사옹', '두옹'으로 불렀듯이 하이데거를

"'해사(海士)'로 암시하려 했을 가능성은 충분하다"고 주장하고 있지만 그냥 억측에 지나지 않는다. 그의 말대로 하더라도 이미 "육칠옹(六七翁)"이라고 불렀는데 왜 또 중국식 발음에서 해(海) 자와 '옹'보다 젊게 느껴지는 '사(士)'는 왜 이어 붙였는지 도통 이해하기 힘들다.

이럴 때는 도리어 작품의 본문에 충실할 필요가 있다.

> 죽음의 전면(全面) 같은 너의 얼굴 위에
> 용이 있고 낙일(落日)이 있다
> (…)
> 병풍은 허위의 높이보다도 더 높은 곳에
> 비폭(飛瀑)을 놓고 유도(幽島)를 점지한다
>
> ─「병풍」 부분

인용한 부분은 각각 병풍에 수놓아진 그림을 상갓집의 풍경과 시의 화자의 정서에 포개 놓았을 때 나타날 수 있는 표현들이다. 시의 화자는 분명 상갓집에서 죽음에 대한 고색창연한 생각에 빠져 있었을 것이다. 그런데 돌연 시의 화자는 이렇게 말한다. "무엇보다도 먼저 끊어야 할 것이 설움이라고 하면서 / 병풍은 허위의 높이보다도 더 높은 곳에 / 비폭(飛瀑)을 놓고 유도(幽島)를 점지한다". 다시 말해 죽음에 대한 고색창연한 상념보다 자신에게 먼저인 것은 삶에 대한 태도였던 것이다. 죽음에 대한 상념은 차라리 허위에 불과하다. 지금 중요한 것은 삶을 통해 생긴 "설움"을 끊어내는 것이다. 그걸 "병풍"을 통해 알았기에 "병풍"이 "죽음을 가지고 죽음을 막고 있다"고 한 것이다. 이 시가 '죽음에 대한 시'이자 '부활에 대한 시'라고 부르는 것은 이 때문이다.

따라서 마지막 행의 "육칠옹 해사(六七翁 海士)의 인장(印章)"은 병풍에 새겨진 그림이며 그것이 그려진 병풍을 통해 시의 화자는 지금 삶을 뜨겁게 긍정하고 있는 것이다. 그것이 과연 그렇다고 "달은" "나"와 병풍을 함께 비춰주고 있다.

〔4〕

혁명적

존재 되기

꽃이
피어나는 순간

「병풍」을 이렇게 읽으면 우리는 「눈」을 조금 더 다른 관점으로 읽을 수 있는 문이 열린다. 「눈」에서 가장 깊게 얻을 수 있는 느낌은 바로 "눈은 살아 있다"는 것이다. 1연의 각 행은 "살아 있다"로 끝난다. 반복이돼 점점 더 구체성을 얻으면서 "눈"이 마치 꿈틀대는 효과도 일으킨다. 그리고 다시 3연에서 1행과 3행을 "살아 있다"로 마친다. 2행은 "눈"이 왜 살아 있는지를 설명하는데, 여기에 작품의 메시지가 있다. "마당 위에 떨어진 눈"이 살아 있는 것은 "죽음을 잊어버린 영혼과 육체를 위하여"다. 그러니 "젊은 시인"은 "눈더러 보라고" "기침을" 해야 한다. 같이 살아 있다는 이러한 응답은 "눈"과 "젊은 시인" 사이에 존재하는 운동 에너지를 표현하고 있다.

벤야민은 「보들레르의 몇 가지 모티프에 관하여」에서 아우라에 대해 이렇게 말한 적이 있다. "아우라의 경험은 그러니까 인간 사회에서 흔히 볼 수 있는 반응 형식을 무생물이나 자연이 인간과 맺는 관계로 전이시키는 것에 기초한다. 시선을 받은 사람이나 시선을 받았다고 생각하는 사람은 시선을 열게 된다. 어떤 현상의 아우라를 경험한다는 것은 시선을 여는 능력을 그 현상에 부여하는 것을 의미한다." 벤야민에 기대 말하면 이 시에서 "눈"이 만일 시선 혹은 관점도 의미하는 것이라면, 김수영은 "마당 위에 떨어진 눈"에게 "시선을 여는 능력을" 부여한 것이 된다. 시에서는 물론 충분히 가능한 일이며 어쩌면 우리가 시를 쓰거나 읽을 때 바라는 것은 현실 세계에서는 불가능해 보이는 어떤 것 때문일 것이다. 그래서 시는 혁명을 품을 수도 있고 지극히 반동적인 세계로 퇴행할 수도 있다.

이 작품에서 "젊은 시인"은 아마 김수영 자신일 것이다. "죽음을 잊어버린 영혼과 육체"야말로 부정적 정서가 야기하는 퇴락의 결과이다. 여기서 우리가 볼 수 있는 것은 '설움' 같은 부정적 정서를 그 반대편의 정서를 주입해 내쫓으려는 손쉬운 방식을 김수영이 채택하지 않고 있다는 점이다. 사실 그런 방식은 단지 허위만 양산할 뿐이다. 부정적 정서를 무찌르는 것은 오로지 "궁지"로서만 가능한 법이다.

관념적인 시이지만 「꽃 2」도 자세히 읽어볼 필요가 있다. 김수영 시의 양식에서 이런 관념시에는 어떤 "종자(種子)"가 담겨져 있기 때문이다. 전문은 아래와 같다.

꽃은 과거와 또 과거를 향하여
피어나는 것
나는 결코 그의 종자(種子)에 대하여
말하고 있는 것은 아니다
또한 설움의 귀결을 말하고자 하는 것도 아니다
오히려 설움이 없기 때문에 꽃은 피어나고

꽃이 피어나는 순간
푸르고 연하고 길기만 한 가지와 줄기의 내면은
완전한 공허를 끝마치고 있었던 것이다

중단과 계속과 해학이 일치되듯이
어지러운 가지에 꽃이 피어오른다
과거와 미래에 통하는 꽃
견고한 꽃이
공허의 말단에서 마음껏 찬란하게 피어오른다

—「꽃 2」 전문

이 작품에서 말하기를 "꽃은 과거와 또 과거를 향하여/피어나는 것"이나 그것은 무슨 기원이나 근원을 향하는 것은 아니다. 또 "설움의 귀결을 말하고자 하는 것도 아니다/오히려 설움이 없기 때문에 꽃은 피어"난다고 시의 화자는 말하고 있다. 여기서 우리는 1연의 5행과 6행에서 연달아 "설움"이라는 어휘가 등장하는 것에 유의해야 한다. 김수영이 이 시에서 말하고자 하는 것은 자신의 "설움"을 "꽃"으로 승화하려는 것이 아니다. 오히려 꽃은 "설움"이 사라진 상태에서 피어난다. 다시 말해, 「병풍」을 통해 말했듯, "꽃"은 "설움"이라는 부정적인 사태에서가 아니라 그것을 돌파하는 순간부터 피어나기 시작한다. 결국 "꽃"이란 파괴의 원인이자 파괴의 결과로서의 창조다!

그래서 "꽃이 피어나는 순간" "가지와 줄기의 내면은/완전한 공허를 끝마치고 있었"다. "공허"는 "설움"의 외형인데, 그것의 끝은 꽃이 피어남으로써 도래한다. 여기서 흥미로운 것은 "공허"의 끝에 꽃이 피는 것이 아니라 꽃이 피니까 "공허"가 끝나더라는 점이다. 하지만 그 "꽃"은 1연에서 말했듯 어떤 "귀결"이 아니다. "중단과 계속"은 시간의 두 속성이며 "중단과 계속"은 인간의 이성으로 파악된 시간의 두 단면일 수도 있다. 그런데 과연 그런가? 당연히 시간은 인과관계로 이루어진 게 아니니 계량적인 것으로 외화될 수 없다. 아마도 이 지점에서 김수영은 "설움"을 대체해 "해학"을 발견한 것 같다. 즉 시간의 "중단과 계속"은 "해학"으로 받아들일 문제이고 그때 "꽃이 피어오른다". "설움"으로는 어림도 없는 일이 "해학"으로는 가능하다. "해학"이란 무엇인가? 그것은 웃음이며, 긍정이다.

그러나 "중단과 계속과 해학이 일치되"는 순간은 "어지러운" 순간이며 "꽃"은 본래 혼돈에서 피는 것이다. "과거와 미래"가 통하는 순간도 명석·판명한 사태가 아니다. 하지만 견고하다. 예컨대 하나의 '씨'는 "과거와 미래"를 동시에 품은 채 거대한 폭발력을 내재하고 있지만 아직 명석·판명한 사물은 아니다. 그것은 썩을 수도 있고 새로운 생명을 틔울 수도 있다. 그러나 견고하다. 이 작품에서 "꽃"은 '씨'의 이미지도 함께 가지고 있다. 3연 마지막 행은 '씨' 같은 "견고한 꽃"이 "마음껏 찬란하게 피어오른다"고 강조함으로써 "해학", 즉 천진난만한 웃음과 겹쳐 놓음과 동시에, 김수영 자신의 변태를 자신 있게 표현하고 있다. 그런데 이 작품은 혹 훗날에 쓴 「사랑의 변주곡」의 전조인가? 김수영에게 이런 반복, 그러니까, 예전에 쓴 작품에 차이를 불어넣어 전혀 다른 작품을 창조하는 경우는 하나의 특징이기도 하다.

「자」에서는 "자[針尺]의 우아(優雅)는 무엇"이냐고 물으면서, 삶은 무게가 아니라 깊이를 통해 또는 삶의 지도를 제작하는 일을 통해서만 걸음을 뗄 수 있다고 말한다. "새로운 목표는 이미 나타나고 있었"던 것이다. 그것이 "무엇이든지" 재려는 "자"처럼 무거운 것이 아님은 「영롱한 목표」에서 말해주고 있다. "새로운 목표"는 "죽음보다도 엄숙"하지만, "귀고리보다도 더 가까운 곳에 / 종소리보다도 더 영롱하게" 있다. "새로운 목표"는 깊고 명랑하다. 이제 시의 화자는 "강인성"을 갖게 되었다. 따라서 "새로운 목표"는 "극장 의회 기계의 치차(齒車) / 선박의 삭구(索具)" 같은 자질구레함을 저주하지 않는다. 「영롱한 목표」의 후반부는 "새로운 목표"가 이미 작동하기 시작했으며, 그것은 가깝고, 깊고, 명랑한 것임을 경쾌하게 노래하고 있다.

> 새로운 목표는 이미 작업을 시작하고 있었다
>
> 역을 떠난 기차 속에서
>
> 능금을 먹는 아이들의 머리 위에서
>
> 설명이 필요하지 않은 희열 위에서
>
> 40년간의 조판 경험이 있는 근시안의 노직공의 가슴속에서
>
> 가장 심각한 나의 우둔 속에서
>
> 새로운 목표는 이미 나타나고 있었다
>
> 죽음보다도 엄숙하게
>
> 귀고리보다도 더 가까운 곳에
>
> 종소리보다도 더 영롱하게

—「영롱한 목표」 부분

이 작품에서 김수영은 분명하게 "사람이 지나간 자국 위에 서서 부르짖는 것은/개와 도회의 사기사(詐欺師)뿐이 아니겠느냐"고 말하고 있거니와 자신과 자신의 시대가 겪은 사건의 흔적 위에서 그것의 도덕적 가치 때문에 방황하는 것은 극단적으로 "사기"이며 또 "관념"일 뿐이라고 확실히 말하고 있다. "관념의 말단"에서 즉 관념을 벗어나고 있는 중인 "생활하는 사람만이 이기는 법"이며 우리가 생활에, 즉 현실에 투철하게 될 때 "새로운 목표는 이미 나타나"기 시작하는 것이다. 즉 "백의와 간통"할 용기가 있는 사람만이 "설움"과 "공허"를 이기고 강자가 될 수 있다.

차라투스트라가 고독을 찾아 "자신의 산과 동굴로" 돌아가는 도중에 "큰 도시의 성문에" 이르자 "차라투스트라의 원숭이"라 불리는 "한 바보"가 차라투스트라에게 "큰 도시"를 고발하며 그냥 지나쳐 가기를 간청했다. 그 도시는 "위대한 사상"도 "산 채로 삶아지고 잘게 조리"되며, "위대한 감정들도 하나같이 부패"했으며, "영혼들이 더러운 누더기처럼 힘없이 걸려" 있고 정신은 "한낱 말장난으로 전락"했다. "생각하는 것은 군주지만 조종은 소상인이" 한다. 그러자 차라투스트라는 그에게 이렇게 일갈한다. "네가 이같이 꽥꽥거리며 욕을 퍼붓는 것은 바로 네 자신의 혈관 속에 썩어 거품을 내는 늪의 피가 흐르고 있기 때문이 아닌가? 왜 너는 숲속으로 가지 않았느냐? 아니면 땅을 갈지 않았느냐? 바다에는 초록빛 섬들이 가득 떠 있지 않느냐?" 그리고 혼잣말로 덧붙였다. "더 이상 사랑할 수 없는 곳이라면 들르지 말고 그냥 지나가야 한다!"

곧은 소리는
곧은 소리를 부른다

저주와 설움과 공허로는 아무것도 창조할 수 없는 법이다. 오로지 이것들을 극복한 자만이 자신에게 주어진 사건들을 살 수 있고, "조용히 그의 둥지에서 알을 품으려" 한다. 그런데 자신의 둥지에서 알을 품는 일은 어떤 고독을 동반하는데, 물론 그것은 병든 자로부터의 도피인 고독이며, 창조를 향한 고독이다. 이미 「네이팜 탄」에서 "창조를 위하여 / 방향은 현대—"라고 호기롭게 외쳤지만 김수영은 곧 "거리에서와 마찬가지로 집 안에 있어서도 저 무시무시한 백의"를 실감하게 된다. 누구는 숭상만 하고 누구는 배척만 하는 "백의"를 김수영은 도리어 "진심으로 사랑"하고 드디어 "백의와 간통"에 이르게 된다.

니체가 말했듯 "위대한 사랑은 연민의 정 이상의 것이다. 위대한 사랑은 사랑을 할 자까지 창조하려 하기 때문이다". 이렇게 "창조하는 자들은 너나 할 것 없이 가혹하다." 다시 말하면, 사랑은 단순한 심리적 상태를 넘어서는 것이며, 그것은 창조의 동력 혹은 에너지가 된다는 말과 다르지 않다. 사랑에 대한 이러한 명제는 훗날에 비슷한 의미를 가진 채 되돌아온다. 이런 사랑의 의미 때문에 "백의와 간통"은 중요한 사건이 되는 것이다. 이질적인 타자와 접속할 역량이 있다는 것은 "0에서 출발하거나 다시 시작하는 것"(『천 개의 고원』)이 가능함을 의미한다. 그리고 이것은 리좀의 특성이기도 하다. "백의(白蟻)"를 일종의 흐름이고 리좀이라고 말하는 것은 이 때문이다.

리좀은 존재 자체가 선형적이지 않다. 그렇다면 이제 다른 "백의"가 된 자신에게 닥친 것은 다시 고독이 아니었을까? "친구들은 모조리 나를 회피하는 눈치이었"고 급기야는 "더러운 자식", "너는 오늘부터 시인이 아니다"고 "나"를 판결했다.

「폭포」에서 느낄 수 있는 메시지나 뉘앙스도 "강인성"(「영롱한 목표」)인 것은 우연이 아닐 것이다. 이 시는 청교도적 윤리의식에서는 절대 태어날 수 없는 작품이다. 오로지 넘치는 힘으로 기왕의 것들과 결별할 수 있을 때에만 가능한 작품이다.

폭포는 곧은 절벽을 무서운 기색도 없이 떨어진다

규정할 수 없는 물결이
무엇을 향하여 떨어진다는 의미도 없이

계절과 주야를 가리지 않고

고매한 정신처럼 쉴 사이 없이 떨어진다

금잔화도 인가도 보이지 않는 밤이 되면

폭포는 곧은 소리를 내며 떨어진다

곧은 소리는 소리이다

곧은 소리는 곧은

소리를 부른다

번개와 같이 떨어지는 물방울은

취할 순간조차 마음에 주지 않고

나타(懶惰)와 안정을 뒤집어 놓은 듯이

높이도 폭도 없이

떨어진다

—「폭포」전문

　도리어 지금 이 시는 '범람'을 표현하고 있다. 동시에 고독을 말하고 있는 작품이기도 하다. 1연과 2연 1행에서 3행까지는 바로 범람의 이미지들로 짜여 있다. 그리고 그 범람은 "고매"하기까지 하다. 그러나 "새로운 목표"를 향해 "규정할 수 없는 물결이 / 무엇을 향하여 떨어진다는 의미도 없이 / 계절과 주야를 가리지 않고" "쉴 사이 없이 떨어"지는 일은 "금잔화도 인가도" 알아보지 못하는 고독이라고 말하고 있다. 그렇지만 그 고독은 "병든 자의 도피"가 아니라 "병든 자로부터의 도피"이다. "금잔화도 인가도 보이지 않는 밤이 **되면**"(강조―인용자)은 폭포가 "곧은 소리를 내며 떨어"지는 조건과 상황을 말하고 있다. 무규정적인 상태로("규정할 수 없는") 굳이 정해진 목적을 두지 않고("무엇을 향하여 떨어진다는 의미도 없이") "중단과 계속"이 일치하듯 시간을 초월해("계절과 주야를 가리지 않고") 떨어지는 폭포가 고독을 얻었을 때, "곧은 소리를" 낸다. 여기서 "곧은 소리"는 고독의 형식(style)이다.

"병든 자로부터의 도피"로서의 고독은, 니체식으로 말하면, '힘에의 의지'가 외화된 것이고, 이 '힘에의 의지'가 펼쳐질 수 있는 전제사항은 사물의 이치에 대한 깨달음이다. 그래서 사물의 이치를 깨닫는 것은 힘에의 의지가 "가는 오솔길이요, 발자국"이다. 하지만 "고매한 자가 되는 것만으로는 부족하다. 고양된 자가 되어야 하는 것이다."(이상 『차라투스트라는 이렇게 말했다』) 여기서 "곧은 소리는 곧은 / 소리를 부른다"는 명백히 "고양"을 표현하고 있다. 하지만 아직 김수영이 어떤 절정에 이르렀다고 말하는 것은 섣부르다. 분명히 김수영은 5연에서, 윤리적 결의 이상을 넘어서지 못하기 때문이다. "곧은 소리"가 고독의 형식으로 받아들여지지 않고 윤리적 목소리로 받아들여졌다면 그것은 5연 탓이 크다. 하지만 지금 당장 김수영의 고독은 "나타(懶惰)와 안정"에게 가장 크게 위협받고 있었는지도 모른다.

「폭포」에 대한 시적 성과에 대해서 약간의 이견이 있다. 김수영 특유의 속도감과 힘을 평가하자면 뛰어난 작품임에 틀림없지만, 동시에 김수영 특유의 관념성을 지적하자면 생각보다 뛰어나지 않다는 지적에도 일리는 있다.

1964년의 산문 「생활과 현실」에서 김수영은 "도대체가 시라는 것은 그것이 새로운 자유를 행사하는 진정한 시인 경우에는 어디엔가 힘이 맺혀 있는 것이다. 그러한 힘은 초행(初行)에 있는 수도 있고 종행(從行)에 있는 수도 있고 중간의 어느 행에 있는 수도 있고 행간에 있는 수도 있다──이것이 시의 긴장을 조성하는 것이다. 진정한 시를 식별하는 가장 손쉬운 첩경이 이 힘의 소재를 밝혀내는 일이다"라고 말한 바 있다. 또 1965년의 산문 「예술 작품에서의 한국인의 애수」에서도 "엄격한 의미에서 볼 것 같으면 예술의 본질에는 애수가 있을 수 없다. 진정한 예술 작품은 애수를 넘어선 힘의 세계다"라고 말한 적이 있다.

1968년의 산문 「시여, 침을 뱉어라」는 부제 자체가 아예 '힘으로서의 시의 존재'이다. 특히 이 산문에서 제기된 시는 "'온몸'으로 밀고 나가는 것이다"라는 언명은 그 자체로 '힘'을 말하고 있다고 볼 수 있다. '몸'이란 것이 사실 힘의 상호관계와 속도의 비율로 생성된다는 점(스피노자, 『에티카』)은 차치하더라도, 일단 "밀고 나가는 것" 자체가 힘을 전제로 하기 때문이다. 여기서 힘은 생명의 본질로서의 힘을 가리키기도 하지만, 다른 것을 잉태할 수 있는 생식력으로서의 힘이기도 하다.

김수영의 말대로 "진정한 시를 식별하는 가장 손쉬운 첩경이 이 힘의 소재를 밝혀내는 일"이라면, 「폭포」에서는 2연과 3연이 이에 해당한다. 앞에서도 말했듯, 2연과 3연은 힘이 넘쳐 범람하는 언어적 형식이다. 범람하는 힘의 특징은 무규정적이고, 무목적적이고, 시간에 얽매이지 않는다. 언제든 "쉴 사이 없이" 운동한다. 이 작품에서 "떨어진다"가 기표와는 다르게 낙하, 하강, 추락의 이미지가 아닌 것은 이런 이유이다. 다만 김수영은 이것이 곧 "고매한 정신"이라고 말했을 뿐이다. 즉 힘을 갖는다는 것 자체가 "고매"(고귀)한 일인 것이다.

있을 수 있는 지적은, 1956년 작품을 그 훗날의 시론으로 해석하는 게 타당한 일이냐는 것일 게다. 왜냐하면 우리는 언제나 시간 속에서 변화하는 존재이기 때문이다. 아직 1956년은 김수영이 '힘'에 대한 인식을 얻기 이전일 수도 있다. 더군다나 1956년과 1965~1968년 사이에 김수영에게는 엄청난 사건인 4·19혁명과 그 반동인 5·16쿠데타가 있기 때문이다. 그러나 다시 말하지만 김수영의 급진적인 정치시는 4·19혁명이라는 단 하나의 사건으로 탄생하지 않았다. 그는 이미 1950년대 중반부터 현실의 극복과 자신의 극복을 동일한 과제로 인식하고 있었다. 그래서 4·19혁명이 일어나자 일고의 망설임도 없이 즉각적인 목소리를 낼 수 있었던 것이다. 분명 4·19혁명은 그에게 엄청난 도약대였지만 이미 김수영은 자신의 도약대를 발명하는 도정에 들어섰던 것이다. 혁명을 창조하지는 못했지만, 자신을 이미 혁명적 존재로 만들어가고 있었다는 뜻도 된다.

니체는 다시 "고매한 자", "영웅"이 된 후의 휴식을 말한다. "그는 괴수를 제압하고 수수께끼 도 풀었"지만, "그에게는 자신의 괴물과 수수께끼도 구제해야 할 일이 남아 있다. 그는 그들을 천상의 어린아이로 변화시켜야 한다." 이제 "팔을 머리 위에 얹고, 영웅은 이렇게 쉬어야 하며, 그렇게 하여 그 자신의 휴식까지도 극복해야 한다. 그러나 영웅에게는 아름다움이란 것이 가장 어려운 일이다."

애타도록
마음에 서둘지 말라

「봄밤」이 일종의 '영웅의 휴식'인 줄은 잘 모르겠다. 하지만 명확한 것은 시의 화자가 자신에게 "애타도록 마음에 서둘지 말라"

고, "혁혁한 업적을 바라지 말라"고 자신을 다독이고 있다는 점이다. 그리고 확실히 지금 그는 "술에서 깨어난 무거운 몸"이다. 그리고 "한없이 풀어지는 피곤한 마음"을 갖고 있는 것도 명백해 보인다. 비록 "꿈이 달의 행로와 비슷한 회전을 하더라도", 즉 바라는 일이 이루어지지 않고 제자리걸음을 하고 있더라도 이제 그에게는 "재앙과 불행과 격투와 청춘과 천만인의 생활과 / 그러한 모든 것이 보이는 밤"이다.

애타도록 마음에 서둘지 말라
강물 위에 떨어진 불빛처럼
혁혁한 업적을 바라지 말라
개가 울고 종이 들리고 달이 떠도
너는 조금도 당황하지 말라
술에서 깨어난 무거운 몸이여
오오 봄이여

한없이 풀어지는 피곤한 마음에도
너는 결코 서둘지 말라
너의 꿈이 달의 행로와 비슷한 회전을 하더라도
개가 울고 종이 들리고
기적 소리가 과연 슬프다 하더라도

너는 결코 서둘지 말라

서둘지 말라 나의 빛이여

오오 인생이여

재앙과 불행과 격투와 청춘과 천만인의 생활과

그러한 모든 것이 보이는 밤

눈을 뜨지 않은 땅속의 벌레같이

아둔하고 가난한 마음은 서둘지 말라

애타도록 마음에 서둘지 말라

절제여

나의 귀여운 아들이여

오오 나의 영감(靈感)이여

                              —「봄밤」전문

　아직 자신은 "눈을 뜨지 않은 땅속의 벌레"라는 겸사(謙辭)는
자신에 대한 성찰이기도 하지만, "꿈이" 앞으로 나아가지 못하게
하는 현실의 제한을 우회적으로 말하고 있기도 하다. "서둘지 말
라"의 반복이 단지 조바심을 다독이는 독백이었다면 작품 자체
가 이렇게 활달할 리가 없다. 1연의 "무거운 몸"이 2연에서는 "나
의 빛으로", 다시 3연에서는 "귀여운 아들"로 변주되는 것도 또

한 그것을 증명하거니와, 각 연의 마지막 행도 "오오 봄이여"에서 "오오 인생이여"로, 다시 "오오 나의 영감(靈感)이여"로 변주될 때 우리는 거기에서 부정적인 상태에 빠지지 않으려는 고투의 서정을 읽을 수 있다. 이런 느낌은 「채소밭 가에서」도 동일하게 느낄 수 있다.

단순하고 짧은 이 서정시도 「봄밤」과 겹쳐 읽힌다. 「봄밤」에서 "애타도록 마음에 서둘지 말라"는 독백은, 여전히 답보 상태에 있는 것처럼 보이는 현실과 자신의 상태를 치유하고 있음을 의미한다. 비록 "너의 꿈이 달의 행로와 비슷한 회전을 하더라도" 말이다. 「봄밤」에서 자가 치유를 시도하고 있다면 「채소밭 가에서」에서는 자기를 독려하는 주술(呪述)을 읊조리고 있는 중이다.

이러한 구체적이고도 단순한 리듬의 작품을 통해 우리가 가외로 얻을 수 있는 것은 김수영의 감각이 주위의 사물들에 의해, 「여름 아침」의 경우처럼, 형성되고 있다는 점이다. 제목도 제목이지만 "강바람", "달리아", "채소밭" 등은 그것을 예증하고 있다. 이 작품들에서도 아직은 한계 상황을 돌파하지 못한 답답함과 안타까움이 깊게 배어 있는데, 그것은 자신의 인식의 운동과 현실의 변화가 맞아떨어지지 않는 괴리감 때문이다. 현실을 무시하고 앞으로 내달렸을 때 주체의 상처는 불 보듯 뻔하다. 그렇다고 해서 지나치게 신중을 기하다가는 자칫 "나타(懶惰)와 안정"의 늪에 빠질 수도 있다. 이것은 전형적인 리얼리스트의 고뇌다.

위대함을 향해 길을 가는 사람에게는 "되돌아갈 길이 더 이상 존재하지 않는다."(『차라투스트라는 이렇게 말했다』) 이것이 용기를 불러일으키기도 하지만 동시에 피로를 가져오고, 피로 다음에는 다시 "설움"이 급습하는 법이다. 김수영이 가진 설움의 내포는 이중적이다. 하나는 전쟁 때문에 생긴 부정적 정서로서의 설움이고 다른 하나는 그것을 극복하고 나아가려 하는 능동적 의지와 현실 사이의 괴리에서 발생하는 설움이다. 전쟁 후 2년 정도까지는 전자의 설움이 지배적이었지만 점점 후자의 것으로 변해갔다. 「예지」에서 순간적으로 "너는 차라리 부정한 자가 되라"며 "바늘구멍만 한 예지(叡智)를 바라면서 사는 자의 설움"을 말하는 것은 후자의 설움에 해당된다. 그런데 「예지」에는 의미심장한 구절이 등장한다. 그것은 "너의 벗들과 / 너의 이웃 사람들의 얼굴"인데, 이들은 "차라리 부정한 자가 되라"는 역설을 통해 "바늘구멍 저쪽에 떠오"를지 모르는 사람들이다.

여기서 "부정"은 현실이 강요하는 가치를 정(正)으로 봤을 때 그것을 전복하는[反] 어떤 것을 의미한다. 현실이 강요하는 가치를 전복했을 때, "너의 벗들과 / 너의 이웃 사람들의 얼굴"이 떠오를지도 모르는데, 그 사람들은 "어제와 함께 내일에 사는 사람들"이다. 그리고 "강력한 사람들"이다. 4·19혁명 직후 조심스레 김수영의 시와 일기 등에서 등장하는 '민중'의 이미지가 1956년 즈음부터 그려지고 있었던 것이다. 최하림도 『평전』에서 "그의 민중의식은 이처럼 풍부하다"라고 지적한 바 있는데 물론 그것은 서강 생활을 통해서이다. 다만 최하림은 "여기에 부정한 현실에 대한 정치적 행동의 부재, 즉 자유에 대한 언급이 아닌 자유의 이행의 부재를 문제 삼는 시 「사령(死靈)」을 씀으로써 김수영은 사실상 4·19를 맞을 내면의 준비를 끝마치고 있는 셈이 된다"고 덧붙였지만, 「사령(死靈)」을 쓸 당시에는 김수영이 피로와 설움의 단계로 잠깐 물러선 때였다.

김수영이 4·19혁명을 예비하고 있다고 했지만 그가 혁명에 대한 구체적인 상상력을 가졌다는 뜻은 아니다. 다만 가난과 정치적 억압 속에서 그는 자신의 이웃들을 다시 보게 됐고, 그들이 바로 자신이 그렇게 바라는 "예지"의 저편에 존재하는, 아니 존재해야 하는 "어제와 함께 내일에 사는 사람들"이라는 것을 예감하고 있었을 것이다. 그리고 그들은 자신의 "예지"가 맞다면 "강력한 사람들"일 것이다. 김수영의 정치시가 돌발적이지도 않고 도리어 간단치 않은 실제적 근거를 갖고 있다는 것은 이렇게 해서 드러나게 되며, 그는 이미 미래의 민중을 창조하기 시작했는지도 모른다. 시를 떠나서, 4·19혁명이 일어난 1960년 6월 21일 일기에서 "다음은 빈곤과 무지로부터의 해방"이라고 적은 것, 7월 8일에 쓴 "커피와 양담배를 배격하는 학생들의 데모. 좋다. 이러다가는 머지않아 ○○○○도 있을 것 같다는 아내의 예언. 앞으로 경제 논문을 번역해 보고 싶다" 같은 메모들은 간단히 보아 넘길게 아니다.

김수영은 자신의 이런 조울증적 상태를 "하루살이의 광무(狂舞)"(「하루살이」)라고 자조하고 있지만, 변화는 당연히 직선적으로 일어나는 것이 아니다. 도리어 자신의 관념을 덜어내고 관념 이전에 존재하는 시대의 명령과, 관념과는 다른 행로를 따라 자라는 나무 같은 생명에 영혼을 쉬게 하려고 한다. 「서시」에서 "나는 너무나 많은 첨단의 노래만을 불러왔다 / 나는 정지의 미에 너무나 등한하였다"라고 말하면서 "첨단"에 대한 그간의 집중을 돌아보고 있다. 그리고 혹 "첨단의 노래"라는 것이 "부엉이의 노래"('저물녘의 노래')이고 "더러운 노래"이며 "생기 없는 노래"는 아닌가 말하고 있는 것은 아직 그에게 '서광의 노래'가 당도하지 않았음을 암시하고 있다.

시인이 황홀하는 시간보다도
더 맥없는 시간이 어디 있느냐

하지만 「광야」에서 "이제 나는 광야에 드러누워도 / 시대에 뒤떨어지지 않는 나를 발견하였다"에 도달했다. 그런데 김수영은 그 "발견"이 관념을 통해서가 아님을 자신감 있게 말하고 있다. 그것은 각 연에서 되풀이되는 "그러나 오늘은 산보다도 / 그것은

176

나의 육체의 융기"에서 드러난다. "우리들은 다 같이 산등성이를 내려가는 사람들"이란 구절에서 보듯, "산"은 "광야"에 대비되는 초월적·관념적 세계를 상징한다. "오늘은 산보다도"에 대비시켜 "육체의 융기"를 반복하는 것은 김수영이 1957년에 들어 구체성의 세계로 진입했음을 방증한다. 더군다나 그 "육체"는 "융기"한 육체인데 "융기"라는 어휘에서 드러나는 힘과 자신감을 소홀히 읽어서는 안 된다. 또 2연의 다음과 같은 구절은 시대에 대한 예민한 의식을 드러내는바, 1960년 4·19혁명이 타락해가고 있을 때 보여줬던 거침없는 비판의식을 예시하고 있다.

> 시인이 황홀하는 시간보다도 더 맥없는 시간이 어디 있느냐
> 도피하는 친구들
> 양심도 가지고 가라 휴식도—
> 우리들은 다 같이 산등성이를 내려가는 사람들

—「광야」 부분

시인이 시대에 대한 의식을 갖지 못하고 자폐적으로 "황홀하는 시간"은 "맥없는 시간"에 다름 아니며, 그것은 그냥 "도피"일 뿐이다. "황홀"을 위한 "도피"든 "도피"의 결과로서의 "황홀"이든 그것은 그냥 시인의 "양심"을 저버리는 행위이다. 물론 그가

말하는 "양심"은 '도덕적' 양심이라기보다는 시대적 양심을 포함하는 시적 양심이다. 3연에서 "시대에 뒤떨어지는 것이 무서운 게 아니라/어떻게 뒤떨어지느냐가 무서운 것"이라는 발언은 바로 그것을 보여준다. "시대에 뒤떨어지는 것"이 시대적 "양심"을 잃어버린 것이라면 "어떻게 뒤떨어지느냐"를 인식하지 못하는 것은 시적 양심을 저버리는 것이다. 이 대목은 「구름의 파수병」에서 보여준 "자기의 나체를 더듬어 보고/살펴볼 수 없는 시인처럼/비참한 사람이 또 어디 있을까"의 변주이다.

이렇듯 "시대"와 "사람들"에 대한 인식이 뚜렷해지는 것은 1950년대 후반에 나타나는 두드러진 특징이다. 예컨대 「꽃」이란 작품에서는 "올겨울에도 산 위의 초라한 나무들을 뿌리만 간신히 남기고 살살이 갈라 갈 동네 아이들……"이란 사실적인 묘사가 보이기도 한다. 그런데 이런 묘사는 심상하게 배치된 것이 아니다. 1연에서 "나는 멀리 세계의 노예들을 바라본다"고 했거니와 그 '바라봄' 안에는 "진개(塵芥)와 분뇨를 꽃으로 마구 바꿀 수 있는 나날"에 대한 동경 혹은 상상이 배어 있다. 그러기 위해서는 "나는 오늘도 누구에게든 얽매여 살아야 한다". 물론 이 작품에는 명료하게 해석되지 않는 면이 있다. 하지만 "나의 숙제는" "영영 저물어 사라져 버린 미소이다"라는 결구에는, 이제 무엇인가를 깨달은 자의 득의가 번득이고 있는 것도 사실이다.

시인이 "시대"와 "사람들"에 대한 변화된 인식을 얻을 때는,

현실에서 벌어진 구체적인 사건을 통해서이기도 하지만 현상 이전의 어떤 잠재적 움직임 등을 미리 감각해서일 수도 있는데, 후자의 경우에는 그 리얼리티를 확신하기 쉽지 않으므로 적잖은 내적 동요가 수반되기도 한다. 「비」에서 "움직이는 비애를 알고 있느냐"고 물을 때, 우리는 김수영의 내면에서 변증법적인 소용돌이가 일어나고 있는 것을 느낄 수 있다. 이것은 또 고독의 다른 이름이기도 하다. 예지하고 있는 움직임이 섣불리 구체적 외형을 갖지 못하는 것은 누구나 경험하는 일이기도 하다. "언제나 새벽만을 향하고 있는/투명한 움직임의 비애"는 그것에 대한 가장 적절한 비유가 되겠다. 기쁨과 슬픔의 정서가 함께 공존하는 것은 시적 정동에서는 가능하다. 그에 대해서 김수영은 다소 관념적인 다음과 같은 진술을 남긴다.

> 순간이 순간을 죽이는 것이 현대
> 현대가 현대를 죽이는 '종교'
> 현대의 종교는 '출발'에서 죽는 영예(榮譽)
> 그 누구의 시처럼
>
> ―「비」 부분

현대의 시간은 "순간이 순간을 죽이는" 속도를 그 특성으로 한다. 물론 이런 시간은 근대가 창출한 크로노스적 시간인데, "순간이 순간을 죽이는" 그 사이–시간을 경험하는 게 시의 몫이기도 하다. 이런 시의 몫을 김수영은 예민하게 인식하고 있었던 것 같다. 뒤에서 보겠지만 순간과 순간 사이의 시간, 즉 순간이라고 산문적으로 명명할 수 있는 시간의 틈서리에 시적 시간이 잠재해 있는 것을 그는 느낄 줄 알았던 것이다. 아무튼 한 순간을 다음의 순간이 죽이면서 재빠르게 대체해버리는 "현대"의 시간이 "종교"로까지 된 것이다. 하지만 거기서 갖게 된 "비애"도 움직이는 것이다. "모든 곳에 너무나 많은 움직임이 있다". 다만 그 "움직임"을 잠깐 "제(制)하는 결의"가 지금은 필요한 것이다. 그렇다, 그것은 휴식이지만 "움직이는 휴식"이다. 어쨌든 "현대가 현대를 죽이는" 시간 속에서 시적 시간을 느낄 수 있다는 것은 "'출발'에서 죽는 영예(榮譽)"이다. 다르게 말하면, 중요한 것은 "출발"이다. 출발할 수 있다는 것은 어떤 출발선 또는 도약대를 확보했다는 말과 같다. "그 누구의 시처럼"은 이 모든 것을 최종적으로 확증해준다. 그렇다고 해서 슬픔의 정서가 사라지는 것은 아니다.

    그러나 여보
    비 오는 날의 마음의 그림자를
    사랑하라
    너의 벽에 비치는 너의 머리를

사랑하라

—「비」부분

  이 작품의 특징은, 앞에서 말했듯, 내리는 비를 통해 피어오르는 슬픔의 정서와 동시에 차오르는 기쁨의 정서가 교직되면서 풍기는 독특한 아우라에 있다. 내리는 비가 불러일으키는 슬픔의 정서에 함몰되지 않는 것은 "계사(鷄舍) 위에 울리는 곡괭이 소리"와 "동물의 교향곡" 같은 삶을 지속해가는 "너무나 많은 움직임" 때문이다. "비애"가 작품의 중반까지 장악하고 있다가 "너무나 많은 움직임"을 통해서 "무엇인가가 보이"는 것으로 전환된다. 물론 그 고리는 "비애" 같은 부정적인 정서마저 "사랑"할 수 있는 '힘'이다. 이 '힘'으로 인해 비애도 "움직이는 비애"가 되는 것이다. 그렇게 "비가 너 대신 움직이고 있다"는 정동의 변화가 일어날 때, 이제 내리는 비는 무엇인가를 보여주는 계기로 탈바꿈한다.

  1958~1959년에 걸친 김수영의 시들은 정확하게 말하면 자신이 얻은 인식과 좀처럼 변하지 않는 현실 사이의 괴리로 설명할 수 있다. 그러나 시를 통해서 그가 인식하고 있는 현실에 대한 사실적인 정경을 포착하기는 쉽지 않다. 다만 「미스터 리에게」에서 "문명에 대항하는 비결은/당신 자신이 문명이 되는 것이다"라

는 인상적인 구절을 남기는데, 여기서 얼핏 문명 자체에 대한 고민을 시작했음을 느낄 수 있다.

하지만 아직 추상적인 문명에 대한 사유는 한참 뒤로 미뤄진다. 그에게는 아직 꿈틀대는 '현실'이 있기 때문이다. 「동맥(冬麥)」에서 시의 화자는 "내 몸은 아파서 / 태양에 비틀거린다"를 1연에서 두 번 반복한다. 그럼에도 불구하고 다만 비틀거리는 것은 "믿는 것이 있기 때문이다". 그 "믿는 것이" 주저앉거나 퇴보하지 않게 해준다. "뒤집어진 세상의 저쪽에서는 / 나는 비틀거리지도 않고 타락도 안 했으리라"는 이 작품에서 결정적 진술이다. "뒤집어진 세상의 저쪽", 그가 바라는 "세상"에서는 자신의 모습이 "타락"이 아니라는 것이다. 설령 지금 순간순간 "타락"의 모습이 보인다 해도, 그래서 비틀거리는 거라 해도, 좌절과 퇴행은 아니라는 것이다.

3연에서 "햇빛에는 겨울 보리에 싹이 트고 / 강아지는 낑낑거리고 / 골짜기들은 평화롭지 않으냐"고 묻는다. 여기서 "골짜기들"을 "뒤집어진 세상의 저쪽"의 상징적 공간으로 볼 수 있는지는 확언하기 힘들다. 그 다음 행에 "평화의 의지를 말하고 있지 않으냐"고 바꿔 묻고 있기 때문이다. 다만 "햇빛에는 겨울 보리에 싹이 트고 / 강아지는 낑낑거리고 / 골짜기들은 평화롭"다는 이미지는 시의 화자가 말하는 "뒤집어진 세상의 저쪽"을 가시적으로, 그러나 잠정적으로 암시하고 있는 느낌은 준다.

울고 간 새와

울어 올 새의

적막 사이에서

―「동맥(冬麥)」 부분

　김수영 시 전체를 통해서 인상적인 구절 가운데 하나인 이 마지막 세 행은 아직 아무것도 채워지지 않은 사이−시간을 의미한다. 이 사이−시간은 아무것도 채워지지 않은 의미 이전의 시간이며, 기존의 의미가 파산한 이후의 시간이다. 물론 일반적으로 통용되는 허무주의적인 무의미와는 내포가 다르다. 시의 화자는 아직 "뒤집어진 세상의 저쪽"에 닿지 못한 채 산문적인 시간 속에서 비틀거리며 살고 있는데, 지금 그가 할 수 있는 일은 "이 눈망울을 휘덮는 시퍼런 작열의 의미가 밝혀지기까지는 / 나는 여기에 있겠다"는 다짐뿐인 것이다. 따라서 "울고 간 새와 / 울어 올 새의 / 적막 사이"는 최소한 무엇인가를 떠나보냈지만 새로운 것은 도래하지 않은 말 그대로 "적막"이다. 그런데 작품에서는 "적막 사이"라고 분명히 말하고 있거니와 여기서 "적막"은 "울고 간 새"에게도 걸리고 "울어 올 새"에게도 걸린다. 따라서 여기서 시의 화자가 갖는 정서는 적막의 겹이라고 부를 수 있을 것이다. 그렇다면 "이 눈망울을 휘덮는 시퍼런 작열의 의미가 밝혀지기까지는/나는 여기에 있겠다"는 다짐은 어떤 안간힘인 것일까?

과연 1959년에 들어와 남긴 김수영의 작품은 대체로 부진을 면치 못하는데, 반복해 말하자면, 삶의 건강을 잃는 순간에 김수영의 시는 난삽해지는 경향이 있다. 난삽이 문제라기보다 그의 말을 그대로 적용하면, 시의 어느 부분에서고 힘이 맺히질 않는다.「모리배」의 경우, "모리배들한테서/언어의 단련을 받는다"고 호기롭게 말하고 있지만, 결국 "언어는 원래가 유치한 것이다/나도 그렇게 유치하게 되었다"고 실토하고 있다. 따라서 2연에 처음으로 등장하는 "하이데거를/읽고"하는 문장도 과장일 수도 있다. 분명히 "나의 팔을 지배하고 나의/밥을 지배하고 나의 욕심을 지배"하는 존재는 현실 속에 득실거리는 "모리배"들이라는 냉철한 인식을 보여주고 있기 때문이다. 그럼에도 이 작품에서 우리가 어떤 패배주의를 잠깐 느낄 수 있는 것도 사실이다.

나는
죽어 가는 법을 알고 있는 사람

다시 김수영에게 피로가 찾아온 것일까? 「생활」에서는 "여편네와 아들놈을 데리고/낙오자처럼 걸어가면서/나는 자꾸 허허…… 웃는다"면서 "생활은 고절(孤絶)이며 / 비애였다 / 그처럼 나는 조용히 미쳐 간다"는 자학을 보여주기까지 한다. 이 즈음에 구체적으로 무슨 일이 있었는지는 알 수 없다. 확실한 것은 1959년에 들어와서 김수영의 내면이 많이 흔들리고 있었다는 것은 그 무렵 쓴 시들을 검토해보면 쉽게 도달할 수 있는 결론이다. 「달밤」 같은 시에서도 그 점은 확인된다. 심지어 "이제 꿈을 다시 꿀 필요가 없게 되었나 보다"라고까지 말한다. 그러면서 "서슴지 않고 꿈을 버린다"면서 "피로를 알게 되는 것은 과연 슬픈 일이다"고까지 한다. 따라서 이런 정서 상태에서 쓴 작품 중 하나인 「사령(死靈)」을 두고 최하림처럼 "사실상 4·19를 맞을 내면의 준비를 끝마치고 있는 셈이 된다"고 말하는 것은 작지 않은 오독인 셈이다.

「사령(死靈)」의 처음은 "…… 활자는 반짝거리면서 하늘 아래에서 / 간간이 / 자유를 말하는데 / 나의 영(靈)은 죽어 있는 것이 아니냐"로 시작된다. 그리고 마지막 연 마지막 행을 "우스워라 나의 영은 죽어 있는 것이 아니냐"로 약간만 변주한 채 처음을 반복함으로써 시의 화자가 자기조롱과 자기학대를 동시에 하고 있음이 드러난다. 또 "마음에 들지 않아라"의 반복은 시의 화자가 어떤 무기력증에 처해 있음을 보여준다. 동시에 퇴행의 징조를 보이는 자신에 대한 준엄한 물음이 있다. 그러니까 김수영은 자신의 건강을 완전히 포기하지 않은 것이다. 그런데 이게 단지 자신의 "정치적 행동의 부재"(최하림) 때문일까?

반대로 "정치적 행동"의 개입이 완전히 봉쇄된 그 당시의 정치적 조건에 더 큰 이유가 있을지 모른다. 딱히 김수영에게 "정치적 행동"이 체질화된 것은 아니었지만, 1959년의 상황, 즉 이승만 정권의 말기적 상황에서 정치적 상상력은 물론이거니와 시적 상상력마저 질식사할 것만 같은 것을 김수영은 느꼈을 것이다. 「파밭 가에서」나 「싸리꽃 핀 벌판」에서 보여주는 "피로"를 우리는 이런 맥락에서 이해할 수 있다. 「파밭 가에서」에서 읽히는 것은 일종의 체념이다. 굳이 비교하자면 「봄밤」에서 보여줬던 생기와 기쁨은 보이지 않고, "얻는다는 것은 곧 잃는 것이다"의 반복을 통해서 시의 화자는 한 발 비켜서 있으려는 무의식을 내비치고 있다. 특히 3연의 "묵은 사랑이 / 뉘우치는 마음의 한복판에 / 젖어 있을 때"는 그 의심을 더 확고하게 한다. 일단 작품의 구조와 호흡이 닮았다는 면에서 「파밭 가에서」는 「봄밤」과 같이 읽을 만하지만, 그 기저에 깔린 정동은 확연하게 다르다.

그 전해인 1958년의 「사치」에서 김수영은 자연과 이웃에 기대는 어떤 낙관을 보여주었다. 예를 들어 "자연이 하라는 대로 나는 할 뿐이다 / 그리고 자연이 느끼라는 대로 느끼고 / 나는 실망하지 않을 것이다". 이 앞에서 또 "새로 파논 우물전에서 도배를 하고 난 귀얄을 씻고 간 두붓집 아가씨에게 / 무어라고 수고의 인사를 해야 한다지" 하며 명랑을 잃지 않으려는 모습도 보여줬다. 물론

이 작품은 '아내의 몸'에 대한 솟구치는 생기를 표현한 작품이지만 일반적으로 '모더니스트'라는 이미지 안에 갇힌 그에게 자연주의적 낙관도 생생했음을 보여주는 사례도 된다. 작품마다 숨어 있는 어떤 비밀을 읽어내지 못하는 한 김수영을 모더니즘의 흐름이라는 문학사 속에 박제화시키는 우는 그치지 않을 것이다.

아무튼 「사치」에서 보여주었던 자연을 통한 나름의 생기가 「싸리꽃 핀 벌판」에 와서는 "피로는 도회뿐만 아니라 시골에도 있다"로 변함으로써 이 당시 김수영이 가졌던 "피로"의 깊이가 전해에 비해 훨씬 깊어졌음을 알 수 있다. 달라진 게 있다면 "문명"과 "형이상학" 같은 어휘의 등장일 것이다. 어쩌면 이 당시 김수영은 추상적인 '문명 비판'과 형이상학적 관조의 자리로 후퇴할 의향이 있었는지도 모른다. 「동야(凍夜)」의 "개울은 달빛으로 얼음 위에 / 얼음을 놓았는데" "내가 비는 것은" "그 얼음이 더 얼라는 / 내일의 주부(呪符)이었다"는 자기포기 냄새가 나는 진술과 「미스터 리에게」에서 보여주는 태도는 그런 추측을 가능하게 한다. 「미스터 리에게」에서 나타나는 "태양이 하나이듯이 / 생활은 어디에 가 보나 하나이다"는 환원주의적 관점에 이어, "문명에 대항하는 비결은 / 당신 자신이 문명이 되는 것이다"는 진술에서 구체성의 세계에서 얼마간 비켜서려는 태도도 읽힌다.

그렇다고 해서 이 즈음의 김수영이 현실에 등을 돌리며 노골적인 퇴행을 감행한 것은 아니다. 침몰하지 않으려는 의지만은 버리지 않고 있었다.

　　병을 생각하는 것은
　　병에 매어달리는 것은
　　필경 내가 아직 건강한 사람이기 때문이리라
　　거대한 비애를 갖고 있는 사람이기 때문이리라
　　거대한 여유를 갖고 있는 사람이기 때문이리라

　　저 광막한 양지 쪽에 반짝거리는
　　파리의 소리 없는 소리처럼
　　나는 죽어 가는 법을 알고 있는 사람이기 때문이리라

　　　　　　　　　　　　　　　─「파리와 더불어」 부분

　자신이 병에 걸렸다는 사실을 안다는 것은, 아직은 "건강한 사람이기 때문"이다. 그리고 건강한 사람이 병에 걸리는 일은 확실히 "비애"를 심어준다. 확실히 "비애"라는 정서는 현실이나 어떤 대상에게 깊은 격절감을 느낄 때, 또는 건강과 병이 공존할 때 발생한다. 물론 비애는 부정적 정서이지만 비애가 아니라면 건강과 병을 동시에 느낄 수는 없다. 거꾸로 건강과 병을 동시적으로 느끼는 것 자체가 비애일 수 있다. 그리고 이 "비애"가 "죽어 가는 법을 알고 있는" 상태라면, 그것은 건강의 증표이기도 하다. 이런 건강이 없었더라면 김수영에게 1960년의 사건은 하나의 이벤트에 지나지 않았을 것이다. 그리고 그는 4·19혁명을 혁명으로 받아들이지 못했을 것이다.

하지만 여기서 간과해서 안 되는 것은, 4·19혁명이 "병"을 얻은 김수영을 구원한 것은 사실이나 김수영 자신이 이미 1950년대 후반에 들어와서 '혁명적 존재'가 된 사실이다. 비록 1959년 여름에는 자신의 존재 양태와 현실의 괴리에서 발생하는 무력감과 비애 등이 다시 엄습했지만, 만일 그가 정말 소시민적인 삶에 전전긍긍하기에 바빴다면 4·19혁명을 그렇게 맹렬히 받아들이지 못했을 것이며, 4·19혁명을 맞아 빤한 행사시만 남겼을 것이다. 전쟁의 막바지에 쓴 「달나라의 장난」에서 말했듯 "영원히 나 자신을 고쳐 가야 할 운명과 사명"을 그는 1950년대 내내 잊지 않았던 것이다.

혁명이 보이지 않는 시기에 '혁명적 존재'가 되는 일만큼 혁명적인 사건은 없다. 혁명적 존재가 되는 일은, 창조와 생성을 그치지 않는 일이다. 이 말은 다시 김수영식으로 번역하면 "영원히 나 자신을 고쳐 가야 할 운명과 사명"을 포기하지 않는 것과 같다. 그래야 주어진 현실적 조건에 불퇴전의 자세를 가질 수가 있다. 현실은 김수영에게 치욕을 강요했다. 하지만 그는 그 치욕을 피하지 않으면서 그 치욕을 넘어서려 했다.

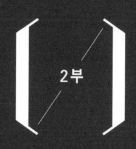

2부

[5]

혁명과 반혁명

사이에서

혁명을
마지막까지 완성하자

1960년 3월 15일 정·부통령 선거 전부터 자유당 정권이 부정 선거를 획책하느라 정국이 들끓기 시작했다. 민주당 대통령 후보 조병옥이 갑자기 병으로 세상을 떠나자 대통령은 이승만이 자동 당선되는 것이었다. 문제는 부통령 선거였는데 이승만의 나이를 고려했을 때 부통령 선거가 갖는 정치적 의미는 자못 컸다. 자유당은 이기붕을 당선시키기 위해 온갖 부정적인 수단을 다 동원하였다. 부정 선거에 맞서 선거 당일 마산에서 일어난 고등학생들의 시위에 경찰은 발포로 대응하면서 많은 학생들이 총에 맞아 죽었다. 최루탄에 맞아 죽은 김주열의 주검이 돌에 묶인 채 4월 11일 마산 앞바다에 떠오르자 학생들의 2차 시위가 발생했다. 3월 15일과 4월 11일 두 번의 시위로 죽은 학생은 12명이고 부상과 체포와 구금은 300명에 다다랐다. 이에 분노한 학생들은 전국에서 시위를 일으켰다. 4월 18일 고려대학교를 시작으로 다음날인 4월 19일에는 전국의 중·고등학생들이 시위에 참가했다.

정국의 소용돌이에 대한 김수영의 시적 첫 반응은 「하…… 그림자가 없다」인데 그는 혁명을 확신하지 못하고 있었던 것처럼 보인다. "바늘구멍만 한 예지의 저쪽에서 사는 사람들", 즉 "나의 현실의 메트르"(「예지」)는 아직 도래하지 않은 대신에, "메트르"여야 할 사람들이 "우리들의 적"일지 모른다는 예민함은 아직 혁명을 확신하지 못했다는 사실을 방증하고 있다. "우리들의 싸움의 모습은 초토작전이나/「건 힐의 혈투」모양으로 활발하지도 않고 보기 좋은 것도 아니다". "그러나 우리들은 언제나 싸우고 있다". 여기서 "싸우고 있다"는 실제 싸우고 있는 상황을 가리키는 것이기도 하지만, 그래야 한다는 당위를 말하는 것으로도 읽힌다.

이 작품에서 김수영은 "민주주의의 싸움이니까 싸우는 방법도 민주주의식으로 싸워야 한다"며 "민주주의식"에 방점까지 찍기도 한다. 이런 인식은 몇 달 후 더 급진적으로 바뀌게 되는데, 이 당시, 그러니까 1960년 4월 초 상황은 김수영이 보기에 여러 가지로 유동적인 것이었다. 하지만 이런 상황마저도 그에게는 벅찬 일이었을 것이다. 그래서 "하늘에 그림자가 없듯이 민주주의의 싸움에도 그림자가 없다"고 말하기도 한다. "그림자가 없"는 절대 긍정과 믿음의 상태는, 이전 시간에 그를 지배했던 "비애"와 극적으로 대비된다. 오히려 순간적으로나마 그 "비애"가 걷힌 상태를 그는 "그림자가 없다"고 표현했다. 마지막 연의 말 더듬기는 그가 지금 얼마나 숨이 가쁘도록 벅찬 상태인지를 나타내고 있다.

> 하…… 그렇다……
> 하…… 그렇지……
> 아암 그렇구말구…… 그렇지 그래……
> 응응…… 응…… 뭐?
> 아 그래…… 그래 그래.

> ―「하…… 그림자가 없다」부분

하지만 김수영의 불안감은 혁명의 소용돌이 속에서도 지속되었다.

> 김수영은 그들(시위대들―인용자)의 뒤를 따라 오후 내내 돌아다니다가 계엄령이 내려졌다는 소문을 듣고 부리나케 도봉동으로 돌아갔다. 그의 레드 콤플렉스가, 포로수용소에서의 공포가 살아나 발길을 재촉하지 않을 수 없었다.

방으로 들어오는 김수영을 보고 "밖에 나갔댔니?" 하고 어머니가 물었으나 그는 대꾸하지 않고 라디오 앞으로 가 스위치를 틀었다. 라디오에서는, 국군이 입성했으니 학생과 시민들은 집으로 돌아가 동요하지 말고 계엄사에서 내리는 지시를 따르라고 한밤 내내 반복했다. 북괴의 간첩이 날뛰고 있으며 시위는 그들의 선동에 놀아난 것이라고도 했다. 김수영은 "우라질 놈들"이라고 큰소리로 욕을 퍼부으면서 스위치를 껐다가는 1분도 못 참고 다시 켰다. 행진곡 풍의 음악 속에 계엄사의 말들이 계속 흘러나왔다.(『평전』)

결국 이승만은 4월 26일 아침에 권좌에서 물러났고 곧바로 김수영은 "어서어서 썩어 빠진 어제와 결별하자"는 「우선 그놈의 사진을 떼어서 밑씻개로 하자」를 썼다. 한눈에 봐도 단박에 갈겨 쓴 것이 느껴질 정도로 호흡이 가파르고 분절되지 않은 특징이 있다. 얼마나 벅찬 상태에서 썼는지 증명해주고 남는다. "어서어서 썩어 빠진 어제와 결별하자"던 그는 뒤이어 「기도 ― 4·19 순국학도위령제에 부치는 노래」에서 혁명의 완수를 노래하고 있는데, 나는 이 작품이 김수영의 혁명시 중 가장 앞자리에 있어야 한다고 생각한다. "우리들의 혁명을 / 배암에게 쐬기에게 쥐에게 살쾡이에게 / 진드기에게 악어에게 표범에게 승냥이에게 / 늑대에게 고슴도치에게 여우에게 수리에게 빈대에게 / 다치지 않고 깎이지 않고 물리지 않고 더럽히지 않게" 하자고 하다가 "이번에는 우리가" 그것들이 되어 "혁명을 마지막까지 이룩하자"고 쓴다. 이것은 단순한 반어가 아니다. 혁명은 어디까지나 상대적 완전이기에 역사 속의 혁명이 얼마간 사납고 추잡한 일을 동반할 수밖에 없음을 인정하고 있다는 뜻도 된다. 그런데 그는 그것들이 슬픔을 자아낸다는 역설을 알고 있었으며, 그 슬픔이 결국 "시를 쓰는 마음"이며 "꽃을 꺾는 마음"일 것이라는 것도 알고 있었다.

「기도 — 4·19 순국학도위령제에 부치는 노래」가 5월 18일의 작품이니 아마 이때까지는 혁명에 대한 기대를 버리지 않았던 것 같다. 그런데 돌연 5월 25일에 쓴 「육법전서와 혁명」은 혁명의 흐름에 대한 불신에 휩싸여, 퇴행하는, 정확히는 더 진전되지 못하는 혁명을 강하게 질타한다. 물론 이 작품도 혁명의 진전을 촉구하는 내용이다. 김수영은 단순한 정권 교체를 바라지 않았다. 말 그대로의 혁명을 그는 희구했다. 다음과 같은 구절은 그가 구체적인 생활에 밀착한 상태에서 4·19혁명을 바라봤다는 유력한 증거가 된다.

불쌍한 것은 이래저래 그대들뿐이다
그놈들이 배불리 먹고 있을 때도
고생한 것은 그대들이고

그놈들이 망하고 난 후에도 진짜 곯고 있는 것은

그대들인데

불쌍한 그대들은 천국이 온다고 바라고 있다

그놈들은 털끝만치도 다치지 않고 있다

보라 항간에 금값이 오르고 있는 것을

그놈들은 털끝만치도 다치지 않으려고

버둥거리고 있다

보라 금값이 갑자기 8,900환이다

달걀값은 여전히 영하 28환인데

—「육법전서와 혁명」 부분

　여기서 "그대들"은 당연히 「예지」의 "너의 벗들과 / 너의 이웃 사람들", 즉 "현실의 메트르"이다. 혁명은 일어났는데, 너무도 합법적이다. 애초에 "혁명이란 / 방법부터가 혁명적이어야 할 터인데" 혁명이 "구육법전서"에 의거해 진행된다면 "차라리 / 혁명이란 말을 걷어치워라". "혁명의 육법전서는 '혁명'밖에는 없으니까". 이런 상황에서 '혁명'을 입버릇처럼 달고 사는 부류들이 있었을 것이다. 이 작품에서는 "학생들의 선언문하고 / 신문하고 / 열에 뜬 시인들"이라고 했는데, 김수영이 보기에 그들은 혁명을

198

모를 뿐만 아니라 혁명을 바라지도 않는다. 단지 시대의 공기에 떠다니는 '혁명'을 새로이 갱신하지 못하고 그냥 갖다 쓰는 이들이다. '혁명'마저 새로이 혁신되어야 하건만 '혁명'이란 말은 넘쳐나는데 혁명은 진척되지 않는다. 현실을 과잉 표현하는 모든 것은 그냥 버캐 같은 기호에 지나지 않는다. '혁명'마저도 그렇다.

또 그 즈음에 남긴 산문 「치유될 기세도 없이」에서는 다음과 같은 구절이 나온다.

국민들이 무엇보다도 염려하는, 앞으로 다가올 경제 위기를 가장 자신 있게 막을 수 있다고 호언장담하는 씩씩한 정치가들이 국회 안에는 산더미같이 와글거리고 있는데 바깥의 현실은, 비근한 예가 경북 교조(教組)나 경방(京紡) 파업 문제 같은 것만 하더라도 당국의 태도는 여전히 빨갱이를 대하는 태도나 조금도 다름이 없다. 우리는 이것을 '과정(過政)'의 태도라고 볼 수가 없고, 마치 새로 설 신정부(新政府)의 서곡이나 부지공사처럼밖에 느껴지지 않는 것은 웬일일까. 국무총리를 신파(新派)가 잡든 구파(舊派)가 잡든 우리들의 관심은 그런 데에 있는 것이 아니다. 오히려 우리들의 총신경은 진정한 민주 운동을 누가 어떠한 구실로 어느 정도까지 다시 탄압하기 시작하느냐의 여부에 쏠려 있다. 우리들은 오랫동안 억압 밑에서 살아온 민중이라 억압의 기미에 대해서는 지극히 민감한 것도 사실이지만 반면에 지극히 비굴한 것도 사실이다.

김수영은 혁명 직후 허정 과도정부의 모습에서 곧 등장할 장면 정부의 성격을 눈치챘으며, 새 정부는 고작 기성 정치인들이 신파와 구파로 나뉘어 권력투쟁을 벌인 결과물일 뿐, 민중의 삶과는 전혀 관계가 없다는 것이다. 그는 "이런 말을 하는 나는 교조원도 교원도 아니지만 혁명에 대한 인식 착오로 '과정'의 피해자의 한 사람이 된 것만은 그들과 동일하다"고 자괴감을 드러내기도 한다.

「밀물」에서는 자신이 겪은 생활에서의 곤란을 예로 든다.

또 날이 따뜻해져서 여편네는 역사를 한다고 야단이고, 널판장을 둘렀던 안방 벽 옆에다 서너 평가량 목간통을 들인다는데 이것도 무허가 증축이라고 트집을 잡고, 소방서, 구청, 상이군인, 지서에서 나와서 와라 가라 하고 야단들이다. 지서에 올라가서 시말서를 쓰라고 해서 시말서를 쓰고는 허가를 꼭 내야 한다기에 허가를 내려면 어떻게 하면 되느냐고 물었더니, 허가를 내려면 비용이 모두 2만 5000환가량 든다고 한다. 나는 도무지 곧이 들리지가 않아서 얼마요 하고 다시 물어보았으나 역시 2만 5000환이란다. 5만 환 내외의 공사에 허가비용이 2만 5000환!

참 좋은 세상이다. 할 대로 해보라지.

이러한 생활의 경험과 경험을 통한 현실인식이 결국 「육법전서와 혁명」을 쓰게 만들었다. 그런데 그 다음에는 아름답고도 의미심장한 구절이 삽입되어 있다.

어두운 방 안에 앉았다가 나와 보니 서풍에 부서지는 한강 물은 노상 동쪽을 향해서 반짝거리며 거슬러 올라간다. 눈의 착각이 아닌가 하고 달력을 보니 과연 음력 17일, 밀물이다. 숭어, 글거지, 잉어, 벌갱이놈들이 이 밀물을 타고 또 한참 기어 올라올 게 아닌가…….

1960년 6월 17일 일기에는 다음과 같은 메모도 남겼다. "말하자면 혁명은 **상대적 완전**을, 그러나 시는 **절대적 완전**을 수행하는 게 아닌가."(강조—인용자) 그는 여기서 시의 역할을 말하고 있는 것 같지만 강조점은 '혁명'에 있다. 뒤이어 "혁명을 방조 혹은 동조하는 시는" "상대적 완전을 수행하는 혁명을 절대적 완전에까지 승화시키는 혹은 승화시켜 보이는 역할을 하는 것"이다. 이 말은 자기고백이기도 하다. 다시 말해 그의 혁명에 대한 관점을 밝히는 동시에 그 혁명과 시의 관계에 대한 단상을 적은 것이다. 그런데 그는 마지막에 이렇게 쓴다. "여하튼 혁명가와 시인은 구제를 받을지 모르지만, 혁명은 없다." 혁명이란 사건은 주체의 의지나 기획으로만 일어나지 않는다는 것을 김수영은 번개처럼 알아차린 것일까? 어쩌면 그런 인식은 그의 1957~1959년 시기의 경험을 통해 무의식적으로 형성되었을지 모른다. 혁명은 주관적인 의지로만 가능한 게 아니라는.

혁명은
왜 고독해야 하는 것인가

6월 21일 일기에는 "다음은 빈곤과 무지로부터의 해방"이라고 적혀 있는데, 그에게 혁명은 이렇게 구체적인 것이어야 했다. 따라서 특정 사건이 혁명이냐 아니냐를 언어적으로 규정하는 것은 별 의미가 없다. 그것은 물질적 토대 차원에서 구체적인 변화가 있어야 하며, 그리고 시의 입장에서는 그 변화가 정신적·이념적 변화까지 일으켜야 하는 것이다. 이것이 바로 "절대적 완전을 수행하는" 것일 게다. 그것 없이 "새까맣게 손때 묻은 육법전서가/표준이 되는 한/(…)/4·26 혁명은 혁명이 될 수 없다". 어쩌면 김수영은 이미 혁명의 퇴행을 예감했는지도 모르겠다. "피의 냄새"를 거부하기 시작하는 경향을 의식하고 있었기 때문이다. 혁명 발발 2개월도 되지 않아 그는 「푸른 하늘을」이라는 침통한 시를 쓰지 않을 수 없었던 것이다.

    푸른 하늘을 제압하는

    노고지리가 자유로웠다고

    부러워하던

    어느 시인의 말은 수정되어야 한다

    자유를 위해서

    비상하여 본 일이 있는

    사람이면 알지

    노고지리가

    무엇을 보고

    노래하는가를

    어째서 자유에는

    피의 냄새가 섞여 있는가를

    혁명은

    왜 고독한 것인가를

    혁명은

    왜 고독해야 하는 것인가를

—「푸른 하늘을」 전문

이 작품은 1960년 6월 15일에 쓴 것으로 표기되어 있는데, 6월 16일 일기에는 다음과 같은 메모를 남겼다.

'4월 26일' 후의 나의 정신의 변이 혹은 발전이 있다면, 그것은 강인한 고독의 감득과 인식이다. 이 고독이 이제로부터의 나의 창조의 원동력이 되리라는 것을 나는 너무나 뚜렷하게 느낀다. 혁명도 이 위대한 고독이 없이는 되지 않는다. 두 말할 나위도 없이 혁명이란 위대한 창조적 추진력의 복본(複本, counterpart)이니까. 요즈음의 나의 심경은 외향적 명랑성과 내향적 침잠 혹은 섬세성을 완전히 일치시키는 데 성공하고 있다. 졸시 「푸른 하늘을」이 약간의 비관미를 띠고 있는 것은 역시 격려의 의미에서 오는 것이리라.

사실 「푸른 하늘을」에서 어떤 침통함이 느껴지는 것도 사실이지만, 작품에 힘이 여전한 것도 사실이다. 행의 길이가 짧으면서 강인함을 보여주는 것은 단지 강렬한 시어들 때문만은 아니다. 쓰인 시어가 강한 뜻을 가지고 있다고 해서 자동적으로 시에 힘이 맺히는 것은 아니다. 그 자신의 말대로 "도대체가 시라는 것은 그것이 새로운 자유를 행사하는 진정한 시인 경우에는 어디

엔가 힘이 맺혀 있는 것이다."(「생활 현실과 시」) 비록 '고독'을 노래하고 있는 작품이지만 힘이 이 작품에 맺혀 있는 것은, 이때 당시의 고독은 "병든 자의 도피"로서의 고독이 아니기 때문이다. 그가 일기에서 밝혔듯이, 그 고독은 "강인"이며 "변이 혹은 발전"이었다.

그런데 여기서 우리는 1960년 초의 이른바 김수영의 혁명시에서, 그러니까 「하…… 그림자가 없다」, 「우선 그놈의 사진을 떼어서 밑씻개로 하자」, 「기도 — 4·19 순국학도위령제에 부치는 노래」, 「육법전서와 혁명」, 「푸른 하늘을」의 흐름에서 김수영의 정치적 인식이 가파르게 상승하고 있는 것을 읽을 수 있다. 먼저 「하…… 그림자가 없다」에서는 3·15부정선거에 맞선 학생들의 시위와 현실의 소용돌이에서 자신감을 얻지 못해서였는지는 모르겠지만, "민주주의의 싸움이니까 싸우는 방법도 **민주주의식**으로 싸워야 한다"며 "민주주의식"에 방점까지 찍은 것을 확인할 수 있다. 그런데 「우선 그놈의 사진을 떼어서 밑씻개로 하자」에서는 "아아 어서어서 썩어 빠진 어제와 결별하자"고 외치다가, 「기도 — 4·19 순국학도위령제에 부치는 노래」에서는 "아아 슬프게도 슬프게도 이번에는/우리가 혁명이 성취되는 마지막날에는/그런 사나운 추잡한 놈이 되고 말더라도" "솜털만치도 아프지는 않"을 것이라고 말한다.

앞에서 예로 든 것처럼 「육법전서와 혁명」에서는 "기성 육법

전서"를, 즉 체제 자체를 정면으로 부정하고 비판하면서 "혁명이
란/방법부터가 혁명적이어야" 한다고 부르짖고 있다. 이미 지적
했듯이 김수영에게 혁명의 척도는 "달걀값" 같은 구체적인 생활
상황이며 반혁명의 조짐은 치솟는 "금값"이다. 이런 현실에서는,
그러니까 생활의 변화가 수반되지 않는 상황에서는 '혁명'을 말
할 수 없는 것이다. 그것이 "학생들의 선언문하고/신문하고/열
에 뜬 시인들이 속이 허해서" 하는 말인지는 모르겠지만, "창자가
더 메마른 저들은/더 이상 속이지 말아라"라고 질타한다.

이렇게 김수영의 정치적 의식은 구체적인 역사의 흐름 속에서
고양되며 그의 일기의 메모대로 "변이 혹은 발전"해왔다. 훗날
이 급진적 전환이 겪어야 할 낙차에서 오는 고통은 그 자신의 몫
이 되겠지만, 아무튼 숨 가쁘게 진전하는 상태인 것만은 확실해
보인다. 하지만 유념해야 할 것은 그의 정치적 인식의 급진화와
더불어 시적 인식이 함께 벼려지고 있다는 점이다. 다시 6월 16
일의 일기를 보면 앞에서 말한 "정신의 변이 혹은 발전" 말고도
또 하나의 변이를 말하고 있다.

그리고 또 하나의 변이—.
시의 운산(運算)에 과거처럼 집착함이 없다. 전혀 거울을
아니 들여다보는 것은 아니지만 놀라울 만치 적어진 것이 사
실이다. 기쁜 일이다. 투박해졌는지? 확실히 투박해졌다. 아니

완전한(혹은 완전에 가까운) 스데미*이다. 그 대신 어디까지나 조심해야 할 것은 스데미를 빙자로 한 안이성이나 혹은 무책임성!

자신의 작품이 투박해진 것에 대해서 "변이"이며 "기쁜 일"이라고 한다. 4·19혁명 전후로 시작해서 김수영의 시는 마치 시 밖으로 걸어 나올 태세를 보인다. 그만큼 그에게 혁명의 영향은 압도적이었으며, 현실에서 벌어지는 소용돌이를 두려워하지 않게 되었다. 그에게는 "하늘에 그림자가 없듯이 민주주의의 싸움에도 그림자가 없"기 때문이었다. 1950년대 작품에서도 드러났고, 훗날 1960년대의 뛰어난 작품에서도 확인할 수 있듯이 김수영이 시적 건강을 얻었을 때 그의 시는 바로 "그림자가 없다"는 공통점을 지닌다. 그것은 운명에 대한 믿음과 운동하는 현실에 대한 긍정이 낳은 건강이기 때문이다.

그 건강은 「푸른 하늘을」에서 묘한 결과를 낳는다. 그의 일기에서 봤듯이 그는 이 시기에 스스로 "외향적 명랑성과 내향적 침잠 혹은 섬세성을 완전히 일치시키는 데 성공하고 있다"고 말하고 있을 정도로 득의에 차 있었다. 자신의 시에 대해 이렇게 자신 있는 발언을 할 수 있었던 것은, 1961년에 쓴 산문 「저 하늘이 열

* 포기, 자포자기를 뜻하는 일본말.

릴 때」에서 고백했듯, 4·19혁명을 통해 자신의 "온몸에는 티끌만한 허위도 없"음을 느꼈기 때문이다. 월북한 친구 김병욱 시인에게 보내는 편지글 형태의 이 산문에서 김수영은, 그가 느낀 절대자유에 대해서 말하고 있다. 물론 여기서 4·19혁명에 대한 역사적 평가는 그다지 중요하지 않다. 김수영이 4·19혁명을 스펀지가 물을 빨아들이듯 남김없이 자기화해서 4·19혁명이라는 "사건의 아들"(들뢰즈)이 되었다는 것이 여기서는 더 중요하다.

이처럼 혁명을 통해 얻은 긍정과 반동의 조짐에 대한 부정이서로 겹치면서 「푸른 하늘을」은 독특한 효과를 자아낸다. 이 잠언 투의 시는 별다른 분석을 요구하지 않는다. "자유를 위해서/비상하여 본 일이 있는/사람이면" "노고지리가/무엇을 보고/노래하는가를/어째서 자유에는/피의 냄새가 섞여 있는가를" 알기 마련이지만 혁명은 "고독한 것"이고 또 "고독해야 하는 것"이다. 왜냐하면 김수영이 생각하는 혁명은 "상대적 완전"을 지나 "절대적 완전"을 추구하는 것이기 때문이다. 이 혁명의 이행 과정 중에 현실은 언제나 탈각되고 남는 것은 '고독'뿐이다. 이 지점에서 "시의 운산"에도 집착할 필요를 느끼지 못하게 된다. 반대로 말하면 현실에서의 혁명이 설령 반동으로 치닫는다 해도 이제 그것을 이겨낼 힘을 얻었으며, 시의 형식미 따위에도 속박되지 않을 자신이 생겼다는 것을 말하고 있다.

김수영이 상상하고 있던 혁명과 현실의 움직임은 어긋날 징조가 보이기 시작했다. 그런데 이미 김수영은 혁명을 좇아가지 못하는 병자들과는 다른 길을 걷기 시작했다. 여기에서 병든 자로부터의 도피로서의 고독이 발생한다. 이제 그는 '혁명의 아들'이 되었기에 "혁명은" "고독한 것"을 넘어 "고독해야 하는 것"이라고 말하고 있는 것이다. 따라서 혁명이 고독하고 고독해야 하는 것은 혁명의 어떤 이미지라기보다 혁명과 혁명의 퇴행을 경험하면서 김수영이 갖게 된 존재의 힘을 표현하고 있는 것이다.

"귀에 걸면 귀걸이 코에 걸면 코걸이가" "정치의 철칙이" 된 제2공화국에 들어서자 김수영의 언어는 냉소적으로 변한다. 6월 30일 일기에는 "제2공화국! 너는 나의 적이다. 나는 오늘 나의 완전한 휴식을 찾아서 다시 뒷골목을 들어간다"고 적었는데, 이런 제2공화국에 대한 경멸과 냉소는 곧바로 시로도 나타나게 된다. 「만시지탄은 있지만」이나 동시 「나는 아리조나 카보이야」, 그리고 「거미잡이」는 그러한 심리 상태에서 나온 작품들이다. 그러면서도 자신의 냉소는 예전과 다른 것이라고 강변하고 있다. 6월 30일 일기에서는 이제 "뒷골목을 들어"가지만 "거기에는 어제의 나는 없어!"라고 단호해지고, 「거미잡이」에서는 "남편은 어제의 남편이 아니라니까 / 정말 어제의 네 남편이 아니라니까"라고 한다. 거기에는 예의 신경질과 예민한 자의식이 별 수 없이 묻어 있다. 다시 일기에, 자신의 새로운 적인 제2공화국에게 "내가 먹고난 깨끗한 뼈다귀나 던져 주지"라고 쓰기까지 한다.

반동의 길로 접어든 혁명에 대해서 김수영은 끊임없이 싸움을 걸지만, 냉소와 경멸의 언어들을 쏟아내는 데 그치고 만다. 「중용에 대하여」에서는 "때묻은 혁명을 위해서" "한마디 할 말이 있"는데, 그것은 제2공화국 체제에 있는 것은 "중용이 아니라" "답보(踏步)"이며 "죽은 평화"이고 "나태" 혹은 "무위다". 왜냐하면 제2공화국 정부가 "그만큼 악독하고 반동적이고/가면을 쓰고 있기 때문이다". 그러한 상태에 대해서 김수영은 다시 '피로'를 느낀다. 「피곤한 하루의 나머지 시간」에서 그는 "사랑이 추방을 당하는 시간이 바로" "피곤한 하루의 나머지 시간"이라고 한다. 이때에는 "눈을 가늘게 뜨고 산이 있거든 불러" 봐도 "나의 머리는 관악기처럼/우주의 안개를 빨아올리다 만다". "피곤"은 이렇게 무력한 법이다. 그 "피곤"은 「그 방을 생각하며」를 낳기도 했는데, 이 작품은 "기쁘고" "풍성"한 상태를 노래한 것이 아니다.

혁명은 안 되고 나는 방만 바꾸어 버렸다
그 방의 벽에는 싸우라 싸우라 싸우라는 말이
헛소리처럼 아직도 어둠을 지키고 있을 것이다

(…)

혁명은 안 되고 나는 방만 바꾸어 버렸다

나는 인제 녹슬은 펜과 뼈와 광기—
실망의 가벼움을 재산으로 삼을 줄 안다
이 가벼움 혹시나 역사일지도 모르는
이 가벼움을 나는 나의 재산으로 삼았다

혁명은 안 되고 나는 방만 바꾸었지만
나의 입속에는 달콤한 의지의 잔재 대신에
다시 쓰디쓴 담뱃진 냄새만 되살아났지만

방을 잃고 낙서를 잃고 기대를 잃고
노래를 잃고 가벼움마저 잃어도

이제 나는 무엇인지 모르게 기쁘고
나의 가슴은 이유 없이 풍성하다

　　　　　　　　　　　　—「그 방을 생각하며」 부분

　혁명이 사실적으로 끝났다는 비관적 인식에서 출발하는 이 작
품은 그것을 태워 낙관의 모닥불을 피웠지만 어쩔 수 없이 배어
든 어둠을 숨기는 데는 당연히 성공하지 못했다. 특히 마지막 결
구를 들어 이 즈음의 김수영에게서 '그럼에도 불구하고'를 읽어

내려고 하지만, 마지막은 "피곤"에 무릎 꿇지 않으려는 일종의 몸부림 혹은 자신의 상태를 은폐하려는 반어이지, 기표 그대로의 '힘'이 아니다. 특히 2연의 4~6행은 이 작품이 시인의 어떤 내면 상태에서 씌어진 것인지 강하게 밑받침하고 있다. 여기서 눈치챌 수 있는 것은 무력감이다. 이 무력감을 어떻게든 뒤집어보려 하지만, 그것은 최종적으로 실패하고 만다.

4연의 "다시 쓰디쓴 담뱃진 냄새만 되살아났지만"에서 반전의 시도를 한 번 더 보여주는데, 그 다음 행의 "방을 잃고 낙서를 잃고 기대를 잃고 / 노래를 잃고 가벼움마저 잃어도"에서 그것이 결국 실패했음을 자인하고 있다. 이런 흔들리는 도약대 가지고 정동의 전복은 불가능한 법이다. 6연 1행의 "무엇인지 모르게"는 이 작품에 대한 최종선고를 알리는 법정의 망치 소리에 해당한다. 그는 지금 무엇이 "무엇인지" 모르는 상태에 처해 있는 것이다. 따라서 "나의 가슴은 이유 없이 풍성하다"에 현혹되면 이 작품은 거꾸로 읽힐 가능성이 다분한 작품이다.

민중은 영원히 앞서 있소이다

5·16쿠데타라는 반혁명이 벌어지는 해인 1961년 1월에 쓴 「눈」은 혁명이라는 사건을 이제 "저항시" 따위로는 재점화할 수

없다는 침통한 고백에 해당하는 작품이다. 이 시에서 그는 "이제 저항시는/방해"라고 말한다. 그런데 김수영은 이제 저항을 포기하고 퇴행의 길을 가려고 하는가? 당연히 그렇지 않다. 도리어 자신이 알게 모르게 가졌을 혁명에 대한 '관념'을 내려놓으려는 시도를 보여준다. "저 펄 펄/내리는/눈송이를 보시오", "요 시인/용감한 시인/—소용 없소이다/산 너머 민중이라고/산 너머 민중이라고/하여 둡시다/민중은 영원히 앞서 있소이다"는 그 실증적인 예이다. 즉 시인들이 쓰는 "저항시"보다 "민중은 앞서 있"다는 진실을 애써 되새기고 있다. 그러니 "답답하더라도/답답하더라도/요 시인/가만히 계시"면 되는 것이다. "눈 오는 것만 지키고" 있으라는 이 전언은, 혁명의 퇴행 속에서 그가 어디에 맘을 기대려고 하는지를 보여준다.

1961년에 들어와 쓴 「눈」, 「쌀난리」, 「황혼」, 「'4·19' 시」 등은 혁명의 타락에 대한 경멸과 냉소, 무력감 등이 어쨌든 그 바탕을 이룬다. 앞서 말했듯이, 아마 몇 번 더 되풀이해 말할 것도 같은데, 김수영의 수작들은 대체로 시적 건강을 회복하고 있는 중이거나 그 건강이 정점에 달했을 때 탄생하는 경향이 있다. 하지만 침잠의 과정 중에도 간혹 뛰어난 작품이 나타나곤 하는데, 그것은 그가 자신의 처지에 담백해질 때에 불쑥 튀어 오른다. 예를 들면 「봄밤」이나 「채소밭 가에서」가 그렇다. 이러한 작품들은 자신의 현재 서정에 솔직한 특징을 갖는다.

「쌀난리」에서 다시 한 번 남아 있는 혁명의 불씨를 탐색해보지만 그렇게 만족스럽지는 않은 듯하다. 혁명에 대한 관념을 "온통 비"워 보니 아직껏 살아 있는 혁명의 불씨를 찾을 수 있지만, 불씨가 곧 불길은 아닌 것이다. "대구에서/대구에서/쌀난리가/났지 않나/이만하면 아직도/혁명은/살아 있는 셈이지". 정확히 말하면 '살아 있다'가 아니라 "살이 있는 셈"이다. 머리를 "온통 비"워 보니 혁명의 불씨가 죄다 꺼진 것은 아닌 것은 알겠지만 그것이 불길이 될 가능성은 없어 보인 것이다. 대신 김수영은 "온몸"을 발견하게 된다. 그리고 그 "온몸"이 "하극상"의 출발점이 될 수 있음도 깨닫게 된다.

백성들이
머리가 있어 산다든가
그처럼 나도
머리가 다 비어도
인제는 산단다
오히려 더
착실하게
온몸으로 살지
발톱 끝부터로의
하극상이란다

―「쌀난리」 부분

훗날 출현한 '온몸의 시학'이 과연 이때부터 시작되었는지는
명확하지 않으나, 분명한 것은 그의 몸에 대한 의식은 서강 시절
이후에 싹트기 시작했다는 점이다. 그 의식에 신체성을 부여한
것은 당연히 4·19혁명이었다. 하지만 혁명의 퇴행 속에서 그는
확실히 몸을 가지기 시작했다. 그 예증 중 하나가 바로 이「쌀난
리」라는 작품이다. 그러나 아쉽게도 "온몸으로 살지"는 "온몸에 /
힘이 없듯이"로 부정적 변이를 꾀하려 하고 있다. 다만 현실에 대
한 자신의 관념을 반성하는 태도를 보이는 것은 주목할 만한 일
이다. 그는 어쩌면 혁명이란 자기 같은 "열에 뜬 시인들이 속이
허해서 / 쓰는 말"(「육법전서와 혁명」)일지도 모른다는 자각을 시
작했을 수도 있다. 그랬을 때만이 "온몸"을 발견하면서 "머리는 /
내일 아침 새벽까지도 / 아주 내처 / 비어 있으라지……"라고 말할
수 있을 것이다.

어쨌든 혁명은 "공연한 이야기만 남기고 떠나갔다".(「황혼」)
「황혼」에서 혁명이 떠난 이유를 '~이 아니라'의 반복을 통해서
반어적으로 밝히고 있으나, 김수영에게 상처를 입혔던 일은 "나
의 주위에 말짱 '반동'만 앉아 있"는 현실이었다. 가까운 곳에 대
한 실망, 이것은 그에게 자학의 근거가 되기도 하고 풍자로 향하

게도 한다. 제목이 '황혼'인 것도 의미심장한데, 그렇다고 해서 자포자기를 택하지 않았다는 것은 "이런 황혼에는 시베리아의 / 어느 이름 없는 개울가에서 / 들오리가 서투른 앉음새로 / 병아리를 품고 있을지도 모른다"에 나타나 있다. 이제 그는 "머리"를 버리고 "온몸"을 알았으며, 가까운 곳을 버리고 먼 곳을 꿈꿀 준비를 하기 시작한 것이다. 그 먼 곳에 대한 꿈은 몇 달 뒤「먼 곳에서부터」에서 아프게 예각되는데, 분명한 것은 「황혼」에서 가까운 곳에 대한 실망과 먼 곳에 대한 꿈이 교차하는 조짐이 보인다는 것이다. 그렇게 보면 "시베리아" "들오리"의 "서투른 앉음새"는 "나 자신을 고쳐 가야 할 운명과 사명"의 또 다른 변주일 수 있다.

누이야 장하고나!

그러나 현실은 그에게 그 "앉음새"의 모양새를 아예 바꾸게 했다. 1961년 5월 16일 박정희 소장의 지휘하에 '반공을 국시'로 한 쿠데타가 벌어졌다. 김수영이 받은 충격은 대단히 컸다. 혁명의 퇴행 끝에 반혁명이 도래했기 때문이다. 『평전』에 의하면 김수영은 쿠데타 직후 친구인 소설가 김이석의 집에 피신해 있었다. 쿠데타군은 심지어 서정주와 조지훈마저 연행해갔다. 하물며 혁명에 '미쳐 날뛴' 김수영이 '반공을 국시'로 내건 쿠데타군에게 끌려가지 말라는 보장은 어디에도 없었다. 최하림은 김이석의 집에 피신해 있던 상황을 다음과 같이 설명해줬다.

어쨌든 김수영은 김이석의 집으로 5월 16일 피신했고, 그 집에 숨어든 뒤로 쿠데타군이 눈이 시뻘개가지고 찾는 사람이라도 되는 듯 밖에 얼굴을 내밀지 않았다. 김이석과 박순녀가 시내로 나가 동정을 살펴왔다. 그들 부부가 쉽사리 돌아오지 않을 때는 김이석의 어린 아들에게 밖에 누가 없는지 살펴오게 했다. 김이석의 아들은 바빴다. 그는 대문 밖에 군인이 없는지 보아야 했으며, 담배를 사러 나가야 했으며, 부모들이 오는지도 보아야 했다. 김수영은 하루 종일 담배를 뻑뻑 피웠다.

밤이 되면 김수영의 표정은 달라졌다. 김이석이 사들고 온 진로소주잔을 몇 잔 비우고 나서는 레드 콤플렉스에서 풀린 듯 쿠데타 이야기를 입에 올리지 않았다. 그는 술에 취해 파리로 가야겠다고 했다. 파리에 가서 현대문학과 현대예술이 무엇인지 본격적으로 공부해야겠다고 했다. 우리 문학에는 '현대'가 없다는 것이었다. 무의식도 없으며 앙가주망도 없다는 것이었다.

쿠데타 이후 그가 처음 남긴 작품은 「여편네의 방에 와서 — 신귀거래(新歸去來) 1」이다. 연보에는 1961년 6월 3일로 표기되어 있다. 이후 '신귀거래' 연작을 석 달도 안 되는 시간 동안 아홉 편을 쏟아낸다. 전체적인 내용과 중언부언하는 형식을 보건대, 그는 나름대로 그 상황을 시적으로 돌파하려 했던 것으로 보인다. 일단 「여편네의 방에 와서 ― 신귀거래 1」은 이렇게 시작한다. 1연 전체이다.

여편네의 방에 와서 기거를 같이해도
나는 이렇듯 소년처럼 되었다
흥분해도 소년
계산해도 소년
애무해도 소년
어린 놈 너야
네가 성을 내지 않게 해 주마
네가 무어라 보채더라도
나는 너와 함께 성을 내지 않는 소년

―「여편네의 방에 와서 ― 신귀거래 1」 부분

이 작품에서는 시의 화자가 자신의 리비도를 스스로 억압하고 있는 게 확인된다. 목소리나 리듬 등에 두려움이나 회한 같은 정서가 배어 있지는 않다. 1연의 "네가 성을 내지 않게 해 주마"

와 2연의 "이제 성을 내지 않는 법을 배워 주마"는 상호 조응하면서 3연의 "어린애"의 반복을 불러온다. 3연에서 "어린애"의 반복이 '귀거래'의 속뜻이 무엇인지 밝혀주고 있다. 즉 이 연작의 '귀거래'가 뜻하는 것은 현실에서 퇴장을 하겠다는(해야 할 것 같다는) 정서이다. 그런데 이 작품의 마지막은 "너를 더 사랑하고/오히려 너를 더 사랑하고/너는 내 눈을 알고/어린 놈도 내 눈을 안다"이다. 행간에 배어 있는 것은 어쩐지 체념의 정서로 보이지는 않는다. 서로의 "눈을 안다"는 것은 눈을 차마 감지 못하고 서로를 바라보고 있다는 것을 말하고 있는 게 아닐까? '신귀거래' 연작이 난삽하다면 어떤 불일치, 이제 살아 있는 리비도를 제거하고 체념을 받아들여야 하는데, 아직도 "사랑하고" 서로의 "눈을 안다"는 움직일 수 없는 진실이 살아 있기 때문이다. 그 사이에서 발생하는 분열증적 사태가 시를 그렇게 만들었다.

「격문(檄文) ― 신귀거래 2」에 와서 "깨끗이 버리고"를 마치 주문처럼 뇌까리는 것도 버려지지 않는 무엇이 있다는 것을 반증할 뿐이다. "아아 그리고 저 도봉산보다도/더 큰 증오도/굴욕도/계집애 종아리에만/눈이 가던 치기도/그밖의 무수한 잡동사니 잡념까지도/깨끗이 버리고" "농부의 몸차림으로 갈아입"으니 이제 모든 게 "편편하"다는 것도 일종의 자기주문이다. 여기서 시의 화자가 "농부의 몸차림으로 갈아입"는 것에서 김수영 특유의 역경주의, 타개하기 어려운 난관이나 딜레마에 빠졌을 때 구체적인 '일'을 통해 '온몸'으로 뚫고 나가려는 그의 기질을 다시 한 번 보여주고 있다. 버리려는 것은 "사랑"이 아니다. 쿠데타가 터지자 자신이야말로 "속이 허해서" 혁명을 외친 것이라는 자기응시가 자신에게 상처를 주고 있다. 쿠데타라는 반혁명을 계기로 그간의 허위와 자기기만을 "깨끗이 버리고", "온몸"을 가지려 "농부의 몸차림으로 갈아입"은 것이다. 그러자 "펌프의 물이 시원하게 쏟아져 나온다". "펌프의 물이 시원하게 쏟아져" 나오자 자신이 "정말 시인이 됐"다는 느낌이 온다. 하지만 이런 양가적인 상태는 건강의 상태가 아니다. "병든 도피"(니체)까지는 아니지만 일종의 '건강한 병'에 비유될 수 있을 것이다. 왜냐하면 '신귀거래' 연작 전체는 '시의 몸'을 새로 얻은 상태가 아니기 때문이다.

그 뒤로 쓴 「등나무」, 「술과 어린 고양이」, 「모르지?」에서도 여전히 요설이 낭자한데, 이 요설도 어떤 '견딤'의 과정이 아니었나 싶다. 이 세 작품에서는 '마시는 행위'가 공통으로 드러난다. 「등나무」에서는 "밤사이에 이슬을 마신 놈이 / 지금 나의 혼을 마신다 / 무휴(無休)의 태만의 혼을 마신다"고 하고, 「술과 어린 고양이」에서는 "내가 내가 취하면 / 너도 너도 취하지 / 구름 구름 부풀듯이 / 기어오르는 파도가 / 제일 높은 사안(砂岸)에 / 닿으려고 싸우듯이 / 너도 나도 취하는 / 중용의 술잔"이라고 썼으며, 「모르지?」에서는 "술이 거나해서 아무리 졸려도 / 의젓한 포즈는 / 의젓한 포즈는 취하고 있는 이유, / 모르지? / 모르지?"라고 자조하고 있다. '신귀거래' 연작이 대체로 요설과 중언부언으로 뒤범벅되어 있는 것은 그 당시 김수영의 내적 상태가 얼마만큼 혼란스러웠는지를 보여준다.

하지만 여섯 번째 작품인 「복중(伏中)」에 와서는 다음과 같이 말하고 있다.

> 너무 조용한 것도 병이다
> 너무 생각하는 것도 병이다
> 그것이 실개울의 물소리든
> 꿩이 푸다닥거리고 날아가는 소리든
> 하도 심심해서 정찰을 나온 꿀벌의 소리든
> 무슨 소리는 있어야겠다
>
> ― 「복중(伏中) ― 신귀거래 6」 부분

3연에 해당하는 이 인용 구절 앞뒤는 시의 화자가 억지로라도 "무슨 소리"를 만들려고 애쓰는 듯한 인상을 준다. "더위에 속은 조용함이 억울해서/미친놈처럼 라디오를" 트는데 그것은 "지구와 우주를" "어서어서 진행시키기 위해서"이다. "그렇지 않고서는 내가 미치고 말 것" 같으니까 말이다. 혁명에 대해서도 "인식 착오"(산문 「치유될 기세도 없이」)를 일으켰는데 반혁명에 대해서도 뭔가 '착오'가 있는 것은 아닌가 자신의 인식 능력을 의심하고 있는 것이다.

그런 다음에 연작의 일곱 번째인 「누이야 장하고나!」에서는 자신의 무의식에 깊이 또아리를 틀고 있는 과거를 먼저 직시하려고 시도한다. 이 작품에서 김수영은 돌연 그의 과거를 상기한다.

누이야
풍자가 아니면 해탈이다
너는 이 말의 뜻을 아느냐
너의 방에 걸어 놓은 오빠의 사진
나에게는 '동생의 사진'을 보고도
나는 몇 번이고 그의 진혼가를 피해 왔다
그전에 돌아간 아버지의 진혼가가 우스꽝스러웠던 것을 생
각하고
그래서 나는 그 사진을 십 년 만에 곰곰이 정시(正視)하면서
이내 거북해서 너의 방을 뛰쳐나오고 말았다
십 년이란 한 사람이 준 상처를 다스리기에는 너무나 짧은
세월이다

――「누이야 장하고나! ― 신귀거래 7」 부분

전쟁 중에 행방불명된 "동생의 사진"을 보고 "진혼가를 피해" 온 것은 그의 생사가 불분명한 탓도 있겠지만 "상처를 다스리기에는 너무나 짧은 세월"이라는 것이 더 큰 원인이었다. 그의 상처는 "한 사람이", 즉 동생의 전쟁 중 실종 또는 죽음이 준 상처이면서 동시에 전쟁이 그에게 준 상처에 다름 아니다. 그것을 그는 지금껏 "정시(正視)"하며 살아오지 못한 것이다. 역사가 그에게 준 이런 내면의 상처는 이전 해인 1960년 12월에 쓴 「나가타 겐지로」에서도 얼핏 보인다. "이북으로 갔다는 김영길이" 이야기가, 즉 "이북으로 갔다는 나가타 겐지로 이야기가" 나오자 "모두 별안간에 가만히 있었다 / 씹었던 불고기를 문 채로 가만히 있었다". 김수영은 여기서 다시 "신"을 불러들인다. 납득 불가 혹은 이성적인 판단을 중지시키는 불가항력에 맞닥뜨린 것이다. 혁명이 있었던 1960년 당시에도 그의 내면에서 지워지지 않은, 즉 (의용군 출신인 것까지 포함한) 전쟁의 상처가 꿈틀대는 것이 그에게는 '신의 장난'이었던 것이리라. 어쩌면 인간인 자기로서는 넘어서기 힘든 것을 준 신(운명)에 대한 심정적 원망도 전혀 없지는 않았을 것이다. 이런 그에게 누이의 방에 걸려 있는 실종된 또는 죽은 "동생의 사진"이 무엇이었을지 상상하는 것은 어려운 일이 아니다.

1961년 현재 이 지워지지 않는 상처에 대해 그가 취할 수 있는 자세는 "풍자가 아니면 해탈" 뿐이다. '반공을 국시'로 내건 쿠데타 정권의 등장은 그에게 매우 엄중한 실존적 위기를 가져왔기 때문이다. 쿠데타 정권의 등장은 10년 전의 과거, 즉 상처와 공포를 의식 세계로 불러들였을 뿐만 아니라, 역사의 수레바퀴가 굴러가며 만들어낸 "사람의 죽음"을 우습게 만들었다. 심지어 4·19 혁명 과정에서 새롭게 된 죽음의 가치마저 뭉개져버린 것이다. 2연에서 "우스운 것이 사람의 죽음이다 / 우스워하지 않고서 생각할 수 없는 것이 사람의 죽음이다"고 연달아 말하는 것은 김수영이 얼마나 그것을 뼈저리게 되새기고 있는지를 증명해주며 이것은 또 울음의 다른 표현이다. 즉 "누이야 / 풍자가 아니면 해탈이다"로 시작되는 2연 전체는 일종의 울음인 것이다.

우스워진 죽음이 비단 동생 때문만은 아니라는 것은 3연에서 드러나기도 한다. 3연에서 "나는 분명히 그의 앞에 절을 했노라"라고 말할 때, 그것은 '부재'에 대한 제의이기도 하면서 다른 방식의 각인이기도 하다.

누이야

나는 분명히 그의 앞에 절을 했노라

그의 앞에 엎드렸노라

모르는 것 앞에는 엎드리는 것이

모르는 것 앞에는 무조건하고 숭배하는 것이

나의 습관이니까

동생뿐이 아니라

그의 죽음뿐이 아니라

혹은 그의 실종뿐이 아니라

그를 생각하는

그를 생각할 수 있는

너까지도 다 함께 숭배하고 마는 것이

숭배할 줄 아는 것이

나의 인내이니까

— 「누이야 장하고나! — 신귀거래 7」 부분

"모르는 것 앞에는 무조건하고 숭배하는 것"은 맹목이 아니라 긍정의 다른 이름이다. 다시 한 번 말하지만, 김수영의 "신"은 불가해한 사건을 말한다. 실존 상황이 마주친 불가해한 사건 앞에서 신을 떠올리는 것은 신에 대한 항복만을 뜻하는 것은 아니다. 특히 김수영은 '한계'에서 다시 시작하는 긍지의 시인이었기에 불가해한 사건, 즉 한계를 긍정하는 순간 변신의 기운이 생동한다. 그래서 4연에서 "나는 쾌활한 마음으로 말할 수 있다/이 광대한 여름날의 착잡한 숲 속에/홀로 서서/나는 돌풍처럼 너한테 말할 수 있다"고 말하는 것은 쿠데타로 인해 느꼈던 한계 상황을 뚫고 나가려는 힘이 다시 충전되고 있음을 의미한다. "모든 산

봉우리를 걸쳐 온 돌풍처럼"은 그 회복을 알리는 표현이다.

다시
몸이 아프다

이렇게 긍지를 다시 회복할 때만이 "우연에 놀란" 자신을 발견하게 되며, "정돈되어 있"는 세상과 그것이 발생시킨 "평면"이 "가치가 있는 것들인가" 하고 물을 수 있는 것이다.(「누이의 방 — 신귀거래 8」) "조약돌이 들어 있는/공간의 우연"에 대한 무지는 고작 "여주알의 곰보", "당호박", "코스모스", "킴 노박의 사진과/국내 소설책들"의 "정돈"을 통해 깊이를 배제한 "평면"만을 창출한다. 이것은 "모르는 것 앞에는 무조건하고 숭배하는"(「누이야 장하고나! — 신귀거래 7」) 자세보다 진실되지 못하며, 진실에 무지한 만큼 다른 것을 생성하지 못한다. 하지만 김수영에게 '다른 것'이 지금 도래했다는 것은 아니다. 이제 그는 '다른 것'이 '먼 곳'에 있다는 것을 느끼고 있을 뿐이다.

먼 곳에서부터
먼 곳으로
다시 몸이 아프다

226

조용한 봄에서부터

조용한 봄으로

다시 내 몸이 아프다

여자에게서부터

여자에게로

능금꽃으로부터

능금꽃으로……

나도 모르는 사이에

내 몸이 아프다

—「먼 곳에서부터」전문

　이 작품은 혁명과 혁명의 퇴행, 급기야 닥친 반혁명의 터널을 통과한 끝에 도달한 인식을 보여준다. 또 시적 성과로서도 김수영의 시 중에서 어떤 경지에 다다른 작품이라 할 수 있다. 김수영 자신이 '미쳐 날뛴' 혁명이, 즉 "상대적 완전"으로서의 혁명이 최종적으로 실패한 것을 직관하고서 어쩌면 자기 생전에는 다시 안

올지도 모르는 "먼 곳"을 예언적으로 앓고 있는 것이다. 여기서 '예언적'이라 함은, 멀기는 하지만 어떤 '곳'이, 달리 말하면 다른 '시간'은 존재한다는 것을 믿고 있기 때문이며, 하지만 그것이 언제 어떻게 현실화될지 알 수 없기에 아픈 것이다. "먼 곳에서부터 / 먼 곳으로"라는 말은 실재하긴 하나 현실화되지 않을 것 같은 혁명적 시간을 의미하는바, 이제 시인으로서 할 수 있는 일은 그것을 예감하며 '아픔'에 자신을 내맡기는 것이다.

2연의 "조용한 봄"은 "먼 곳"을 조금 더 구체적으로 가리키지만, 시인으로서 그는 단지 시적인 예감만을 말할 수밖에 없기에 "조용한 봄"이라고 말하는데, 그것도 아직 오지 않은 시간이기에 몸이 아플 뿐이다. 1연과 2연에서 거듭 "다시"라고 한 것은, 지금 자신의 시간이 아픔의 와중이며 그것이 끝나지 않았음을 시사한다. 1950년대 후반 작품을 검토하면서도 드러났듯이, 현실의 구체적 사건에 응전하면서 때로는 그것을 넘어서려는 윤리적 태도를 통해 그가 얻은 것은 아픔과 설움, 피로의 반복이었다. 물론 그런 부정적인 정서의 복판에서 긍지와 건강의 회복도 반복적으로 보여주었다. 그러면서 자기 자신을 "고쳐 가야 할 운명과 사명"을 이행했거니와, 고쳐 가는 과정 속에서 그의 변신은 끊임없이 이루어졌던 것이다.

그런 그에게 이제는 아픔만이 남은 듯 보인다. "먼 곳"도 스스로 회귀하며, "조용한 봄"도 그리고 "여자"도 "능금꽃"도 "나"를 배제하고 스스로 회귀하는 것만 같다. "먼 곳에서부터/먼 곳으로", "조용한 봄에서부터/조용한 봄으로", "여자에게서부터/여자에게로", "능금꽃으로부터/능금꽃으로", 각자 '자기에게서부터/자기에게로' 회귀할 뿐이다. 그 사이에서, "나도 모르는 사이에/내 몸이 아프다". 그렇지만 "먼 곳"은 "조용한 봄"으로, "조용한 봄"은 다시 "여자"와 "능금꽃"으로 자기 몸을 바꾸면서 현현하고 있음도 이 작품을 읽을 때 감안해야 한다. 다른 말로 하면, "먼 곳"은 추상적이거나 초월적인 무엇이 아니다. 그것은 "조용한 봄"과 "여자"와 "능금꽃"을 함축하고 있는 무엇이다. 그리고 "먼 곳"은 계속적으로 "나" 주위에서 운동하고 있다. 다만 그 운동 안에 "나"가 참여하지 못하고 있을 따름이다. 그래서 "몸이 아프다".

이 불참은 현실의 패배 때문이다. 그는 제2공화국을 자신의 적으로 규정했지만, 동시에 제2공화국에 끊임없이 바라고 요구하기도 했다. 사실 바라고 요구하는 것 자체가 투쟁의 일환이기도 하다. 예컨대 1960년 9월 20일 일기에는, 궁극적으로 자유를 말하고 있는 것이기는 하지만, "역설적으로 말하자면 정부가 지금 할 일은 사회주의의 대두의 촉진 바로 그것이다"라고 쓰기까지 했다. 그러나 쿠데타 직후 피해 있던 김이석의 집에서 "파리에 가서 현대문학과 현대예술이 무엇인지 본격적으로 공부해야겠다고" 중얼거릴 때 이미 그는 자신의 정치적 패배를 받아들이고 있었다. '신귀거래' 연작은 그 정치적 패배의 후과였으며, 다행히 거기에서 빠져나왔음에도 그 패배의식은 한동안 그를 지배하게 된다. 하지만 정치적 패배가 모든 것의 패배를 의미하지 않기도 하지만, 역사의 과정에서 패배가 다른 승리를 가져오는 일도 흔하며, 반대로 정치적 승리가 타락을 손쉽게 가져오는 역설도 제법 있는 일이다.

여기서 중요한 것은 김수영이 비록 정치적 패배로 인해 상상력을 힘 있게 발휘할 수 없었음에도 현실을 움직이는 "먼 곳"은 존재하며, 그것의 운동으로 발생하는 양태들이 자신의 현실을 구성하고 있다는 믿음 역시 버리지 않았다는 점이다. 다만 지금은 "내 몸이 아프다"는 언어밖에는 가지지 못한 것이다. 그렇다고 해서 아픔에 몸을 맡긴 채 아무것도 하지 않는 것은 있을 수 없는 일이다. 「아픈 몸이」에서는 도리어 그 아픔을 긍정하며 나아가고자 한다. "아픈 몸이/아프지 않을 때까지 가자"는 진술은, "아픔"이 사라질 때까지 가자는 말이 아닐 것이다. 2연에서 "아픔이/아프지 않을 때는/그 무수한 골목이 없어질 때"라고 한 것은 그것을 증명하고 있거니와, 이 작품에서 정작 중요한 것은 바로 "아픈 몸이/아프지 않을 때까지" "온갖 식구와 온갖 친구와/온갖 적들과 함께/적들의 적들과 함께" 가는 일이다. 그것도 "무한한 연습과 함께".

「아픈 몸이」가 「먼 곳에서부터」에서 말한 아픔을 변주한 작품

이라면, 「시」는 「아픈 몸이」의 "가자"를 한 겹 더 풀이한 작품이
다. 이렇게 세 작품은 두 마디를 가진 한 작품 같은 느낌을 준다.
"변화는 끝났"고 "욕심은 끝났"지만 우리에게 사라지지 않는 것
은 일상의 "일"이다. "일"은 관념적인 상상에 물질적 감각을 부여
해줄 뿐만 아니라, 허황된 "욕심"을 규율해주는 힘을 준다. 김수
영은 언제나 "일"을 강조했으며, 절망에 빠질 때나 희망이 자신
을 속되게 할 때도 "일"을 강조했다. 다시 그의 1960년 9월 13일
의 일기를 보면 이런 구절이 나온다.

　　일을 하자. 번역이라도 부지런히 해서 '과학 서적'과 기타
'진지한 서적'을 사서 읽자.
　　그리고 읽은 책은 그전처럼 서푼에 팔아서 술을 마셔 버리
는 일을 하지 말자. 알았다. 이제는 책을 사야 한다고. 피로서
읽어야 한다고. 무기로서 쌓아 두어야 한다고. (…) 힘이 생긴
다. 힘이 생길수록 시계 속처럼 규격이 째인 나의 머리와 생활
은 점점 정밀하여만 간다. 그것은 동시에 나의 생활만이 아니
기 때문에 널리 세상 사람을 고려에 넣어 보아도 그 시계는 더
욱 정밀해진다. 진정한 힘이란 이런 것인가 보다. 오오 창조.
　　일하자. 일하자. 두말 말고 일하자.
　　어서어서 일하자. 아폴리네르의
　　교훈처럼 개미처럼 일하자.

일하자. 일하자. 일하자. 민첩하게

　민첩하게 일하자.

　이렇듯 그에게 "일"은 생활을 "정밀"하게 만든다. 또 "일"은 그에게는 허위나 절망과 싸우는 "무기"이기도 하다. 흥미로운 것은 위 일기에서 "'과학 서적'과 기타 '진지한 서적'을 사서 읽자"는 구절이다. 이 이전인 동년 7월 8일자 일기에는 "앞으로 경제 논문을 번역해 보고 싶다"라고도 적었는데, 혁명이라는 사건을 통해서 김수영은 자신의 사고 영역을 넓히려고 마음먹었던 것 같다. 사실 김수영 시의 특징으로 꼽는 산문적 요소들 또는 연극적 요소들은 단순한 스타일의 실험이 아니다. '시적인 것'에 대한 전복을 꾀하려는 모험 때문에 산문적인 요소나 연극적 요소들이 들어왔다고 봐야 옳다. 그것은 앞에서 인용한 1960년 6월 16일 일기에 명확하게 드러나 있지 않은가? 시에 대한 기성관념에서 벗어나려는 김수영의 총체적인 시도는 "일"을 통해서이지 예술가적인 고독과 자의식 충만한 실험의식에서 비롯된 게 아니라는 점은 깊이 유념할 필요가 있다.

　쉬었다 가든 거꾸로 가든 모로 가든

　여기서 또 가요 기름을 발랐으니 어서 또 가요

　타마구를 발랐으니 어서 또 가요

미친 놈 본으로 어서 또 가요 변화는 끝났어요

어서 또 가요

실 같은 바람 따라 어서 또 가요

―「시」 부분

"일"은 "털털거리는 수레에다는 기름을 주"는 행위이다. "변화는 끝났"지만, "일"이 또 다른 "변화"를 줄 것이기에, 조금은 광적으로 즉 "미친 놈 본으로 어서 또" 가자고 자신을 채근하고 있다. 이게 바로 "아픈 몸이 / 아프지 않을 때까지 가"는 구체적인 이미지인데, 비록 "변화는 끝났어요"라고 말하고 있지만 "실 같은 바람 따라 어서 또 가"자고 하는 것은 "변화"에 대한 자신의 이념을 아직 포기하지 않았다는 의미로도 읽힌다. 나중에 살펴보겠지만, 이후의 작품들에서 그는 "일"을 통해 자신의 시에 다른 겹을 더 보탠다. 하지만 지금 당장은 다만 "실 같은 바람"만을 붙잡고 있는 형국이다.

김명인은 이 부분에 대한 해석에서 「아픈 몸이」에서의 비장감은 그새 허탈한 자기풍자로 바뀌고 있다. 아픈 몸이 아프지 않을 때까지 가야 할 그 길은 여기선 "쉬었다 가든 거꾸로 가든 모로 가든" "미친 놈"처럼 가는 길, 변화도 이미 끝나 가야 할 의미도 없어져 버린 허망한 길이 되어버렸다"면서 "「시」 이후의 시들은 모두 이 풍자와 해탈의 미학의 지배 아래 놓여 있으며 거기에 서는 어떠한 전진도 찾아낼 수 없다"고 했지만, 이는 "실 같은 바람 따라"를 전혀 염두에 두지 않은 해석이다. 「시」이후의 시들" 은 바로 "실 같은 바람 따라"와 관계시켜 읽을 필요가 있다.

또 한 가지 지적하자면, 김명인이 말하는 "전진"은 한 시인의 작품 세계 전체를 통해 언제나 있을 수 있는 사건이 아니다. 도리어 "전진"이란 고양과 침잠을 반복하면서, 고양과 침잠의 성격과 질이 달라지는 것을 의미한다. 김수영에게서 고양과 침잠의 반복을 보지 못하는 직선적인 시간관은 「시」이후의 시들"에서 "어떠한 전진도 찾아낼 수 없다"고 판단할 수 있다. 다시 말하지만, 김수영은 고양과 침잠, 건강과 병듦, 기쁨과 설움을 반복하면서 나아갔다. 그러면서 존재론적인 탐구나 정치적·사회적 금기를 돌파하려는 전회를, 즉 차이를 그 반복 사이에 끼워 넣었다. 김수영의 반복은 차이를 통해 가능했고, 차이는 반복이 있어서 가능했다.

김명인이 지적한 "풍자와 해탈의 미학의 지배 아래"는 「시」이후에 약간 나타나는 것도 사실이다. 이에 대해 강웅식은 『김수영 신화의 이면』에서 "'신귀거래' 연작 이후에 씌어진 작품들의 화자는 작품에 구축된 희극적 상황 속에서 스스로도 어릿광대와 같은 역할을 담당한다"고 썼다. 김명인이 "그의 1960년대 시에 나타나는 풍자는 받아들이는 입장에서 보면 결코 경쾌하거나 희화적이지 않고 무겁고 고통스러운 게 대부분이다. 이러한 풍자는 역설적으로 다분히 비참한 토운(tone)을 지니기 쉬우며 풍자 대상에 대한 공격도 다분히 쇄말적이며 신경질적이다"고 한 데 반해, 강웅식은 "김수영이 가장 증오한 것은 우리 사회의 후진성과 허위의식이었지만 그러한 것을 증오하고 비판하는 자기 자신조차도 거기에 연루되어 있다는 사실을 그는 냉철하게 인식했다"고 했다. 물론 강웅식도 김수영의 "분방한 풍자와 유쾌한 익살이" "풍성한 유산"을 남기지는 못했다고 했는데 그것은 "지나치게 삭막하고 억눌린 시대" 때문이라고 부연했다.

그런데 김수영의 "풍자와 해탈" 혹은 "분방한 풍자와 유쾌한 익살"은 그렇게 아무런 소득 없이 끝나고 말았는가? 혹 "우리 사회의 후진성과 허위의식"에 대한 비판에 자신을 걸어 놓은 측면은 없는가? 그리고 그것은 과연 성공을 거두었는가? 여기서 한 가지 짚고 넘어가야 할 것이 있는데, 김명인이 말한 "풍자와 해탈"과 강웅식이 말한 "풍자와 유쾌한 익살"은 전혀 다른 성질의 것이다. 「거대한 뿌리」를 읽으면서 보게 될 것인데, 김수영이 이 이후에 얻은 것은 "해탈"이라기보다 "익살", 즉 유머에 가깝다. 아무튼 5·16이라는 반혁명 이후 김수영의 삶과 내면이 크게 출렁인 것은 사실이며, 이 사건을 계기로 김수영은 다시 한 번 벼랑 끝에 서게 된 것도 맞다. 하지만 창조는 전반적인 불가능성 속에서 가능하다는 어떤 철학자의 언명을 떠올려본다면 김수영에게 닥친 이 시간은 시를 읽는 독자 입장에서는 흥미로운 일이다.

시간이 나비 모양으로
이 줄에서 저 줄로 춤을 추고

하얀 종이가 옥색으로 노란 하드롱지가

이 세상에는 없는 빛으로 변할 만큼 밝다

시간이 나비 모양으로 이 줄에서 저 줄로

춤을 추고

그 사이로

사월의 햇빛이 떨어졌다

이런 때면 매년 이맘때쯤 듣는

병아리 우는 소리와

그의 원수인 쥐 소리를 혼동한다

어깨를 아프게 하는 것은

노후의 미덕은 시간이 아니다

내가 나를 잊어버리기 때문에

개울과 개울 사이에

하얀 모래를 골라 비둘기가 내려앉듯
시간이 내려앉는다

머리를 아프게 하는 것은
두통의 미덕은 시간이 아니다
내가 나를 잊어버리기 때문에
바다와 바다 사이에
지금의 삼월의 구름이 내려앉듯
진실이 내려앉는다

하얀 종이가 분홍으로 분홍 하늘이
녹색으로 또 다른 색으로 변할 만큼 밝다
— 그러나 혼색(混色)은 흑색이라는 걸 경고해 준 것은
소학교 때 선생님……

— 「백지에서부터」 전문

김상환은 이 작품을 '존재'에 대한 탐문으로 읽으면서 "진리를 사랑하는 자, 그 의식의 내일은 백색이다. 그 백색의 공간이 '시간이 내려앉는' 곳, '진실이 내려앉는' 곳이다"(「점묘화와 백색 존재론」,『풍자와 해탈 혹은 사랑과 죽음 — 김수영론』)고 했다. 나아가 "그

러나 이 시에서 백색은 단순한 백색이 아니다. 무한히 순수해지는 백색, 그것은 혼색이다. 그렇게 백색의 중심에서 감도는 혼색은 흑색의 심연을 가리키고 있다. 백색은 그 밑바닥에서 흑색이라는 것, 백색은 백색이 아니라는 것, 그것이 백색의 존재론이 말할 수 없는 것, 말할 수 없으면서도 말하고야 마는 어떤 것이다"고 하지만, 이는 과잉해석이다.

이 작품에는 시간에 대한 여러 이미지가 나온다, 먼저 "나비 모양으로 이 줄에서 저 줄로/춤을" 추는 시간, 이 시간은 여러 겹으로 구성된 시간을 암시한다. 우리가 사는 시간만 있는 게 아니라 아직 현실화가 안 된 다른 시간도 있음을 "이 줄에서 저 줄로"라고 표현한 것은 아닐까? 시간이 그러한 춤을 추자 "사월의 햇빛이 떨어졌다". 두 번째로 "노후의 미덕"과 "두통의 미덕"을 가져오는 시간. 이 시간은 생명의 탄생과 죽음에 걸쳐져 있는 시간이다. 이 시간은 우리에게 "노후"와 "두통"을 가져오는 지극히 현실적이고 또한 개별적 존재에게까지 영향을 미치는 시간이다. 다음으로는 "하얀 모래를 골라 비둘기가 내려앉듯" 내려앉는 시간이다. 김수영은 이 시간을 다른 말로 "진실"이라고 부른다. "진실"이란 일반적으로 사실을 운동하게 하는 또 다른 운동, 리얼리티를 가능하게 하는 또 다른 리얼리티를 말한다. "진실"은 그러나 현상적으로 잘 드러나지 않는다. 사실을 구성하는 일종의 잠재면이며 힘이기도 하고, 어떤 원리라고 불러도 무방할 것이다.

시의 화자는 돌연 "이 세상에는 없는 빛"을 "노란 하드롱지"의 변색을 통해 발견하고 거기에서 앞에서 말한 시간에 대한 이미지들을 끌어내고 있다. 1연의 "이 줄에서 저 줄로/춤을 추"는 시간은 얼마간 자신의 살아온 시간에 대한 인식이면서 동시에 오고 있는 시간에 대한 이미지이기도 하다. 시간이란 "나비 모양"으로 움직인다. 직선도 곡선도 아니다. 규칙도 아니고 혼돈도 아니다. 일종의 카오스모스적인 속성을 갖는다. 그러한 시간 속으로 시의 화자는 "사월의 햇빛"을 불러들인다. 그런데 왜 사월일까? 「백지에서부터」는 1962년 3월 18일에 탈고한 것으로 기록되어 있다. 3연에는 그러한 사실을 입증하듯이 "지금의 삼월의 구름"이라고 밝혀 놓았다. 그렇다면 1연의 "사월의 햇빛"은 의식적인 기입인 걸까?

일단 제목이 '백지에서부터'인 것을 떠올릴 필요가 있다. 그리고 1연은 "하얀 종이가 옥색으로" 변색되는 것을 발견한 정황을 밝히고 있다. 또 "사월의 햇빛" 다음에는 "이런 때면 매년 이맘때쯤 듣는/병아리 우는 소리와/그의 원수인 쥐 소리를 혼동한다"는 구절이 나온다. 김수영이 잘 쓰지 않는 시적 방법 중 하나가 언어의 지시적 기능인데, 우리는 여기서 불가피하게 예외성을 인정할 수밖에 없을 것 같다. "이런 때", 그것도 "매년 이맘때"는 아마도 1960년, 혁명이 흐르고 있던 시간을 가리킨다. "병아리 우는 소리와/그의 원수인 쥐 소리"는 그가 양계를 하면서 자연스럽게 감각된 사실이면서 동시에 혁명과 구체제의 대치를 연상시킨다. 이런 우화를 등장시키는 것이 김수영에게는 낯선 현상이지만, 이 우화는 과거의 혁명에 대한 상기가 아니라 현재에 대한 응시라는 점을 밝히고 있는 것은 "혼동한다"는 시의 화자의 상태이다.

따라서 "어깨를 아프게 하는 것은" "노후" 탓이 아니라 "내가 나를 잊어버리기 때문"이다. "내가 나를 잊어버리"는 것은 "영원히 나 자신을 고쳐 가야 할 운명과 사명"의 망각이기도 하지만, 퇴행과 반혁명을 통해 무너진 혁명의 시간에 대한 돌아봄이기도 하다. 지난 시간을 돌아볼 수 있을 때 "개울과 개울 사이에 / 하얀 모래를 골라 비둘기가 내려앉듯 / 시간이 내려앉"을 수 있는 틈이 생긴다. 앞에서 말했듯 여기서 말하는 "시간"은 현상적으로는 드러나지 않는 "진실"의 다른 이름이며, "나비 모양"이긴 하지만 언젠가는 그 모습을 드러낼 지금과는 '다른' 시간이다.

3연은 2연의 반복·변주이다. 3연에서 "시간" 대신 "진실"을 말하는 것은, 반대로 지금 겪고 있는 현상이 자신의 "진실"이 아니라는 고백으로도 읽힌다. 즉 시의 화자가 바라는 것은 다른 시간 또는 현상을 직조하는 새로운 리얼리티의 발견이다. 다른 말로 하면, 그의 말대로, "시적 인식이란 새로운 진실(즉 새로운 리얼리티)의 발견이며 사물을 보는 새로운 눈과 각도의 발견"(산문 「시적 인식과 새로움」)이다. 물론 "내가" 지금 당장 할 수 있는 것은 지극히 제한적이다. 다만 지금은 '밝음'만을 발견하고 또는 믿고 있을 뿐이다. 그러나 여기서 더 나아가지 못하므로, "나"는 차라리 마지막 4연에서 "혼색(混色)은 흑색"이라고 말하고 그것을 가르쳐 준 이가 "소학교 때 선생님"이라고 너스레를 떨고 있을 뿐이다. 지금으로서는 '백지에서부터' 다른 색을 발명하는 일이 관건이지 이런저런 색을 섞은 "혼색(混色)은 흑색"인 것이다. 그러니까 변색의 과정은 알겠는데 "백지"가 어떤 색으로 변해야 하는지는 아직은 모르겠다는 뜻이다. 그래서 "혼색(混色)은 흑색"인 것이다.

따라서 이 작품은 4·19혁명에 대한 반추로 읽을 수 있으며 또다른 혁명에 대한 물음에 그가 빠지기 시작했다는 것을 보여준다. 이즈음부터 김수영에게 만일 "분방한 풍자와 유쾌한 익살"이 있었다면 그것은 일종의 방법적인 양식일 수 있다. 하지만 "내가 나를 잊어버리"는 일에 대한 명징한 인식이 그러한 방법적인 것을 굳이 필요로 할지는 잘 모르겠다. "내가 나를 잊어버리"는 일 같은 위험한 모험 속에서 말이다.

이 같은 상태는 「적」에서 보이듯 "적"에게 아예 "나의 양심과 독기를" 내주어야 하는 상황을 초래할 수도 있다. "더운 날/ 적을 운산(運算)하고 있으면/ 아무 데에도 적은 없고" 도리어 "시금치 밭에 앉는 흑나비와 주홍나비 모양으로/ 나의 과거와 미래가 숨바꼭질만 한다". 다시 적을 "정체 없는 놈"으로 파악하고 "적을 운산(運算)하고 있으면" 도리어 "아무 데에도 적은 없"게 느껴지며 도리어 "나의 과거와 미래가" 함께 모호해지고 만다. 「백지에서부터」에 이어 「적」에서도 다시 '나비 모양'이 등장하는데, 「적」에서의 "나비"는 구체적으로 "흑나비와 주홍나비"이다. 색을 갖기 이전(백색)의 "나비"에서 이제 색을 가진 나비가 등장하는 꼴인데, 여기서 등장하는 나비의 메타포는 「백지에서부터」와 달리 부정적인 것을 가리킨다.

나아가 ""적이 어디에 있느냐?" / "적은 꼭 있어야 하느냐?""고 묻는데, 그것은 아직 김수영이 새로운 "적"을 찾지 못했기 때문이다. 그런데 "적"은 늘 새로워야 하는 걸까? "어제의 적은 없"어졌는데 꼭 '오늘의 적'이 있어야 하나? 이런 시적 질문은 김수영이 아직 적을 창조하지 못했다는 것을 의미한다. 적은 일반적으로 알려졌다시피 자신의 거울이기도 하지만 또 다른 자아이다. 이 말은 적이 자아가 투영돼 만들어진 환영이란 뜻도 아니고, 자아의 다른 면이라는 의미도 아니다. 적은 자아의 변화, 정확히 말하면 자신의 존재의 변화에 따라 그 모습을 함께 탈바꿈한다. 이런 맥락에서 적은 또 다른 자아라고 부를 수 있는 것이다. 다시 말하면 자신의 변화 없이는 적이 보이지 않는다는 말이다. 그래서 김수영은 "내가 나를 잊어버리"는 일에 투신했다. 그렇기에 "적"도 동시에 그 모험에 동참해야 하는데 아직 적이 명료해지지 않은 것은 자신의 모험이 그만큼 진척되지 않았다는 의미가 된다. ""적이 어디에 있느냐?" / "적은 꼭 있어야 하느냐?""는 이런 맥락에서 이해해야 한다. 고작 발견할 수 있는 "적"은 "순사와 땅주인에서부터 과속을 범하는 운전수" 정도이다. 이 일상성으로의 비의도적 하방, 이것을 퇴행으로 읽는 한 1964년에 터져 나오는 「거대한 뿌리」는 또다시 예외적인 것이 되고 만다. 김수영의 시에서 예외적인 경우는 없다고 봐도 무방하다. 만일 그에게 우연이 있다면 필연을 찢고 나온 우연만 있을 뿐이다.

아무튼 김수영의 모험은 혼란을 동반하는 모험이며 그만큼 위험하기도 하다. 그래서 1962년에 쓴 「절망」에서는 자신의 자화상을 다음과 같이 그리고 있다.

> 나날이 새로워지는 괴기한 청년
> 때로는 일본에서
> 때로는 이북에서
> 때로는 삼랑진에서
> 말하자면 세계의 도처에서 나타날 수 있는 천수천족수(千
> 手千足獸)
> 미인, 시인, 사무가, 농사꾼, 상인, 야소(耶蘇)이기도 한
> 나날이 새로워지는 괴기한 인물
>
> ─「절망」 부분

내용적 '정밀도'를 기준으로 한다면, 여기서 "괴기한 청년"이 김수영이라고 단정할 근거는 없다. 그러나 이 인용구는 시적 메타포 이전의 메타포이다. 여기서 "새로워지는"은 바로 그 다음의 "괴기한"에 의해 중화된다. 새로워지기는 한데, 그 방향은 "괴기" 쪽이다. 그래서 "나의 시는 영원한 미완성이" 되는 것이다. 물론 "영원한"은 제목인 '절망'과 연결시켜 읽어야 한다. 지금의 절망 상태가 그의 진전을 가로막고 있기에 "나의 시는 영원한 미완성" 일 것만 같은 것이다.

사실 1962년 여름 무렵부터 이듬해인 1963년 여름까지 생산된 작품들에는 침잠기에 나타나는 김수영의 특징이 보이지만, 1950년대 중반의 설움이나 비애 같은 정조는 아니다. 혹자들은 김수영의 '신화'가 그의 난해성에 대한 무분별한 상찬과, 작품보다 더 읽기 힘든 2차 텍스트의 생산 때문이라고 말하지만, 만일 신화가 존재하고 그가 우상화되어 있다면 더욱더 김수영을 내재적으로 읽어야 할 필요가 있다. 그것은 김수영을 역사적으로 읽는 것에 다름 아니다. 따라서 이 기간은 김수영의 어떤 모색기로 봐야 한다. 이 모색기를 통해서 김수영은 마지막을 불태울 준비를 혹 할 수 있었던 건 아닐까?

6

무수한

반동이 좋다

반갑다
무식한 사랑아

「파자마 바람으로」에서의 자기희화화는 앞에서 인용한 「절
망」 1연의 연속이다. 그것은 또 「만주의 여자」에서 역사에 대한
약간의 자조로 이어진다. 「만주의 여자」에서 시의 화자는 막걸
리집을 운영하는 '만주 여자'를 앞에 두고 일종의 희언(戲言)들
을 이어간다. "만주에서 해방을 겪고/평양에 있다가 인천에 와
서/6·25 때에 남편을 잃고 큰아이는 죽고/남은 계집애 둘을 데
리고/재전락한 여자", 즉 "시대의 여자" 앞에서 시의 화자는 왜
푸념조의 희언들을 쏟아내고 있는가. 그것은 자신의 지난 과거와
가족사에 대한 한탄인데 아직 김수영은 사랑을 재발견하지 못한
상태이다. "만주의 여자"에 대한 연민 이상을 가지지 않았기 때문
에 감상에 머문 것이다. 니체는 연민을 경계하라고 하면서 연민

으로부터 "무거운 구름이 사람들의 머리 위로 몰려온다"고 말했다. 그러나 "위대한 사랑은 한결같이 연민의 정 이상의 것"인데, 그것은 "사랑을 할 자까지 창조하려 하기 때문이다".

「만주의 여자」에서 김수영은 "서울의 다방 건너 막걸리집"에서 만난 "만주의 여자"를 통해 해방 전 만주에서의 생활과 해방을 맞아 다시 서울로 돌아오던 시간을 회상하고 있다. "18년 만에 만난 만주의 여자/잊어버렸던 여자"는 그것을 환기시킨다. 김수영에게 18년 전은 일본에서 돌아온 김수영이 가족을 좇아 만주 길림으로 간 1944년이다. 그러나 "연애편지를 대필해 준 일"은 아마 작품에 극적 효과를 주어 만주 경험의 사실성을 부각시키려는 의도로 보인다. 앞에서 얘기했듯 이 작품은 연민 이상을 넘어서지 못하고 있는데, 각 연의 마지막에 후렴구처럼 되풀이되는 "한잔 더 주게 한잔 더 주게" 이하에서 그것은 드러난다. 그래도 이 작품에 긍정적인 면이 있다면, "경험과 역사"를 향해 "사랑의 복습"을 시작했다는 점이다. 물론 이것은 아직 "무식한 사랑"이고 어쩌면 "사랑의 뒤치다꺼리", 즉 4·19혁명에서 배운 사랑의 잔여물이다.

이 사랑의 재발견은 그러나 일종의 잠복기를 통과해야만 한다. 왜냐하면 "사랑의 복습"은 구체적인 삶을 통해 행해지는 것이고, 사랑은 실질적인 대상을 통해 발현되는 것이기 때문이다. 아직 "사랑의 복습"을 어떻게 이행했는지에 대한 흔적은 보이지 않는다. 다만, "사랑의 복습"이라는 저울 위에 자신의 허위와 무의식을 얹어보려는 시도들은 있지 않았는가, 하는 추정을 해볼 수 있다. 왜냐하면 그의 후반기 작업은, 다시 '긍정'과 '환희'의 회복이었으며 그 신호탄이기도 한 「거대한 뿌리」에서는 심지어 "더러운 역사"마저 사랑하려는 태도를 보여주기 때문이다. 「거대한 뿌리」 3년 뒤의 작품인 「사랑의 변주곡」은 또 어떤가! 김수영에게 '사랑'은 자신이 처한 현실의 복판에서 현실의 구심력을 벗어나는 꿈을 의미하기도 한다. 그러나 그것이 허황된 것이 되지 않으려면, 먼저 생활의 디테일에 충실해야 하며 혹 사랑을 빙자해 생활을 속이는 허위를 지독하게 끊어내야 한다. 그것을 위해서만 때로 "분방한 풍자와 유쾌한 익살"이 필요했다.

혼미하는 아내며

날이 갈수록 간격이 생기는 골육들이며

새가 아직 모여들 시간이 못 된 늙은 포플러나무며

소리없이 나를 괴롭히는

그들은 신의 고문인인가

— 어른이 못 되는 나를 탓하는

구슬픈 어른들

나에게 방황할 시간을 다오

불만족의 물상(物象)을 다오

두부를 엉기게 하는 따뜻한 불도

졸고 있는 잡초도

이 무감각의 비애가 없이는 죽은 것

—「장시 2」 부분

이렇게 주기적인 수입 소동이 날 때만은

네가 부리는 독살에도 나는 지지 않는다

무능한 내가 지지 않는 것은 이때만이다

너의 독기가 예에 없이 걸레쪽같이 보이고

너와 내가 반반—

"어디 마음대로 화를 부려 보려무나!"

—「만용에게」 부분

　　"겨자씨같이 조그맣게 살면"서(「장시 1」) 들러붙는 사소한 소음들과 갈등들에 반응하면서 그것들에 신경질을 부리는 것은, 그것들이 자신에게 "방황할 시간을" 주지 않기 때문이다. 생활에의 밀착은 아이러니를 그에게 주었고 그는 (방법론적으로가 아니라)

본능적으로 혹은 기질적으로 생활과 "환상" 사이에서 줄타기를 하고 있다. 하지만 그는 자신이 지금 사랑을 하고 있다는 사실을 의식하지 못한 듯하다. 도리어 "시대의 숙명이여 / 숙명의 초현실이여 / 나의 생활의 정수(定數)는 어디에 있나"라고 묻는다.(이상 「장시 2」) 여기서 "정수"가 '본질'을 뜻하는 '精髓'가 아니라 반듯하게 정해진 '상수'를 뜻한다는 것은 지금 그가 살아가는 생활이 불안정하고 일그러져 있다는 것을 반어적으로 암시한다. 「장시 1」에서 "채귀"(빚쟁이)가 나오고 「장시 2」에서 자신을 괴롭히는 "땅주인"이 나오는 것이 그것을 명징하게 해준다. 즉 그가 사랑하려는 대상은 도리어 자신에게 "미쳐 돌아가는 역사의 반복"을 가르쳐 주고 있는 것이다. 이런 상황에서 '풍자와 익살'이 등장하고 "환상이 환상을 이기는 시간"과 "결국 쉬는 시간"인 "대시간(大時間)"을 상상하는 것은 미치지 않으려는 쟁투에 가깝다.(이상 「장시 2」)

이런 모습은 아내 김현경과 재회하고 생활을 꾸려나가려던 1950년대 중반의 방황과 많이 닮아 있기도 하다. 당연히 그 당시의 시간을 동일하게 반복하고 있지는 않다. 그 당시에는 시와 생활과 시대적 환경이 일치하지 않는 괴로움이 컸다면, 1962~1963년 무렵에는 4·19혁명과 그것의 배신을 통과한 물음을 동반하면서 그 시간을 살고 있는 자신을 뒤집으려는(사랑하려는) "방황"이다. 아니 현실의 소음들이 도대체 그 "방황"도 허락하지 않는다. 당연히 여기서 '사랑'은 그가 훗날 고백했듯이 혁명을 통해 배운 사랑이다. 「장시 2」에서 "나무뿌리를 울리는 신의 발자국 소리"를 "가난한 침묵"이라고 한 것도 그 한 예일 것이다. 이제는 불가해한 사건과 상황을 환유하던 '신'도 "가난한 침묵"으로 지상에 내려오게 되었다.

「만용에게」에서 "주기적인 수입 소동이 날 때" "만용이"와 심리적인 부대낌을 함께 겪는 것도 생활 속에 깊이 뿌리박은 허위와 싸워보려는 반어에 해당한다. "무능한 내가 지지 않는 것은 이때만이다/너의 독기가 예에 없이 걸레쪽같이 보이고/너와 내가 반반—/"어디 마음대로 화를 부려 보려무나!""도 괜히 만용이에게 신경질을 내는 것 같지만 사실은 만용이에게, 너도 나에게 "어디 마음대로 화를 부려 보려무나!"라면서 스스로 자신을 겨냥하고 있는 중이다. 하지만 김수영은 이러한 "깨꽃같이 작은 자질구레한 일/자꾸자꾸 자질구레해지는 일"이 "성장(成長)의 일"이라는 것을 알고 있었다.(「깨꽃」)

삶에서 주어진 일들, 파도처럼 그치지 않고 밀려드는 사건들에서 별만 본다든가 그림자만 보는 일은 노예의 관점이다. 주인은 그 일과 사건의 다양한 맥락과 의미를 동시에 읽는다. "물기둥을 몰고 와/거만한 바위에 항의하는 너/6월의 파도"에게서 "끝없는 에네르기"를 보는 것은 그래서 가능하다.(「너…… 세찬 에네르기」) 이렇게 되면 "돈이 없다는 것도 오랜 친근"이 되고, "휴식의 갈망도 나의 오랜 친근한 친구"가 된다.(「후란넬 저고리」) 이렇게 내면의 땅이 단단해진 후에야 다음과 같은 시를 두려움 없이 쓸 수 있었던 것이다.

남에게 희생을 당할 만한
충분한 각오를 가진 사람만이
살인을 한다

그러나 우산대로
여편네를 때려눕혔을 때
우리들의 옆에서는
어린놈이 울었고
비 오는 거리에는
40명가량의 취객들이
모여들었고
집에 돌아와서
제일 마음에 꺼리는 것이
아는 사람이
이 캄캄한 범행의 현장을
보았는가 하는 일이었다
— 아니 그보다도 먼저

아까운 것이

지우산을 현장에 버리고 온 일이었다.

—「죄와 벌」전문

아포리즘 같은 1연에 이어 2연은 "그러나"로 시작된다. 그러니까 1연의 아포리즘과는 반대되는 시적 정황이 2연에 펼쳐진다는 것을 이미 드러내고 있는 것이다. 1연에서 김수영은 어떤 명제를 던져 놓고 2연에서는 그 명제를 위태롭게 하는 진술을 하고 있다. "살인"이라는 반인륜적 범죄에도 사회적인 혹은 심리적인 맥락이 있는데, 여기에서는 "살인"을 저지르는 자의 마음 상태에 대해 말하고 있다. "남에게 희생을 당할 만한/충분한 각오를 가진 사람"이란 자신이 저지른 죄에 대한 대가를 흔쾌히 받아들일 수 있는 사람이다. 이런 사람은 "살인"이라는 극단적인 선택도 할 수 있다는 것이다. 우리는 여기에서 김수영의 내면에서 사건에 대한 긍정이 어디까지 가려고 하는지 그 용기를 읽을 수 있다.

"그러나" 2연에서 진술되는 상황은 다르다. "우산대로/여편네를 때려눕"히고 나서 찾아온 것은 사회적으로 받을 비난에 대한 두려움뿐이다. 사실 이 시의 첫 번째 느낌은 자신이 가진 관념이 실제 사건 앞에서 얼마나 허약하고 또 허위인가를 '자기고발' 형식을 통해서 보여주고 있다는 점이다. 김수영은 거기에다 "— 아니 그보다도 먼저/아까운 것이/지우산을 현장에 버리고 온 일이었다"라는 진술까지 덧붙임으로써 자신을 새로운 윤리의 저울 위에 올려놓으려는 무의식을 밝혀 놓고 있다.

이 작품은 세간에서 여성비하와 여성혐오에 해당하는 작품으로 낙인이 찍히기도 했는데, 바로 2연의 "여편네를 때려눕혔"다는 고백 때문이다. 하지만 내가 보기에는 이것은 일종의 시적 과장이다. 실제로 폭행을 했는지 어쨌는지에 대해서는 판단을 유보할 필요가 있다. 시의 내용에서 곧바로 시인의 행위를 유추하는 것은 우리에게 먼저 도덕 감정을 불러일으켜 작품을 읽지 못하게 하는 가림막 역할을 하기 때문이다. 무엇보다도 먼저 작품을 통해서 시인을 만날 필요가 있다는 뜻이다. 여기서는 시의 화자의 행위를 최대한 크게, 그리고 심리 상태를 세밀하게 드러냄으로써 발생하는 드라마 같은 효과를 통해 1연에 제시된 자신의 관념이 얼마나 허약하고 허위에 가까운 것인가를 말하고 있다.

김영희는 《창작과비평》 2017년 가을호에서, 김수영의 여성혐오 혐의에 대해, "특정한 시와 문장을 토대로 여성혐오를 성급하게 재단하거나 여성의 대상화와 자기혐오를 기계적으로 절충하는 논의는 그다지 생산적으로 보이지 않는다"고 비판하면서 "여성혐오라는 틀을 적용하여 김수영 시를 읽고자 할 때, 우리는 '누구를/무엇을 혐오하는가'라는 질문을 통해 시인의 자기혐오와 아내라는 알레고리를 동시에 숙고해야 한다"고 지적한 바 있다.

해방 전에 자신이 연극에 빠져 있었다는 사실을 고백한 바 있는데 김수영 시에 연극적 요소가 얼마나 들어왔는지에 대해서는 조금 더 긴밀한 검토가 필요해 보인다. 이 작품보다 조금 늦게 쓴 산문 「장마 풍경」에 그는 「죄와 벌」의 구도에 힌트를 줄 만한 구절을, 자기도 모르게(?) 남겨 놓았다. 그 산문에서 풍경을 보는 일과 풍경을 사는 일에 대해 말하면서 그것과 연관해 영화와 연극의 성격을 짧게 비교한 것이다. "연극은 관객의 참여가 없이는 안 된다는 말을 흔히들 한다. 그러나 영화는 연극에 비하면 참여의 면에서 훨씬 소극적이다. 이렇게 생각할 때 풍경을 보는 것은 영화에 속하고 풍경을 사는 것은 연극에 속한다는 생각이 든다." 이 진술에 기대 말하면 「죄와 벌」에는 시의 화자가 "셰익스피어 시대의" "에이프런식 무대"에 직접 올라와 풍경을 사는 시도를 하고 있는 셈이다. 시의 화자는 그 무대에서 끊임없이 관객의 시선을 통해 자신을 단속하는 역을 자처한다. 그리고 김수영은 반성의 포즈를 전혀 취하지 않는다.

따라서 이 작품이 도덕적인 관점에서 읽혀야 하는지에 대해서는 회의적이다. 일단 시의 화자가 라스콜리니코프적인 입장에서 사건을 서술하고 있다는 점에 유의하면서, 논의되고 있는 심급에서 한 계단 더 내려가야 하지 않을까 싶다. 이 작품이 단순히 자기폭로에만 머물러 있지 않기 때문이다. "— 아니 그보다도 먼저 / 아까운 것이 / 지우산을 현장에 버리고 온 일이었다"로 돌연

종료되면서 아직 씌어지지 않은 시가 더 있다는 느낌까지 갖게 한다. 김수영이 이 시의 마지막을 침묵으로 채운 것은 무슨 연유일까?

니체는 '선'과 '진실'을 대비시키면서 『차라투스트라는 이렇게 말했다』에서 이렇게 말한 적이 있다. "선한 자들은 결코 진실을 말하지 않는다. 그들처럼 선하게 되는 것, 정신에게는 그것이 하나의 병이다. 이 선한 자들은 양보하며 참고 견딘다. 그들의 마음은 따라 하며 그들의 바탕은 순종한다. 그러나 순종하는 자는 자기 자신의 목소리에 귀기울이지 않는다! 하나의 진리가 태어날 수 있기 위해서는 선한 자들이 악하다고 여기는 모든 것이 한데 모여야 한다." 또 『선악의 저편』에서 우리는 "왜 오히려 진리가 아닌 것을 원하지 않는가? 왜 불확실성을 원하지 않는가?"라고 물으면서 "삶의 조건으로 비진리를 용인하는 것, 이것이야말로 위험한 방식으로 습관화된 가치 감정에 저항하는 것을 의미한다"고 말했다.

문제는 "우산대로 / 여편네를 때려눕"힌 일이 정말 "삶의 조건"으로서의 비진리에 해당하는가에 있을 것인데, 그 전에 김수영은 스스로 가해자의 위치에 섬으로써 어떤 물음을 던지고 있는 것 같다. 이 작품에서 시의 화자의 행위가 얼마간 후경화되고 행위에 대한 심리 상태 즉 두려움과 뻔뻔함이 전경화되는 것은 바로 스스로 가해자가 되면서 던지고 싶은 물음 때문일 것이다. 시의 화자가 피해자의 입장에 섰을 때를 상상해보면 가해자의 위치에 서 있는 게 어떻게 문제적인지 다소 이해하기 쉬울 것이다. 피해자의 입장에 섰을 때 비윤리적인 행위는 너무도 쉽게 기성 윤리를 통해 비판할 수 있으며 그것은 도덕 일반에 머무르는 사태를 초래할 확률이 높다. 반대로 자신을 가해자의 입장에 세울 때, 즉 직접 라스콜리니코프가 되었을 때 '비진리'를 체험할 수 있으며, '비진리'의 냉혹함 속에서 '비진리'가 가리키는 심연을 볼 수 있게 된다. 그 심연에는 자기혐오가 웅크리고 있을 수도 있고, 가해자의 인면수심이 번득이고 있을 수도 있다. 아니면 우리가 진리라고 믿어 왔던 것의 토대가 드러날 수도 있다. 잔인한 방식이지만 '새로운 윤리'는 이런 모험을 통해 태어나기도 한다.

「죄와 벌」이 '가해의 역설'의 어느 지점까지 와 있는지는 판단하기 쉽지 않다. 왜냐하면 김수영은 끝내 가해자의 자리를 포기하지 않음으로써(지우산을 아까워하는 모습까지 보였다) 이 작품 전체를 하나의 '물음'으로 만들어버렸기 때문이다. 사실 마지막에 다른 언어를 첨부했다면, 아마도 반성의 포즈는 가능했을지 몰라도 '나쁜-좋은' 작품으로는 남지 않았을 것이다. 그의 메모대로 "나쁜 시만이 가슴에 / 남는다". '나쁜 시'는 소위 '좋은 시'에 대한 물음이고, 비진리는 진리에 대한 도전일 수 있다. 김수영이 실제로 아내를 폭행했는가 여부만을 따진다면 애당초 김수영이 이 작품을 쓰게 된 의도를 간과하는 것이며, 아예 이 작품을 시로 보지 않고 시인의 일기로 읽겠다는 것을 의미한다. 시인의 자기고백적 시가 그렇게 취급되는 것은 부당한 일이다.

나에게 놋주발보다도 더 쨍쨍 울리는 추억이 있는 한……

1963년 즈음부터 김수영은 자신의 새로운 시적 인식을 다양한 방식으로 확인하고 있다. 하지만 단순한 형식 실험을 통해서가 아니었다. 자신의 실존 문제와 문명에 대한 비판적 성찰, 나아가 존재론적 문제까지 김수영의 시적 인식은 전방위적이고 동시에 전위적이었다. 형식에 있어서도 자기풍자나 고발에 머물지 않고 위트와 유머까지 포함시키기 시작했다.

「거대한 뿌리」는 본인이 직접 밝힌 대로 "이사벨라 버드 비숍"의 책을 읽고 받은 영감으로 써 내려간 작품이다. 2018년 봄에 새로 발간된 재개정판 전집에는 이와 관련된 산문이 발굴·수록되었는데 「내실에 감금된 애욕의 탄식 — 여성의 욕망과 그 한국적 비극」이 그것이다. 이 산문에서 김수영은 "버드 비숍이라는 영국 여자의 『한국과 그 인방(隣邦)』"을 읽고 있음을 말하고 있다. 재밌는 것은 그 다음 문장인데, "이 저자는 1893년에 우리나라에 와서, 전국의 방방곡곡을 답사하고 외국 여자로서는 최초의 방대한 한국 기행문을 남겨 놓았는데 어떤 대목은 우리들이 뻔히 다 알고 있는 일이면서도 포복절도할 지경의 재미있는 데가 많다"고 적었다.

이 짧은 독후감과 「거대한 뿌리」는 그 정조가 전혀 다르다. 산문에서는 『한국과 그 인방(隣邦)』을 읽으며 도리어 세태 비평을 하고 있는 셈인데, 시에서는 보다 근원적인 문제 제기를 하고 있기 때문이다. 산문에서 밝힌 어떤 소감이 시에 투영되어 있다면 그것은 유머이다. 그런데 그 유머는 단순한 해학이 아니다. 어두운 현실을 뒤집고 있는 힘이라는 게 「거대한 뿌리」의 특징이다. 그것이 드러난 게 바로 4연이다. 따라서 4연의 거침없는 욕설과 과거에 대한 긍정이 "단정적 선언의 돌연함과 공소함"(강연호)이라고는 보기 힘들다. 시는 본질적으로 시인의 다른 페르소나가 사건을 해석, 표현하면서 "단정적 선언"이 충분히 가능한 장르이다. 따라서 "단정적 선언"이 문제가 될 수는 없다. 중요한 것은 "단정적 선언"이 독자에게 어떤 변이를 가져오느냐에 있고, 만일 그 변이가 유의미하다면 어떻게 그것이 가능한지 살펴봐야 한다.

이 작품은 단절된 시간을 통해 존재하는 현재, 그래서 "썩어 빠진 대한민국"에 대한 비판이며 근대와 진보란 이름으로 서둘러 매장해버린 "더러운 역사"와 "더러운 전통"에 대한 긍정이다. 산문「내실에 감금된 애욕의 탄식 — 여성의 욕망과 그 한국적 비극」에서도 나타나고 있듯이 김수영에게 1960년대 중반의 한국 사회는 끔찍한 획일화와 통속화로 빠져들고 있는 사회였다. 그런데 이런 근대 문명에 대한 인식은 집중적이고 수미일관하지는 않지만 1960년대 중반 즈음에 들어와 김수영이 예민하게 인식하고 있던 문제이기도 했다. 따라서 「거대한 뿌리」에서 "진보주의자와/사회주의자"도 "통일도 중립"도, 그러니까 그 당시에 봤을 때에는 상당히 앞선 시대정신들도 비판의 대상이 되는 것은 김수영 특유의 시간관 때문이라고 봐야 한다. "나에게 놋주발보다도 더 쨍쨍 울리는 추억"이라고 해서 그가 과거를 단순히 '상기'하고 있다고 읽는 것은 큰 착오이다.

> 나는 이사벨라 버드 비숍 여사와 연애하고 있다 그녀는
> 1893년에 조선을 처음 방문한 영국 왕립지학협회 회원이다
> 그녀는 인경전의 종소리가 울리면 장안의
> 남자들이 모조리 사라지고 갑자기 부녀자의 세계로
> 화하는 극적인 서울을 보았다 이 아름다운 시간에는
> 남자로서 거리를 무단통행할 수 있는 것은 교군꾼,
> 내시, 외국인의 종놈, 관리들뿐이었다 그리고
> 심야에는 여자는 사라지고 남자가 다시 오입을 하러
> 활보하고 나선다고 이런 기이한 관습을 가진 나라를
> 세계 다른 곳에서는 본 일이 없다고
> 천하를 호령한 민비는 한번도 장안 외출을 하지 못했다

고……

전통은 아무리 더러운 전통이라도 좋다 나는 광화문
네거리에서 시구문의 진창을 연상하고 인환(寅煥)네
처갓집 옆의 지금은 매립한 개울에서 아낙네들이
양잿물 솥에 불을 지피며 빨래하던 시절을 생각하고
이 우울한 시대를 파라다이스처럼 생각한다
버드 비숍 여사를 안 뒤부터는 썩어 빠진 대한민국이
괴롭지 않다 오히려 황송하다 역사는 아무리
더러운 역사라도 좋다
진창은 아무리 더러운 진창이라도 좋다
나에게 놋주발보다도 더 쨍쨍 울리는 추억이
있는 한 인간은 영원하고 사랑도 그렇다

비숍 여사와 연애를 하고 있는 동안에는 진보주의자와
사회주의자는 네에미 씹이다 통일도 중립도 개좆이다
은밀도 심오도 학구도 체면도 인습도 치안국
으로 가라 동양척식회사, 일본영사관, 대한민국 관리,
아이스크림은 미국놈 좆대강이나 빨아라 그러나
요강, 망건, 장죽, 종묘상, 장전, 구리개 약방, 신전,
피혁점, 곰보, 애꾸, 애 못 낳는 여자, 무식쟁이,

이 모든 무수한 반동이 좋다

이 땅에 발을 붙이기 위해서는

— 제3인도교의 물속에 박은 철근 기둥도 내가 내 땅에

박는 거대한 뿌리에 비하면 좀벌레의 솜털

내가 내 땅에 박는 거대한 뿌리에 비하면

—「거대한 뿌리」 부분

　'상기'는 단지 회고이며, 회고는 과거를 특권화해 현재를 누추
하게만 할 뿐이다. 이런 맥락에서 봤을 때 「거대한 뿌리」는 시종
"쟁쟁 울리는" 리듬과 속도로 짜여 있고, 과거를 특권화해 현재
를 누추하게 한다기보다 현재에 잠재된 시간으로서의 과거를 활
성화해 시 전체에, 그러니까 현재에 생기를 불어넣고 있다. 물론
과거의 "우울한 시대를 파라다이스처럼 생각한다"고 말하고 있
지만, 이것은 반어일 뿐이다. "더러운 역사", "더러운 진창"은 대
한민국의 근대가 과거를 능멸하는 수사밖에 되지 않는다. 이것
에 편승하는 "은밀도 심오도 학구도 체면도 인습도 치안국/으
로 가라 동양척식회사, 일본영사관, 대한민국 관리,/아이스크림
은 미국놈 좆대강이나 빨아라". 김수영은 대한민국 근대의 본체
가 일본제국주의와 미국의 식민지와 신식민지 지배체제임을 잘
알고 있었다. (1961년 5·16쿠데타 직전에 쓴 것으로 보이는 「들어라

양키들아 ─ 쿠바의 소리」라는 산문을 보라!)

「거대한 뿌리」에는, 혁명 이전에 자신의 삶과 어떤 식으로든 대치하고 있었던 근대가 과거의 역사와 전통을 뭉개고 등장한 것이며, 근대의 희생자는 바로 민중이란 인식이 예리하고 또 통렬하게 표현되어 있다. 근대라는 시간이 "더러운 역사", "더러운 전통"이라 부르는 존재들은 바로 "요강, 망건, 장죽, 종묘상, 장전, 구리개 약방, 신전,/피혁점, 곰보, 애꾸, 애 못 낳는 여자, 무식쟁이"들이 면면히 이어온 역사이다. 김수영은 근대가 창안한, 과거를 폄훼하는 언어들을 그대로 사용하면서 그것들을 되돌려주고 있는 방식을 취한다. 사실 이런 방식 자체가 하나의 유머이다. 「거대한 뿌리」에 유머가 있다고 한 것은 이런 의미에서이기도 하다. 2연에서 제시한 그 당시의 상황의 복기도 그렇지만 4연의 전무후무한 욕설도 익살맞기는 마찬가지이다. 만일 여기에 유머가 없었다면 우리는 도리어 불쾌감을 느꼈을 것이다.

들뢰즈는 "익살의 모험"은 "표면을 위한 심층과 상층의 이중적 파기, 이것은 우선 스토아적 현자의 모험이지만 그 후 그리고 다른 맥락에서는 선(禪)의 모험이기도 하다"고 말한 적이 있다. 그리고 그것은 "유명한 화두, 선문답, '공안(公案)'은 기호 작용들의 부조리함을 증명하며 지시 작용들의 무의미를 가리킨다"고 덧붙였다. 「거대한 뿌리」에서 근대가 개발한 "기호 작용들"과 "지시 작용들"이 부조리하고 무의미하게 되는 것을 확인하는 일은 어렵지 않다. 이러한 맥락에서 「거대한 뿌리」는 김수영 시의 후반 기를 여는 작품이라고 해도 무방할 것이다. 물론 느닷없이 튀어 나온 작품인 것은 아니다. 나는 이 앞에 「반달」과 「죄와 벌」을 놓는 입장인데, 세 작품이 별개의 작품인 것은 맞지만, 김수영은 눈도 끔쩍하지 않고 이런 작품을 쓸 정도의 강자가 되어가고 있었다는 의미에서 그렇다. 따라서 「거대한 뿌리」 1연에서 김병욱더러 "일본 대학에 다니면서 4년 동안을 제철회사에서/노동을 한 강자(强者)다"고 한 말은 우회적인 자기지시일 수도 있다. 약자는 강자를 인식하지 못한다. 강자만 강자를 알아볼 수 있는 것이다.

하지만 그의 현실은 온갖 소소함으로 가득 차 있었다. 속물화와도 싸워야 했고 거짓과 허위와도 싸워야 했다. 생계 수단으로 시작한 양계는 도리어 "원고료를 다 쓸어 넣어도 나오는 것이 없"을 정도였다. 이참에 토끼를 키워봐야 하나 생활의 고민도 끊이질 않았다. 그러나 김수영은 이런저런 고생에 대해서 섣부른 불만이나 부정의식을 가지지 않았다. "그렇지만 나는 양계를 통해서 노동의 엄숙함과 그 즐거움을 경험했습니다"(산문 「양계 변명」)고 말할 수 있었고, 자신은 "무슨 일이든 얼마가 남느냐보다도 얼마나 힘이 드느냐를 먼저 생각하는 버릇이 있"(산문 「토끼」)다고 말할 줄도 알게 되었다. 또 「장마 풍경」에서는 다음과 같은 인상적인 발언을 한다.

'사람은 바빠야 한다.'는 철학을 나는 범속한 철학이라고 보지 않는다. 풍경을 볼 때도 바쁘게 보는 풍경이 좋다. 일을 하다가 잠깐 쉬는 동안에 보는 풍경. 그리고 다시 아무렇지도 않은 듯이 일을 계속하게 하는 풍경. 다시 말하자면 그것은 일을 하면서 보는 풍경인 동시에 풍경 속에서 일을 하는 것이다. 수양버들이 늘어진 연못가의 기름진 푸른 잔디 그늘에서 피크닉을 나온 부인이 부지런히 뜨개질을 하고 있는 영화의 장면 같은 것은 나에게는 평범한 풍경이면서도 결코 평범한 풍경이 아니다. 풍경을 보는 것도 좋지만 풍경을 사는 것은 더 좋다.

여기서 우리가 읽을 수 있는 것은 삶에 대한 그의 건강함이다. 아마도 이런 건강함이 「거위 소리」를 쓰게 하고, 1966년 작 「눈」을 쓰게 했을 것이다. 「거위 소리」의 전문은 아래와 같다.

거위의 울음소리는
밤에도 여자의 호마색 원피스를 바람에 나부끼게 하고
강물이 흐르게 하고
꽃이 피게 하고
웃는 얼굴을 더 웃게 하고
죽은 사람을 되살아나게 한다

　"거위의 울음소리"와 맞물리는 생활의 분주함에서 사물의 운동과 변화, 그리고 그것에 대한 긍정이 피어오른다. 이 작품은 긴 설명을 필요로 하지 않을 정도로 그것을 간명하게 표현하고 있다. 표면상으로는 "거위의 울음소리"가 '나부끼다' '흐르다' '꽃 피다' '더 웃다'의 원인인 것처럼 보이지만 사실은 한 행에 표현된 각 사건들은 그물처럼 서로 엉켜 있다. 심지어 죽음까지도.

김수영 시와 자연

　또 이에 상응하는 짧은 작품으로 「이사」가 있다. 아마도 같은 동네를 벗어나지 않는 이사를 어느 날 단행한 것으로 추정되는데, "이제 나의 방의 옆방은 자연이다 / 푸석한 암석이 쌓인 산기슭이 / 그치는 곳"이다. 그리고 "거기에는 반드시 구름이 있고 / 갯벌에 고인 게으른 물이 / 벌레가 뜰 때마다 눈을 껌벅거"리기도 하는 곳이다. 이 시는 평범한 생활시임에 분명하다. 하지만 "아내는 집들이를 한다고 / 저녁 대신 뻘건 팥죽을 쑬 것이다" 같은 생생한 묘사는 어떤 건강함이 없으면 전달되기 힘든 것이다.

　김수영에게서 선병질적인 도시 시인의 면모만 떠올리는 것은 온당치 않은 일이다. 가난한 그의 삶과 시를 실질적으로 지탱해 준 것은 바로 서강의 자연이었다. 1950년대부터 이어져 온 짧은 그의 서정시는 대부분 자연으로부터 얻은 영감이 바탕이다. 굳이 짧은 서정시뿐만이 아니라 그의 시에서 자연의 흔적을 찾아내는 것은 그리 어려운 일이 아니다. 1956년에 발표된 「여름 아침」의 2연은 다음과 같다.

물을 뜨러 나온 아내의 얼굴은

어느 틈에 저렇게 검어졌는지 모르나

차차 시골 동리 사람들의 얼굴을 닮아 간다

뜨거워질 햇살이 산 위를 걸어 내려온다

가장 아름다운 이기적인 시간 위에서

나는 나의 검게 타야 할 정신을 생각하며

구별을 용사(容赦)하지 않는

밭고랑 사이를 무겁게 걸어간다

—「여름 아침」 부분

이 구절에서 눈에 띄는 것은 "시골 동리 사람들의 얼굴을 닮아" 가는 "아내의 얼굴"보다 시의 화자의 "검게 타야 할 정신"이다. 이 진술은 점점 "뜨거워질 햇살"에 자신의 정신을 내어놓겠다는, 아니 이미 내어놓았다는 의미를 함축한다. 이것은 변용이다. "검게 타야 할 정신"이란 떠오르는 그대로 '건강'을 의미한다. 아직 이 즈음의 김수영 시는 도회지 시인의 "고뇌"를 극복하지 못했지만 "차라리 숙련이 없는 영혼이 되어 / 씨를 뿌리고 밭을 갈고 가래질을 하고 고물개질을 하자"는 다짐에서 자연에 기대 삶의 건강을 회복하려는 태도를 확인할 수 있다. 물론 직접 농사를 짓는 문제와 시적 표현은 꼭 동일한 뜻을 갖는 게 아니지만 말이다.

그 이듬해인 1957년에 발표된 「채소밭 가에서」는 조금 더 구체적이다. 작품은 마치 아이들이 부르는 동요처럼 "기운을 주라"는 독려를 반복하는 구조를 가지고 있는데, 단지 "채소밭" 때문만이 아니라 구조의 단순성이라든지 작품 전체에서 느끼는 기운 자체가 "강바람"이 부는 "채소밭 가에" 읽는 이가 서 있는 것 같은 감각을 준다. 「초봄의 뜰 안에」에서는 서강으로 이전 후 시작한 양계 경험이 처음 노출되기도 한다. "보석 같은 아내와 아들은 / 화롯불을 피워 가며 병아리를 기르고"가 그것이다. 그 앞 연에서는 "영혼보다도 더 새로운 해빙의 파편"이라는 싱그러운 표현이 등장하는데, 자연은 김수영의 몸에 언제나 새로운 공기를 주입했던 것 같다. 특히 1950년대에는 그것이 더욱 도드라진다. 아마 김수영 자신이 1950년대 내내 삶과 시의 돌파구를 관념적으로 탐색하였기에 상대적으로 더 대비되어 나타난 효과일지 모르지만 말이다.

조금 난삽한 작품이지만, 「말복」에서는 자연에 더 많이 개방된 영혼의 상태를 드러낸다. 여기에서는 자연에 동화되어가는 김수영의 모습이 확인된다. 물론 지금 시의 화자가 무엇과 격투를 벌이는지는 불분명하다. 다만 자연에 완전히 동일화되는 것을 김수영은 패배로 인식하고 있었던 것 같다. 일단 2연을 보자.

물소리는 먼 하늘을 찢고 달아난다
바람이 바람을 쫓고 생명을 쫓는다
강아지풀 사이에 가지는 익고
인가 사이에서 기적처럼 자라나는 무성한 버드나무
연녹색,
하늘의 빛보다도 분간 못할 놈……

―「말복」 부분

그 다음 연은 2연의 단순 변주이다. 3연의 마지막 행은 "죽음의 빛인지도 모르는 놈……"인데 보다시피 이 작품에서 시의 화자의 정서는 자연에 빨려 들어가고 있음을 알 수 있다. 그래서 "거역하라"고 연이어 외치지만 "나는 졌노라"라고 인정한다. "자연은 '여행'을 하지 않는다"는 진술에 비춰보면 자연의 필연성에 어떤 억압을 느끼면서 동시에 동일화되는 것도 피하기 힘들다는 사실을 인정하고 있는 듯하다. 이 작품의 마지막 행 "영원한 한숨이여"는 그것을 어느 정도 보증한다.

자연에 대한 항복(?)은 「사치」에 와서이다. 자신이 자연에게 동일화되는 것을 경계하고 있는 것은 "영원히 나 자신을 고쳐 가야 할 운명과 사명"을 자연의 필연성이 무화시킬 수 있기 때문이다. 자연에 동일화되면서 시가 단순하게 자연을 찬미하는 역할에 머물고 마는 경우는 허다하다. "영원히 나 자신을 고쳐 가야 할 운명과 사명"이 피할 수 없는 역사적 조건과 현실에 대한 응전을 통해서라면, 자연의 필연은 그것들을 왜소하게 만들 수 있는 개연성을 갖는다. 왜냐하면 역사적 시간은 자연적 필연성에서가 아니라 어떤 우연성의 굽이침에 의해 구성되기 때문이다. 사실 우연과 필연이 이렇게 쉽게 나뉠 수 있는 것은 아니다. 자연의 필연도 우연의 누적 때문일 수 있으며, 역사의 우연도 그것이 누적·반복되다 보면 거대한 필연으로 될 수 있기 때문이다. 그러나 인간의 지성은 사고할 수 있는 한계가 명확하므로 그 사고 범위 안에서만 판단할 수 있다. 이것은 시인에게도 마찬가지이다.

당연히 김수영의 모더니즘도 자신의 시간을 중심으로 놓을 수밖에 없는바, 자신의 시간을 중심으로 한다면 그것은 바로 근대적 시간이지 자연의 시간은 충분히 아닐 수 있다. 하지만 역사의 시간을 자연의 시간이 언제든 흔들어 놓을 수 있듯이 김수영의 근대적 시간도 자연의 시간에서 자유로울 수는 없었다. 사실 자연의 시간을 배제한 역사의 시간은 대부분 하나의 이데올로기이다.

여기서 '자연에 대한 항복(?)'이라고 표현한 것은 다음과 같은 구절 때문이다.

> 자연이 하라는 대로 나는 할 뿐이다
> 그리고 자연이 느끼라는 대로 느끼고
> 나는 실망하지 않을 것이다

> —「사치」부분

이제 설령 자연의 명령에 따르는 것이 문명을 대하는 자세에 의도치 않은 변화를 주더라도 그것에 너무 얽매이지 않겠다는 것이다. 물론 「사치」는 자연에 순응하는 조화로운 삶을 살자는 내용이 아니다. 단지 주어진 생활에 대한 소소한 긍정을 말하고 있으며, 또 아내에 대한 성적 욕망을 담박하니 표현하고 있는 작품이다. 하지만 시의 화자는 분명 그 성적 욕망마저 자연의 원리로 받아들이고 있다. "발이라도 씻고 보자 / 냉수도 마시자 / 맑은 공기도 마시어 두자"는 시의 화자가 자연화되어 가는 한 단면을 보여주고 있다. 자연의 질서를 받아들였다고 해서 김수영이 자연을 찬양하는 로맨티스트로 변한 것은 당연히 아니다. "자연이 하라

는 대로"하고, "자연이 느끼라는 대로 느끼"는 것이 "사치"라고
말하는 것을 봤을 때, 그럴 리는 만무하다. 4장에서 살펴봤듯이
이즈음 김수영의 내면에 가득 찬 것은 "설움"이었음도 잊지 말아
야 할 것이다.

　도리어 김수영이 자연을 받아들이는 것은 문명에 대적하기 위
한 다른 힘이 필요해서일 것이다. 물론 의식적으로 그런 시도를
했다는 것은 아니다. 1958~1959년에 들어와서 그가 침잠에 빠
져들고 있다는 것은 여러 시편에서 확인되는데, 그것을 뚫고 도
약할 수 있는 받침돌은 여간해서 발견되지 않았다. 그에게 자연
은 문명에 대적하기 위한 강력한 응원군이 되지 못했다. 왜냐하
면 자연은 무엇인가 종잡을 수 없는 존재이기 때문이다. 그러나
달리 생각해 보면, 하이데거의 말대로, 근대적 인간에게 자연은
그 자체로 '열린 장'이라기보다 '앞에 세워야 할 것', 즉 대상화
해야 할 것인지도 모른다. 도회지인인 김수영에게 자연은 만만치
않은 존재였다. 「가옥 찬가」 처음은 이렇게 시작된다. "무더운 자
연 속에서 / 검은 손과 발에 마구 상처를 입고 와서". 동시에 자연
은 그에게 도회에서 얻지 못한 힘과 상처도 줬다. 그러나 그 힘과
상처는 문명의 적이 될 수 없었던 것으로 보인다.

　자연을 보지 않고 자연을 사랑하라
　목가가 여기 있다고 외쳐라

폭풍의 목가가 여기 있다고 외쳐라

—「가옥 찬가」 부분

큰 목소리에 비해 어딘지 모르게 공허한 울림 같은 느낌이 드는 것은 아마 김수영이 문명과 자연 사이에서 배회하고 있어서일 것이다. 심지어 「싸리꽃 핀 벌판」 같은 시에서는 "피로는 도회뿐만 아니라 시골에도 있다"고 말한다. 「미스터 리에게」에서 "문명에 대항하는 비결은 / 당신 자신이 문명이 되는 것이다"라고 말할 때, 그의 상상력은 문명에 제한되어 있음도 드러난다. 여기까지 보면 자연은 김수영에게 양가적인 존재이다. 1955년 즈음은 자연을 통해 삶의 건강이 회복되던 시절이었고 1958년을 지나면서는 자연이 갖는 현실적 힘이란 없거나 확실치 않다는 인식이 우세했던 것 같다. 따지고 보면 김수영에게 자연은 불가피한 생활의 선택이었지 "영원히 나 자신을 고쳐 가야 할 운명과 사명"의 여정과 함께하는 것은 아니었다. 그런데 과연 그런가?

침잠된 김수영의 존재 역량이 수직으로 솟구치게 된 것은 4·19 혁명을 통해서였음은 굳이 반복할 필요가 없다. 급진적인 정치시가 쏟아져 나올 때에도 김수영의 집은 여전히 서강에 있었고 양계는 멈출 수 없었다. 따라서 그의 혁명시에서도 생활의 경험이 묻어 있는 것은 당연한 일이었던 것이다.

'4월 혁명'이 끝나고 또 시작되고

끝나고 또 시작되고 끝나고 또 시작되는 것은

잿님이 할아버지가 상추씨, 아욱씨, 근대씨를 뿌린 다음에

호박씨, 배추씨, 무씨를 또 뿌리고

호박씨, 배추씨를 뿌린 다음에

시금치씨, 파씨를 또 뿌리는

석양에 비쳐 눈부신

일 년 열두 달 쉬는 법이 없는

걸찍한 강변밭 같기도 할 것이니

—「가다오 나가다오」부분

　　1960년 4월 혁명의 복판에서 씌어진 작품인데, 김수영은 혁
명의 과정을 자연의 어떤 순리와 그것에 맞춰 살아가는 모습으
로 비유하고 있다. 혁명이 어떤 굴곡을 거쳐야 하고 어떤 양태들
을 중간중간 보여야 하는지에 대해서는 섣불리 예언할 일은 아니
다. 김수영은 여기서 혁명은 자연의 일상처럼 단속(斷續)적으로
진행되어야 한다는 것을 말하고 있는바, 과연 이런 비유가 김수
영의 자연에 대한 경험, 즉 서강 생활에서 '검게 탄 정신'이 없었
다면 가능했을까? 시인의 경험이 언어의 질료가 되는 것은 어떠

한 경우에도 변하지 않는다. 다만 그 질료를 어떻게 다루느냐 또는 어떤 해석의 도구로 쓰느냐에 따라 시의 스타일이 달라질 뿐이다. 김수영의 자연 경험이 곧바로 김수영 시의 스타일을 규정한 것처럼은 보이지 않는다. 그러나 김수영의 작품 곳곳에서 그 경험이 꿈틀대고 있는 것을 확인하는 것은 어렵지 않다.

김수영이 자연의 리듬과 운동에 완전히 빠질 수 없었던 것은, 서강이라는 곳도 사실 서울의 외곽 지역일 뿐 농촌 지역이라고 부르기 힘든 곳이어서일 것이다. 대도시의 변두리에 위치한 자연이 자연 자체에 몰두할 수 있는 환경을 만들어주지는 않았을 것이다. 하지만 이런 변두리 경험이 김수영의 정동을 더 독특하게 조성했을 것이며 근대 문명에 대해 예민한 인식을 갖게 해줄 만큼의 거리는 확보하게 해줬다고 해도 무리한 억측은 아니다. 이는 경이로운 정신과 문명이 접경지대에서 출몰한 역사적 예들을 떠올려 보면 이해하기 용이할 것이다.

「이사」에서 김수영이 말하고 싶었던 것은 자연을 문명에 동일시해서도 안 되며 "생활의 주기"를 자연에 동일화시켜서도 안 된다는 것이다. "이제 나의 방의 옆방은 자연"이지만 "그것이 보기 싫어지기 전에 / 그것을 차단할 / 가까운 거리의 부엌문"을 두려는 것은 그런 의도이다. 자연법칙을 무비판적으로 받아들이게 되면 역사는 공허해지면서 공연한 소음덩어리로 전락할 수 있기 때문에 김수영의 정신은 자연과도 긴장을 가지려고 했다. 왜냐하면

"사람을 사람을 사랑하던 날"(「여름밤」)은 역사 속에서 구체화될 수밖에 없기 때문이다. 정신의 젖줄을 자연과 역사에 동시에 대는 것, 이게 어쩌면 "썩은 문명"에 대항한다고 "소모한" 김수영의 "온 정신"(「꽃잎」)이었을지도…….

이런 의미에서 새로 읽을 수 있는 작품이 「여름밤」이다. 이 작품의 화자가 살고 있는 것은 도회지의 복판이 아니다. 여기에서 야말로 자연법칙에 한 발짝 다가서는데, 중요한 것은 "지상"을 "하늘"에서 바라보고 있지 않다는 점이다. 도리어 "지상의 소음이" "하늘의 소음"을 불러들인다. 시의 화자는 "소나기가 지나"는 어느 '여름밤'에 그것을 깨닫는다. "사람이 사람을 사랑하다 남은" 힘이 "하늘에도 천둥이" 있게 한다는 상상은 후반기의 김수영이 '사랑'을 하나의 역사적 법칙, 나아가 존재론으로 삼고 있음을 추가로 입증해준다. 물론 이 작품에는 자연에 대한 직접적인 묘사나 재현이 없다. 있다면 "소나기가 지나고 바람이 불듯 / 하더니 또 안 불고" 같은 실감나는 구절이다. 소나기가 지나가서 바람이 불 줄 알았더니 안 불고 다시 후텁지근해지는 '여름밤'은 우리가 자주 겪는 경험이기도 하다.

　　사람이 사람을 아끼는 날
　　소음이 더욱 번성하다 남은 날
　　사람이 사람을 사랑하던 날

소음이 더욱 번성하기 전날
우리는 언제나 소음의 2층

땅의 2층이 하늘인 것처럼
이렇게 인정(人情)의 하늘이 가까워진
일이 없다 남을 불쌍히 생각함은
나를 불쌍히 생각함이라
나와 또 나의 아들까지도

사람이 사람을 사랑하다 남은 날
땅에만 소음이 있는 줄 알았더니
하늘에도 천둥이, 우리의 귀가
들을 수 없는 더 큰 천둥이 있는 줄
알았다 그것이 먼저 있는 줄 알았다

—「여름밤」부분

아무튼 「여름밤」도 자연과 상호작용하는 김수영의 정신이 무
엇인지 적절하게 보여준다고 할 수 있다. 자연법칙에 곧이곧대로
순응하는 과정을 거부하고 자연법칙을 역사적 현실로 끌어내림
으로써 역사를 시로 끌어올리는 의도치 않은 실험을 하고 있다고

해도 과장은 아닐 것이다. 하늘을 땅으로 끌어내린다고 해서 단순히 하늘을 땅에 복속시키는 것도 아니다. 여기서 분명히 김수영은 "우리의 귀가 / 들을 수 없는 더 큰 천둥이 있는 줄 / 알았다 그것이 먼저 있는 줄 알았다"고 하는데, 역사의 시간 이전에 자연의 시간이 선험적으로 존재하는 것을 인정하고 있는 것이다. 다만 그는 땅을 하늘에 복속시키는 것을 반대하면서 "지상의 소음이 번성"해야 그때 "하늘의 소음도 번쩍인다"고 정확히 쓰고 있다. 다르게 말하면 하늘과 땅은 서로 조응하는 관계이지 선행 / 후행의 관계가 아니다.

마지막 작품 「풀」도 그러한 관점에서 다시 읽을 필요가 있다. 자세한 분석은 뒤에서 자세히 하겠지만, 일단 「풀」을 감상하는 데 첫 번째 감안해야 할 점은, 시의 화자가 현재 "비를 몰아오는 동풍에" 풀이 나부끼는 현장에 서 있다는 사실이다. 물론 이는 하나의 가설이며 제안이다. 시 작품을 통해 시인이 처한 직접적 상황을 곧바로 안다는 것은 본질적인 문제가 아니다. 다만 김수영이 바람에 나부끼는 풀밭을 경험한 것은 확실해 보인다.

이 작품에서 "울었다", "웃는다" 같은 의인화된 표현 빼고는 모두 풀의 동작 그대로임을 아무런 의심 없이 받아들이고 읽을 필요가 있다. 그러면 남는 것은 풀의 동작뿐이며, 그 동작이 만들어내는 속도와 리듬뿐이다. 물론 풀의 동작은 자기원인 때문에 일어나지 않는다. 사실 자기원인이란 것은 초월주의에나 있을 법한 가설이다. 이 작품에서는 바람과의 관계를 통해서 풀이 운동하고 있다. 그리고 바람과의 관계에, "빨리", "먼저", "늦게" 같은 부사를 통해 시간적 차이를 불어넣음으로써 속도와 리듬을 생성시켰고 그 속도와 리듬만으로도 「풀」은 시의 신체를 갖는다. 나는 이게 「풀」을 읽는 데 있어서 첫 번째 통과해야 할 해석의 단계라고 생각한다.

그런데 과연 「풀」이 복잡한 정신과 관념으로 조직된 것일까? 앞에서 바람과 풀의 관계에 시간적 차이를 기입함으로써 속도와 리듬을 생성했다고 했지만, 이런 이해는 언제나 사후적이다. 시인이 시를 쓸 때 그것까지 '이성적으로' 계산하면서 쓰는 것은 아니다. 이성적 계산, 김수영 식으로 한다면 '운산(運算)'이 있을 수 있다면 그것은 탈고의 과정에서 벌어지는 일이지 실제로 시가 촉발되거나 시가 시인의 내면에서 격렬한 운동을 하는 과정에서는 벌어지지 않는다. 리듬과 속도는 바로 이 시의 운동 과정에서, 시가 시인의 몸에서 풀려나오는 중에 대체로 형성된다.

김수영 자신도 1965년에 쓴 산문 「진정한 현대성의 지향 ― 박태진의 시 세계」에서 "이 시에 나타나 있는 현대성은 육체에서 나오고 있는 것이다. 그것은 시를 쓰기 전에 준비되어 있는 것이다. 우리 시단에서 가장 아쉬운 것이 이것이다. 진정한 현대성은 생활과 육체 속에 자각되어 있는 것이고, 그 때문에 그 가치는 현대를 넘어선 영원과 접한다"라고 썼다. 시는 시인이 시를 쓰는 순간 이전에 존재한다. 그것을 시인은 격렬한 자기운동을 통해 작품으로 직조해낼 뿐이다. 정확히 말하면 작품으로 직조해내는 순간도 잠재적 상태로서의 시와 격렬히 운동하는 것이며, 더 정확히 말하면 시를 쓰지 않는 순간에도 시인은 이성과 감성의 종합을 통해서, '온몸'을 통해서 (의미 이전의) 무의미 혹은 (진리 이전의) 비진리와 운동한다. 시인은 시를 쓰는 상태를 말하는 것이 아니다. 진부하게 들리겠지만, 시를 사는 존재가 시인이다.

「풀」은 명확히 김수영의 자연 경험에 의해 최초에 촉발되었다. 그렇지 않다면, 즉 바람에 풀들이 일제히 나부끼는 현장에 있어 보지 않았다면, 풀의 동작을 통해 이렇게 생생한 속도와 리듬을 만들어내지 못한다. 거기에 김수영의 세계 인식과 존재론이 스며드는 것은 그 현장 이후에, 그러니까 시를 쓰는 과정에서이다. 나는 이것을 '시의 유물론적 원리'라고 부르고 싶다. 이것은 시가 경험에 의해서만 씌어진다는 소박한 경험주의를 말하는 것이 아니다. 도리어 경험을 통해 재구성된 시인의 몸에 의해서 드디어 작품화된다고 말하는 게 정확할 것이다.

그런데 김수영의 시에서 자연의 흔적을 찾으려는 노력에 작위적인 의도가 있는 것은 아닌가? 어차피 우리의 외부 전체가 자연이며 자연의 영향하에서 무관할 수가 없는 것인데, 굳이 자연의 흔적을 찾으려는 것은 이데올로기적 욕심 아닌가? 이 같은 의심들은 있을 수 있다. 하지만 앞서 살펴봤듯이 김수영의 시에 자연의 필연성이 스며 있거나 문명에서는 기대할 수 없는 원시적인 활력이 존재하는 것도 사실이다. 또 자기 밖의 세계에 대해 가끔 경외를 갖거나 동시에 그 경외를 스스로 점검하는 모습도 보여주었다. 이는 김수영이 자연을 명백히 타자로 인식했다는 것을 의미한다. 타자는 이질적 존재이나 인간의 특징이 자연의 속성 중 일부를 표현하고 있는 점을 고려하면 자연이라는 타자가 갖는 이질성은 오랜 문명의 시간이 심어준 환영일지 모른다. 따라서 근대 문명에게서 받은 자신의 상처를 자연에게서 위로받고 건강을 얻는 것은 의외로 자연스러운 일이다. 그러나 한편으로는 그런 소박한 건강에 취하는 것은 직접적 현실인 문명 세계에 대한 "나타와 안정"이 된다. 사실 "나타와 안정"에 머무는 것은 건강함이 아니라 병듦이 아닐까? 만일 문학에 목적이란 게 있다면, 들뢰즈가 말한 것처럼, "건강 창조나 민족의 창출, 다시 말해서 삶의 가능성을 이끌어내는 것"(「문학과 삶」)이 아닐까? 한 번 더 말하지만 김수영의 기획은 자연과 역사를 정신적으로 통합하는 것이었다. 그것은 "영원히 나 자신을 고쳐 가야 할 운명과 사명"과 같은 말이다. 자연과 역사 중 어느 하나를 버리는 순간 정신이 기형이 되는 것은 필연적이라고 그는 분명 인식하고 있었다. 직접적으로 진술하지는 않았지만 그의 어떤 작품들은 그것을 뚜렷이 증명하고 있다.

젊음과 늙음이
엇갈리는 순간

삶의 후반기에 즉 1965년 여름에 발표되는 작품들에서 '사랑'
이란 시어가 눈에 띄기 시작하고 그 비중과 무게가 만만치 않아
지는 것은, 어쩌면 이러한 건강이 부쩍 증강해서일지도 모른다.
거기에다 「말」에서 보이듯 죽음에 대한 철학적 성찰이 더해지면
서 김수영의 '사랑'은 그 내포까지 달라진다. 다시 말하면 삶과 죽
음을 동시에 긍정할 수 있는 힘이 곧 '사랑'인 것이다. 삶을 버리
는 게 죽음이거나 죽음을 회피하는 게 삶인 것은 아니다. '프롤로
그'에서도 말했지만, 실상 「말」은 죽음에 대한 시가 아니다. 도리
어 생명에 대한 시다. 그런데 그 생명은 죽음을 통과함으로써 가
능한 것이다. "내 몸은 내 몸이 아니다"나 "나의 질서는 죽음의 질
서 / 온 세상이 죽음의 가치로 변해 버렸다"는 죽음을 가리키지
만 "죽음을 꿰뚫는 가장 무력한 말"을 거쳐 "겨울의 말이자 봄의
말"에 이르러서는 삶이 된다. 이 새로운 삶의 말은 종국에 가서는
"이제 내 말은 내 말이 아니다"가 된다. 김춘수의 무의미시를 비
판하면서 "모든 진정한 시는 무의미한 시이다"(산문 「변한 것과 변
하지 않은 것 — 1966년의 시」)고 말할 때, 여기에는 김수영 특유의
삶과 죽음의 변증법적 통찰이 펼쳐져 있다.

그런데 이런 비인칭적 사태로의 도약은 사랑에 의해서만 가능

하고 달리 말하면 비인칭적 사태로의 도약 자체가 김수영에게는 '사랑'인 것이다. 이런 사태는「현대식 교량」에서도 나타난다. "죄가 많은 다리"를 통해서 도리어 "새로운 역사"를 발견하는데, 김수영은 그것을 "늙음과 젊음의 분간이 서지 않는" 순간이라 부른다. 그리고 그것을 다시 "사랑"이라 부르는데, 그러니까 이제 김수영에게 '사랑'은 심리적 상태를 가리키는 것도 아니고 그렇다고 해서 관능을 가리키는 것도 아니다. 여기서 김수영만의 '사랑의 존재론'이 탄생한다. 한 발짝 더 내딛어 말한다면 존재의 희열과 통하는 게 그의 '사랑'인 것이다. 하지만「현대식 교량」에서도 나타나듯 김수영의 '사랑의 존재론'은 역사적 사건을 통해서 태어났다. 식민지의 흔적 위에서 "젊음과 늙음이 엇갈리는 순간"을 통해 배우는 사랑을 "새로운 역사"라고 자신 있게 말하고 있지 않은가? 심지어 "적을 형제로 만드는 실증(實證)"에 경이로움을 느끼고 있지 않은가?

> 그러나 문제는 이러한 반항에 있지 않다
> 저 젊은이들의 나에 대한 사랑에 있다
> 아니 신용이라고 해도 된다
> "선생님 이야기는 20년 전 이야기이지요"
> 할 때마다 나는 그들의 나이를 찬찬히
> 소급해 가면서 새로운 여유를 느낀다

새로운 역사라고 해도 좋다

이런 경이는 나를 늙게 하는 동시에 젊게 한다

아니 늙게 하지도 젊게 하지도 않는다

이 다리 밑에서 엇갈리는 기차처럼

늙음과 젊음의 분간이 서지 않는다

다리는 이러한 정지의 증인이다

젊음과 늙음이 엇갈리는 순간

그러한 속력과 속력의 정돈 속에서

다리는 사랑을 배운다

정말 희한한 일이다

나는 이제 적을 형제로 만드는 실증(實證)을

똑똑하게 천천히 보았으니까!

— 「현대식 교량」 부분

　「미역국」을 보면 "미역국 위에 뜨는 기름이 / 우리의 역사를 가르쳐 준다". 여기서 "우리의 역사"는 "우리의 환희"에 다름 아니다. "우리의 역사"가 "우리의 환희"일 때는 현재의 아주 사소한 것마저 "영원"으로 느껴진다. 왜냐하면 "풀 속에서는 노란 꽃이" 지는 일이나 "바람 소리"까지도 훗날의 "환희"가 될 가능성이 있기 때문이다. 이것을 인식하는 순간 "해는 청교도가 대륙 동부에 상륙한 날보다 밝다". 이것은 기존의 인식에 다른 인식의 불이 들어오는 찰나를 표현한다. 비록 이 순간의 언어가 "서걱거리"고 있다고 해도 싸울 수 있는 역량이 충전된다. "서걱거리는 말"은 그래서 "전투의/소리"인 것이다.

그런데 시의 화자는 어떻게 "미역국" 앞에서 "우리의 역사를" 배우는가? 미역국이 생일날 밥상에 올라오는 우리의 풍습을 떠올릴 필요가 있을 것 같다. 시의 화자는 이 미역국을 통해 탄생의 순간으로 거슬러 올라가고 있는 것이다. 3연에서 "미역국은 인생을 거꾸로 걷게 한다"는 이것을 암시한다. 시의 화자가 단지 미역국을 통해 옛일을 상기하고 있다고 읽는 것은 오독이 되는데, 왜냐하면 실질적으로 자신의 "삼십 대보다는 약간 젊어졌다"고 말하기 때문이다. 시의 화자는 명백히 성숙이나 성장을 말하고 있는 게 아니라 '젊음'을 노래하고 있다. 역사의 시간에 대해 긍지를 갖는 순간 우리는 더 젊어진다는 이런 인식은 시간이란 "통째 움직인다"는 데에 다다른다. 이것이 "빈궁(貧窮)의/소리"라고 하는 것은, 역사적 시간의 재인식이라는 "환희"가 현재의 "빈궁"마저 그 의미를 달라지게 한다는 뜻을 함축하고 있는 것으로 읽힌다. 김수영이 발견한 빈궁, 즉 가난의 역설이기도 하다. 아니 도리어 "환희"는 빈궁이며, 그것은 삶의 전부이다. 빈궁이 삶의 전부일 때 "구슬픈 조상"은 지나간 과거가 아니게 된다. 네그리는 "가

난과 사랑은 서로 긴밀하게 연결되어 있음이 당연하다. 에로스가 비참의 아들이어서가 아니다"면서 "가난 없이는 사랑도 없다. 가난에 대해서 말하는 것은 어떤 면에서는 사랑에 대해서 말하는 것이다"(『혁명의 시간』)고 말한 적이 있다.

「미역국」의 마지막이 "인생도 인생의 부분도 통째로 움직인다 — 우리는 그것을/결혼의 소리라고 부른다"인 것은, 역사적 시간의 재인식이 곧 "환희"이며 이 "환희"는 우리를 "빈궁"하게 하는데, 우리가 "빈궁"할 때만이 사랑이 가능하다는 것을 역설하고 있다. 이런 인식은 「현대식 교량」에서 말한 "늙음과 젊음의 분간이 서지 않는" 것이나 "젊음과 늙음이 엇갈리는 순간"의 연장이며 그 심화이다. 이렇게 그의 사랑의 존재론은 막연하고 추상적인 것이 아니라 역사적 시간에 대한 재인식을 통해, 지나간 과거까지 "통째" 긍정하게 되면서 이른 결과였던 것이다. 이것은 분명 시간의 경첩에서 그의 시적 인식이 자유로워졌음을 의미한다.

이는 분명 「거대한 뿌리」의 진전이며 「거대한 뿌리」가 「사랑의 변주곡」 쪽으로 흐르고 있다는 방증이기도 하다. 따라서 「거대한 뿌리」, 「현대식 교량」, 「미역국」, 「사랑의 뿌리」는 같은 계열의 작품으로 불릴 수 있으며 역사적 시간에 대한 재인식이 어떻게 사랑의 존재론으로 흐르는지 보여주고 있다고 봐야 한다. 이 사랑의 존재론이 없었다면 「꽃잎」 연작이나 「여름밤」 그리고 「풀」이 가능했을까? 물론 「풀」이 중요한 것은 다른 쪽의 흐름들, 즉 자연 경험이나 생명에 대한 인식이 더해지고 거기에 철학적 사유가 그 깊이를 얹어주었기 때문이다. 다시 말하면 김수영 자신의 시-예술에 대한 지성과 역사적 시간에 대한 긍정, 그리고 거기서 시작된 사랑에 대한 사유가 뒤섞인 결정체로서 「풀」을 볼수 있다는 말이다.

시적 인식과 산문적 인식은 사실 하나가 선행하고 다른 하나가 그 뒤를 따르는 방식으로 서로를 보완하거나 아니면 각자 다른 층위에서 각자의 목소리를 내다가 훗날 만나기도 한다. 다른 말로 하면 한 편의 시에는 산문적인 인식이 시의 형식을 흔들려고 하지만 시적 인식은 그 산문적 인식을 때로는 은폐하고 때로는 탈은폐하면서 '밝혀준다'. 이 은폐와 탈은폐의 아슬아슬한 경계 위에서 작품이라는 꽃이 핀다. 「시여, 침을 뱉어라」에서 김수영은 그 점을 명확히 하고 있다.

산문이란, 세계의 개진이다. 이 말은 사랑의 유보로서의 '노래'의 매력만큼 매력적인 말이다. 시에 있어서의 산문의 확대 작업은 '노래'의 유보성에 대해서는 침공(侵攻)적이고 의식적이다. 우리들은 시에 있어서의 내용과 형식의 관계를 생각할 때, 내용과 형식의 동일성을 공간적으로 상상해서, 내용이 반, 형식이 반이라는 식으로 도식화해서 생각해서는 아니 된다. '노래'의 유보성, 즉 예술성이 무의식적이고 은성적(隱性的)이기는 하지만 그것은 반이 아니다. 예술성의 편에서는 하나의 시 작품은 자기의 전부이고, 산문의 편, 즉 현실성의 편에서도 하나의 작품은 자기의 전부이다. 시의 본질은 이러한 개진과 은폐의, 세계와 대지의 양극의 긴장 위에 서 있는 것이다.

흔히 김수영이 영향 받았다는 하이데거의 흔적으로 거론되는 구절이지만, 정작 중요한 것은 하이데거의 흔적이냐 아니냐가 아니라 그의 시에 배어 있는 산문적 인식을 이해하는 데 큰 도움이 된다는 점이다. 시에 도입된 산문적 인식은 단순한 현상이 아니다. 그의 시에 도입된 산문적 인식은 시의 형식을 향해 자유가 없다고 소리를 지르고 형식은 완고한 노래성(性)을 조금씩 허물며, 그러니까 다른 형식이 되어 작품이 성립된다. 본질은 시에 기입된 산문적 인식이다. 산문적 인식이란 곧 구체적 현실에 대한 지성을 의미한다. 시적 양식을 재배치하는 것은 바로 시인의 산문적 인식이지 예술(주의)적 실험이 아니다. "시적 인식이란 새로운 진실(즉 새로운 리얼리티)의 발견이며 사물을 보는 새로운 눈과 각도의 발견"(「시적 인식과 새로움」)이라는 지적이나 "난해시가 나쁘다는 것이 아니라 난해시처럼 꾸며 쓰는 시가 나쁘다"(「포즈의 폐해」)는 김수영의 힐난은 그것을 의미한다.

7

사랑의 기술

한번 잔인해 봐라

　1965년에서 1966년에 발표되었거나 씌어진 작품에는 이외에도 생활의 천착을 통해 발견한 새로운 진실에 대한 인식이 빛나는 작품들이 섞여 있다. 확실히 1960년대 중반부터는 그가 전쟁 이후에 느꼈던 비애와 설움, 혁명과 반동의 시간을 지나면서 보여줬던 급박함, 맹렬함, 절망 등에서 벗어나 시도하는 시적 모험이 눈에 띈다. 역사적 시간에 대한 새로운 인식을 통해 '사랑'을 발견한 동시에 「적 1」, 「적 2」, 「절망」, 「잔인의 초」 등을 통해 존재론적 인식의 진전을 꾀했던 것이다. 예컨대 적잖이 회자되곤 하는 「절망」 같은 작품에서는 어떤 변신을 시의 화자가 모색하고 있음을 간결하게 보여주고 있다.

　　풍경이 풍경을 반성하지 않는 것처럼

곰팡이 곰팡을 반성하지 않는 것처럼

여름이 여름을 반성하지 않는 것처럼

속도가 속도를 반성하지 않는 것처럼

졸렬과 수치가 그들 자신을 반성하지 않는 것처럼

바람은 딴 데에서 오고

구원은 예기치 않은 순간에 오고

절망은 끝까지 그 자신을 반성하지 않는다

—「절망」전문

이 작품은, 변신은 동일성의 세계에서는 이루어지지 않는다는 메시지를 핵심으로 갖고 있다. 변함없이(?) 반복되는 "풍경"이나 스스로 번식하는 "곰팡"처럼 외부적 사건이 개입하지 않으면 "반성"은 없고 따라서 변신도 없다. 외부적 사건의 개입이 갖는 의미에 대해서는 그가 이미 지난 시절에 뼈저리게 경험한 것이다. 그런 것이 없는 일상에서는 "졸렬과 수치"만 창궐한다. "바람은 딴 데에서 오"는 것, 즉 동일성의 바깥에서 존재론적 사태는 온다. 하지만 그것은 기획하거나 의지적으로 끌어들일 수는 없는 것이다. "오늘의 적으로 내일의 적을 쫓"고 "내일의 적으로 오늘의 적을 쫓"는 "태평"을 (「적 1」) 살고 있지만 "구원은 예기치 않은 순간에 오"는 것이다. 그것은 이미 김수영이 혁명의 "예기치 않은" 도래를 통해 경험하지 않았던가.

여기서 "구원"이 무엇을 의미하는지는 확실치 않다. 그러나 아무것도 반성하지 않고, 또 스스로 변신하지 못하는 고인 시간에 던져지는 돌멩이 같은 것이라고 상상해 볼 수는 있다. 또 "구원"은 존재의 문제이기도 하지만 역사적 시간에 대한 것이기도 하다. 「어느 날 고궁을 나오면서」나 「이 한국문학사」를 같은 시간대에 썼던 것을 감안하면 "구원"이 오롯이 형이상학적 문제만은 아닐 것이다. 도리어 1960년대의 김수영은, 자신의 생활과 사회적 현실을 통해 존재론적 문제와 새로운 역사적 시간의 문제를 동시에 사유하고 있었다고 봐야 한다. 여기서 '새로운 역사적 시간'이란 일종의 미래주의자가 품는 초월적 망상과는 아무런 관계가 없다.

「잔인의 초」는 김수영의 작품 전체에서 그렇게 주목할 만한 작품은 아니다. 메모 수준으로 보이기도 한다. 아마도 "6학년 놈" 정도 되는 (아마 아들인 듯 보이는) 어린아이와 벌였던 실랑이가 시의 소재가 된 듯한데, 다시 말하지만 김수영의 태작은 그 자체로 시적 광채를 발하지는 않으나 그의 인식이 어떻게 변화해 가는지 작은 단초를 품고 있다. "한번 잔인해 봐라"는 발언은 "잔인"을 통해 인식의 단절을 꾀하고자 하는 의도로 읽힌다. 자의였든 아니면 시대적 조건 때문이었든 김수영은 줄곧 이 "잔인"을 통해 단절을 꾀하면서 나아간 것이 확실하다.

그의 "잔인"이 무엇보다 먼저 자기 자신에게 행해졌음은 물론이다. 니체는『선악의 저편』에서 "우리가 '더 높은 문화'라고 부르는 거의 모든 것은 **잔인함**이 정신화되고 심화한 데 바탕을 둔 것이다"(강조—원문)라고 하면서 다음과 같이 덧붙였다.

투기장에서의 로마인, 십자가의 황홀함 속에 있는 그리스 도교인, 화형이나 투우를 보고 있는 스페인, 비극으로 돌진하는 오늘날의 일본인, 피비린내 나는 혁명에 대한 향수를 갖고 있는 파리 변두리의 노동자, 의지가 풀린 채〈트리스탄과 이졸데(Tristan und Isolde)〉를 '참으면서 보고 있는' 바그너광 여자들——이 모든 이가 즐기고 비밀스러운 욕정에 휩싸여 마시려고 노력하는 것은 '잔인함'이라는 위대한 마녀의 약초술이다. 이 경우 우리는 물론 잔인성이란 **타인의** 고통을 바라보는 데서 생기는 것이라고 가르칠 수밖에 없었던 과거의 어리석은 심리학을 추방해야만 한다 : 자기 자신의 고통, 자기 자신을 스스로 괴롭힌다는 것에도 풍부한, 넘칠 정도의 풍부한 즐거움이 있다.——그리고 페니키아인이나 금욕주의자에게서처럼, 오직 인간이 종교적 의미로서의 자기부정이나 자기훼손을 하도록, 또는 일반적으로 관능과 육체를 부정하고 참회하도록, 청교도적인 참회의 발작, 양심의 해부, 파스칼적인 지성을 희생하도록 설득되는 경우 그는 자신의 잔인함에 의해 **자**

기 자신을 향한 저 위험한 잔인성의 전율에 은밀히 유혹되고 앞으로 내몰리는 것이다. 마지막으로 생각해보아야 할 것은, 인식하는 사람 자신도 정신의 성향에 **반하여** 그리고 가끔은 자신의 마음에서 원하는 소망에 거슬리면서까지 인식하는 것을——즉 스스로가 긍정하고 사랑하고 숭배하고 싶어하는데도 아니오라고 말하는 것을——스스로의 정신에 강요함으로써 잔인함의 예술가와 변용자로 존재한다는 사실이다. 이미 그렇게 깊이 철저하게 파고들어 생각한다는 것은 끊임없이 가상과 표면적인 것을 향하고자 하는 정신의 근본의지에 대한 폭력이며 고통을 주고자 함이다.——이미 모든 인식의 의욕에는 한 방울의 잔인성이 포함되어 있는 것이다.(강조—원문)

니체가 보기에 "한 방울의 잔인성이 포함"되어 있지 않은 인식의 진전이란 불가능하다. 김수영이 산문을 통해서 잔인하다 싶을 정도로 동시대의 후진성을 비판하는 것도 김수영 자신이 "잔인성"을 도덕이나 인간적인 배려 차원에서 배격하지 않았다는 증거가 된다. 다만 시적으로 그것을 메모하듯 밝혀두었다는 점에서 「잔인의 초」는 흥미로운 작품이다. 그렇다고 해서 이 작품을 필요 이상으로 과대평가할 필요는 없다. "인식의 의욕에" 포함되어 있는 "한 방울의 잔인성"을 김수영이 생득적으로 가지고 있었던 것은 아닌가 하는 느낌은 그의 시적 여정을 따라가다 보면 확연히 다가온다.

김수영 자신도 1967년에 쓴 산문 「시적 인식과 새로움」에서 "인식은 본질적으로 새로운 것이다"라고 말한 바 있듯이 "인식의 의욕"은 곧바로 새로움에 대한 의욕인 것이다. 새로운 시는 결국 새로운 언어임을 감안할 때 새로운 언어에는 "한 방울의 잔인성"이 필요하다는 논리는 간단히 성립된다. 문제는 "위험한 잔인성의 전율"을 거부하는 일반적인 현상들이며 당연히 이런 일반적인 현상 속에서는 "예술가와 변용자"가 탄생하지 않는다. 다르게 말하면 「달나라의 장난」에서 "영원히 나 자신을 고쳐 가야 할 운명과 사명"을 말할 때, 거기에는 이미 "한 방울의 잔인성"이 포함되어 있었던 것이다. 당연하게도 그것은 "타인의 고통"과는 아무 상관이 없으며, 오로지 "자기 자신의 고통"을 의욕하는 것이다.

이런 "한 방울의 잔인성"은 현실에서 맞게 되는 아포리아(aporia)를 뒤집어서 받아들이는 힘을 낳는다. 예를 들어 식모의 "도벽이 발견되었을 때" "그녀뿐이 아니라" "천역(賤役)에 찌들린/나뿐만이 아니라" 온 가족이 "완성"된다는 역설을 발견할 수 있는 것이다.(「식모」) 식모의 "도벽"은 "그녀"를 부리는 시의 화자의 실존을 식모의 "도벽"과 맞춤으로써 관계가 강제로라도(?) 재조정된다. 이 재조정은 스스로는 못 하는 것이다. '식모의 도벽'이라는 외부적 사건이 "예기치 않은 순간에" 왔을 때에만 가능하다.

그래서 "완성되었다". 이런 역설적인 인식은 「네 얼굴은」에서도 다시 드러난다. 잃어버린 "환희"가 "허위의 상징"이었을 뿐임을 아는 순간이 "진리에 도달"한 시간이다. 즉 죽음을 통하지 않고는, 잔인한 단절을 통하지 않고는 나아갈 수 없다는 김수영의 단단한 인식이 이 작품에서도 잠깐 드러난다고 볼 수 있다.

사랑을 만드는 기술, 혁명의 기술

「사랑의 변주곡」은 "욕망이여 입을 열어라 그 속에서/사랑을 발견하겠다"로 시작된다. 임홍배에 의하면 「사랑의 변주곡」은 "흔히 김수영의 시에서 예외적으로 '낭만적 의식의 과잉'에 함몰된 시로 평가받기도" 한다고 한다. 일찍이 유종호도 이 작품을 가리켜 "우리 말로 씌어진 가장 도취적이고 환상적이며 장엄한 행복의 약속을 보여주고 있다"고 말한 적이 있다. "낭만적 의식의 과잉"이나 "도취적이고 환상적"이라는 지적은 그러나 김수영의 시적 인식이 5·16쿠데타 이후 분화되고 다시 종합되면서 복잡하게 계열화된 점을 짚지 못할 때 불충분한 것이 된다.

김수영이 「사랑의 변주곡」에서 말하고 싶었던 것은 무엇일까? 혹 과잉 그 자체나 도취는 아니었을까? 과잉은 무절제로 치환되어 비판받기보다 생산의 역동성을 표현한다는 맥락에서 재조명되어야 한다. 기존의 가치와 개념들을 전복하거나 그것에 새로운 힘을 불어넣는 것은 바로 과잉이기 때문이다. 여기서 새로운 힘을 불어넣는다는 것은 기존의 것들을 단순하게 개·보수하는 것을 뜻하지 않는다. 새로운 힘을 불어넣는다는 것은 그 대상들의 질적 전환을 꾀한다는 쪽에 더 가깝다. 따라서 과잉 그 자체가 부정적인 현상은 아니다. 문제는 언제나 그것의 방향이다. 그렇다면 「사랑의 변주곡」에서 보여준 김수영의 과잉은 무엇을 구성하고 있는 것일까.

비슷한 시기에 쓴 「VOGUE야」에서는 "신성을 지키는 시인의 자리 위에 또 하나/넓은 자리가 있었"다고 말한다. 비록 그것은 "섹스도 아"니고 "유물론도 아"니고 "선망조차도" 아니지만 그것을 향한 "아이들의 눈을 막은 죄"에 대해서 말한다. 마지막에는 "그리고 아들아 나는 아직도 너에게 할 말이" 있으나 "안 해야 한다고 생각했다"로 끝난다. 물론 철저한 반어이다. 'VOGUE'로 상징되는 자본주의적 욕망을 시의 화자는 줄곧 "신성을 지키는 시인의 자리"의 아래 굴복시켜왔다고 생각해 왔으나 현실은 그렇지 않았던 것이다. 그렇다면 "신성을 지키는 시인의 자리"와 'VOGUE'의 자리를 바꾸면 사태가 해결이 될까? 당연히 그것은 타락이나 또는 궁극적 패배가 된다. 그래서 김수영이 발명한 것이 "욕망"의 입을 벌리게 해 그 안에서 "사랑을 발견"하는 것이

다. 따라서 이 발언은 사랑이란 욕망의 힘을 통해 지탱된다는 속
화된 명제를 배격한다.

> 사랑의 기차가 지나갈 때마다 우리들의
> 슬픔처럼 자라나고 도야지우리의 밥찌끼
> 같은 서울의 등불을 무시한다
> 이제 가시밭, 넝쿨장미의 기나긴 가시 가지
> 까지도 사랑이다

— 「사랑의 변주곡」 부분

2연은 과잉을 분비하고 있는 어떤 이념에 대한 것이다. 그리고
여기에서 두 편의 다른 작품이 겹쳐 읽히는데 그것은 다름 아닌
1963년 작 「반달」과 그 다음 해인 1964년 작 「거대한 뿌리」이다.
「반달」은 "음악을 들으면 차밭의 앞뒤 시간이 / 가시처럼 생각된
다"로 시작하는데 단지 「사랑의 변주곡」에서도 보이는 "가시"라
는 어휘의 중복 사용 때문이 아니다. 비밀은 3연에 있다. 「반달」
의 3연은 다음과 같다.

> 음악을 들으면 차밭의 앞뒤 시간이
> 가시처럼 생각된다 그리고 그 가시가

점점 더 똑똑해진다 동산에 걸린

새 달에 비친 나뭇가지처럼

세계를 배경으로 한 나의 사상처럼

죄어든 인생의 윤곽과 비밀처럼……

곡은 무용곡 ─ 모든 음악은 무용곡이다

오오 폐허의 질서여 수치의 개가(凱歌)여

차나무 냄새여 어둠이여 소녀여

휴식의 휴식이여

분명해진 그 가시의 의미여

─「반달」부분

「반달」은 분명히 4·19혁명의 기억으로 쓴 작품인데, 처참하게 짓밟혀버린 혁명의 "폐허"와 "수치"를 통해서 얻은 역사적 시간에 대한 새로운 인식이 희미하게나마 울리고 있다. "음악"을 통해서 명료해지는 "차밭의 앞뒤 시간"이, 즉 지난 시간에 대한 기억이 "가시처럼" 아프게, 그러나 우울하지 않게 살아나고 있는 것이다. 여기서 "음악"은 이러한 운동을 시작하게 하니 당연히 "모든 음악은 무용곡"이 된다. 따라서 "음악"은 일종의 존재의 맥박과 같은 것이다. 바깥으로 선율을 이뤄 표현된 것이라기보다 내면에서 차차 자라나고 점점 커져 가는 내재율에 가깝다. 그런데 이 "음악"이 점점 자라나 끝내 「사랑의 변주곡」에서 '낭만의 과잉'을 이루는 리듬과 속도를 창출한 것은 아닐까?

「거대한 뿌리」는 김수영이 역사적 시간에 대한 긍정적 세계관을 확보한 것을 보여주는 작품이기도 하지만 동시에 "음악"의 실험을 시도한 작품이기도 하다. 어떻게 했던가? 그야말로 절제를 전혀 의식하지 않는 파토스가 분수처럼 솟구쳐 오르게 함으로써. 「거대한 뿌리」는 「사랑의 변주곡」에 선행해 이미 다른 방식으로 "기관포나 뗏목처럼 인생도 인생의 부분도 / 통째 움직인다"(「미역국」)는 것을 보여준 작품이다. 「거대한 뿌리」가 보여준 역사적 시간에 대한 대긍정이 하나의 물줄기를 이뤄 「사랑의 변주곡」으로 흘러 들어갔고, 「반달」에서 "폐허"와 "수치"를 뚫고 가시처럼 솟아난 "음악", 즉 존재의 내재율이 「사랑의 변주곡」에 보태진 것이라고 한다면 지나친 비약일까.

「사랑의 변주곡」이 「풀」과는 다른 맥락에서 김수영 시의 절정으로 읽히는 것은, 앞에서 말했듯, 5·16이라는 반혁명을 이후로 해저에서부터 여러 인식의 갈래들이 만들어지다가 그것들이 만나고 종합되면서 수면 위로 터진 화산 같기 때문이다. 무엇으로 종합했는가? 바로 "사랑"이다. 그래서 이를 일러 '사랑의 존재론'이라고 부른 것이며, 「사랑의 변주곡」 2연이 작품의 '이념'에 해당한다고 본 것이다. 또 그 사랑은 혁명(의 기억)을 통해 배운 것이다.

그런 다음 곧바로 3연에서 이렇게 말한다.

왜 이렇게 벅차게 사랑의 숲은 밀려닥치느냐
사랑의 음식이 사랑이라는 것을 알 때까지

— 「사랑의 변주곡」 부분

이념이 있으니 과잉은 무죄이며, 그 과잉은 파괴와 창조를 동시에 수행할 것이다. 이게 이념이 없는 과잉, 즉 광기와 구별되는 지점이다. '사랑의 존재론'은 일상마저 환희에 차게 한다. "사랑은 이어져 가는" 속성마저 있다. 그런데 이것은 언젠가 경험한 것이 아닌가.

사실 4·19 때에 나는 하늘과 땅 사이에서 통일을 느꼈소. 이 '느꼈다'는 것은 정말 느껴 본 일이 없는 사람이면 그 위대성을 모를 것이오. 그때는 정말 '남'도 '북'도 없고 '미국'도 '소련'도 아무 두려울 것이 없습디다. 하늘과 땅 사이가 온통 '자유 독립' 그것뿐입디다. 헐벗고 굶주린 사람들이 그처럼 아름다워 보일 수가 있습디까! 나의 온몸에는 티끌만 한 허위도 없습디다. 그러니까 나의 몸은 전부가 바로 '주장'입디다. '자유'입디다…….

‘4월’의 재산은 이러한 것이었소. 이남은 ‘4월’을 계기로 해서 다시 태어났고 그는 아직까지도 작열(灼熱)하고 있소. 맹렬히 치열하게 작열하고 있소.

— 산문 「저 하늘 열릴 때 — 김병욱 형에게」 부분

이게 “최근 우리들이 4·19에서 배운 기술”, “사랑을 만드는 기술”의 원체험이다. “그러나 이제 우리들은 소리 내어 외치지 않는다”. 왜냐하면 그것은 이제 우리의 ‘이념’이 되었기 때문이다. “예기치 않은 순간에” 오는 “구원”을 존재론으로 삼았기 때문이다. 들뢰즈는 『차이와 반복』에서 헤겔은 ‘이념’을 “드라마로 극화(劇化)하는 대신 어떤 개념들을 재현한다”면서 “어떤 거짓 연극, 거짓 드라마, 거짓 운동 등을 만들어내고 있”다고 비판한다. 반면 “시대를 앞서가는 연극인의 이념”, “연출자의 이념”은 “모든 재현을 넘어 정신을 뒤흔들 수 있는 어떤 운동을 작품 안에 생산해야 한다. 중요한 것은 운동 그 자체를 어떠한 중재도 없이 하나의 작품으로 만드는 것, 매개적인 재현들을 직접적인 기호들로 대체하는 것이다. 직접적으로 정신에 힘을 미치는 어떤 진동, 회전, 소용돌이, 중력들, 춤 또는 도약들을 고안”한다. 들뢰즈가 말하는 “연극인”, “연출자”는 일종의 비유이지만 삶과 세계를 하나의 알에서부터 개별화되어 나오는 드라마로 본다는 점에서 꼭 그렇지만

도 않다. 들뢰즈가 말하는 "연극인", "연출자"는 철학자이기도 하고 예술가, 시인이기도 하다.

복사씨와 살구씨와 곶감씨의 아름다운 단단함이여
고요함과 사랑이 이루어 놓은 폭풍의 간악한
신념이여
봄베이도 뉴욕도 서울도 마찬가지다
신념보다도 더 큰
내가 묻혀 사는 사랑의 위대한 도시에 비하면
너는 개미이냐

—「사랑의 변주곡」부분

여기서 "복사씨와 살구씨와 곶감씨"가 각각 무엇을 의미하는지 자구(字句)에 빠지는 것은 이 시를 가장 확실하게 오독하는 지름길이다. 김수영의 시에 대체로 해당되지만 자구에 대한 지나친 집착은 김수영이 그렇게 강조했던 '힘'을 사상시키고 지루한 분석 놀이에 빠질 위험성을 자초한다. 우리는 김수영의 시를 읽을 때 들뢰즈의 말대로 "어떤 진동, 회전, 소용돌이, 중력들, 춤 또는 도약들을" 먼저 느낄 필요가 있다. 5·16 직전에 쓴 것으로 추정되는 산문 「들어라 양키들아 — 쿠바의 소리」에서 이미 "혁명이라

는 것에 대한 관념이 한 시대 전과는 달라서 인제는 아주 일상다
반사가 되어 버렸다"고 말한 적이 있다. 즉 프랑스혁명이나 러시
아혁명처럼 스펙타클한 혁명의 이미지들도 어쩌면 낡은 것인지
모른다는 것이다.

낭만적 수사로 보일지는 모르겠으나 "복사씨와 살구씨와 곳
감씨의 아름다운 단단함이여 / 고요함과 사랑이 이루어 놓은 폭
풍의 간악한 / 신념이여"에서는, 오고 있는 혁명을 자기 경험으로
규정하지 않으려는 신중함도 동시에 느껴진다. 그것은 "신념보
다도 더 큰 / 내가 묻혀 사는 사랑의 위대한 도시에 비하면 / 너는
개미이냐"고 묻는 데서도 드러난다. "고요함과 사랑이 이루어 놓
은 폭풍"의 신념은 "간악"하기까지 하기 때문이다. "폭풍"은 어디
에서 어디로 불지 모른다.

벤야민은 일찍이 「역사의 개념에 대하여」에서 파울 클레의 그
림 〈새로운 천사(Angelus Novus)〉를 통해 천국에서 불어오고 있
는 "폭풍은 그의(천사의—인용자) 날개를 꼼짝달싹 못하게 할 정
도로 세차게 불어오기 때문에 천사는 날개를 접을 수도 없다. 이
폭풍은, 그가 등을 돌리고 있는 미래 쪽을 향하여 간단없이 그를
떠밀고 있으며, 반면 그의 앞에 쌓이는 잔해의 더미는 하늘까지
치솟고 있다. 우리가 진보라고 일컫는 것은 바로 이러한 폭풍을
두고 하는 말이다"라고 적은 적이 있다. 인식의 진전에 "한 방울
의 잔인성이 포함"되어 있듯이 역사의 "폭풍"에도 "간악함"이 포

함되어 있다. 그리고 김수영 자신이 그것을 경험하기도 했다. 그러면서도 김수영은 "사랑의 위대한 도시"를 외치면서 "욕망"의 입을 벌리게 해 "사랑을 발견하겠다"고 한다.

문제는 오고 있는 혁명은 구체적 현실과 만나고 나서야 그 모습을 드러낼 뿐, 완성된 모습으로 찾아오지 않는다는 점에 있다. 왜냐하면 혁명의 구체적 이미지는 지금 현실과의 투쟁 속에서 맺혀지는 역사적 결과이지 관념적으로 선재(先在)하는 게 아니다. 김수영이 이즈음 발견한 것은 바로 '씨'로서의 혁명이다. 그리고 그 '씨'는 단단하고 그만큼 고요하다. 다시 벤야민에 기대 말하자면, "역사적으로 파악된 것의 영양이 풍부한 열매는, 귀중하지만 맛이 없는 씨앗으로서의 시간을 그 내부에 간직하고 있다". "복사씨와 살구씨와 곶감씨"는 그러한 이미지로 읽을 수 있으며, 하필왜 "복사씨와 살구씨와 곶감씨"냐는 의문은, 그것들이 바로 김수영이 사랑하는 "무수한 반동"(「거대한 뿌리」)들의 구체적 삶에 깊이 내재해 있기 때문이라는 답으로 충분할 것이다. 혁명이 규정적이지 않을 때(규정적이지 않아야 그게 더 혁명의 '진실'에 가깝다) 지금 당장 할 일은 자신이 혁명적 존재가 되는 것밖에 없다. 혁명적 존재가 되지 않는 한 혁명은 오지 않거나 혹은 인지하지 못한 상태에서 지나가버린다.

6연에서 김수영은 "아버지 같은 잘못된 시간"이라는 표현을 쓰고 있는데, 이것은 그가 살아온 혹은 살고 있는 현실에서는 혁명에 실패했다는 것을 의식하고 있다는 반증이기도 하지만, 패배를 통해 얻은 게 있다는 뜻이기도 한데, 그 단단한 "고요함"이 그렇게 단순하지 않다는 긍지를 표현하고 있다. 따라서 "복사씨와 살구씨가/ 한번은 이렇게 / 사랑에 미쳐 날뛸 날이 올 거다"는 확신은 섣부른 예언이 아니다. 그것은 역사적 시간에 대한 긍정을 통해 미래의 어떤 시간을 예감하고 있는 것이라고 보아야 옳다. 그러나 예감에도 근거가 필요한 법이다. 김수영은 지난 혁명을 되새기면서 역사는 혁명의 '씨'를 준비하는 과정에 다름 아님을 깨달은 것이다. 그리고 그 '씨'끼리 "사랑에 미쳐 날뛸 날"이 바로 미래의 혁명임을 알았던 것이다. 그 '씨'는 그럼 구체적으로 무엇이라고 유추할 수 있을까? 그건 바로 "무수한 반동", 민중이다.

내 말을 믿으세요,
노란 꽃을

「사랑의 변주곡」 이후 그가 보여준 성취는 마치 고원(高原)의 이미지와 닮았다. 이것은 그의 시적 여정에서 반복적으로 나타나는 패턴이기도 하다. 충만한 긍지 속에서 그는 "고양이의 반짝거리는 푸른 눈망울"(「사랑의 변주곡」) 같은 시편들을 연달아 내놓는 경향이 있다. 그러나 1967년에 접어들면 그의 시는 고도로 난해해져서 철학적 사유를 동시에 병행해야 느낄 수 있고 해석이 가능한 작품들을 쏟아낸다. 2018년 봄에 나온 재개정판에서 「꽃잎」이라는 하나의 작품으로 바로잡힌 「꽃잎 1」, 「꽃잎 2」, 「꽃잎 3」은 대표적인 경우이다. 조금 용감하게 말한다면, 내가 보기에는 '꽃잎' 연작을 읽는 것 자체가 하나의 실험이다. 먼저 재개정판 이전에 「꽃잎 1」로 알려진 1장부터 읽어보기로 하자. 이 작품은 2연이 관건인데, 다음과 같다.

> 바람의 고개는 자기가 일어서는 줄
> 모르고 자기가 가 닿는 언덕을
> 모르고 거룩한 산에 가 닿기
> 전에는 즐거움을 모르고 조금
> 안 즐거움이 꽃으로 되어도
> 그저 조금 꺼졌다 깨어나고
>
> —「꽃잎」 제1장 부분

여기서 "바람"은 아무것도 모른다. "자기가 일어서는" 그 자체도 모르고 "자기가 가 닿는 언덕"도 모르고, "거룩한 산에 가 닿"으려는 과정의 "즐거움"도 모른다. 설령 그 "즐거움이 꽃으로 되어도" "조금" 움찔할 뿐이다. 자신마저 의식하지 못하는 이 식별

불가능한 존재는 사람이 아니지만 평범하게 우리 곁에 언제나 존재한다.("사람이 아닌 평범한 것" ― 1연 2행) 이 존재는, 2연에서는 "바람의 고개" 즉 "바람"이라고 했지만 그것은 그냥 불가피하게 붙인 이름일지도 모른다. 어쩌면 어떤 일렁임, 단지 잠재적인 존재가 현실화되는 과정에서 느낄 수 있는 기미 혹은 전조 같은 것이다. 그것은 애당초 언어로 포착하기 불가능한 것, 그래서 3연에서 '~ 같다'라고만 했을 수 있다.

> 언뜻 보기엔 임종의 생명 같고
> 바위를 뭉개고 떨어져 내릴
> 한 잎의 꽃잎 같고
> 혁명 같고
> 먼저 떨어져 내린 큰 바위 같고
> 나중에 떨어진 작은 꽃잎 같고
> 나중에 떨어져 내린 작은 꽃잎 같고

―「꽃잎」제1장 부분

하지만 김수영은 그 잠재적 세계가 현실화되는 어두운 전조를 "생명", "혁명", "큰 바위", "꽃잎"으로 최대한 드러내었다. 중요한 것은 그것을 명징하게 양각화하지 않았다는 점인데,「사랑의 변주곡」에서도 그랬듯이 '오고 있는 시간'에 최대한 개방을 하되 그것을 먼저 규정하지 않으려는 신중함 때문이다. 이미 그는 4·19혁명에 대한 "인식 착오"(산문 「치유될 기세도 없이」)를 경험하지 않았던가. 물론 여기서 김수영이 생각하는 '오고 있는 시간'이 4·19혁명 같은 정치·사회적 혁명만을 가리키지는 않는다. 그렇다고 해서 그러한 정치·사회적 차원의 혁명을 빼고 김수영을 관념주의자로 만드는 것도 그의 일면만 보는 것이다.

이러한 독해가 가능한 것은 「꽃잎 2」로 알려진 그 다음 부분 때문이다. 여기서 시의 화자는 능동적으로 "꽃을 주세요"라고 말한다. "우리의 고뇌를 위해서", "뜻밖의 일을 위해서", 그리고 "아까와는 다른 시간을 위해서". 김수영 시에서 나열 혹은 병렬은 논리적 이어짐이 매끈하지 않다. 그에게 이어짐 그 자체는 중요하지 않다. 보다 더 본질적인 것은 행과 행의 "연관"이고 그것이 빛나게 하기 위해 나열할 뿐이다. 다시 말하면 "시간만이 빛난다. 시간의 인식만이 빛난다".(「엔카운터지(誌)」) 행과 행의 연관만이 빛나고 그에 대한 인식만이 빛난다. 한 번은 "우리의 고뇌를 위해서" 꽃이 필요하고, 한 번은 "뜻밖의 일을 위해서" 꽃이 필요하고, 마지막 한 번은 "아까와는 다른 시간을 위해서" 필요한데, 하지만 이유는 그냥 한 가지이다. "예기치 않은 순간에" 오는 "구원"을 위해 우리의 삶에는 "꽃"이 필요한 것이다. 아니 "꽃"이 구원인 것이다. "꽃"이 사랑을 표현하고 사랑을 이어지게 하지 않는가?

"꽃"이 사랑을 불러들이고 '씨'를 맺게 하지 않는가?

그러나 그 "꽃"은 "금이 간 꽃"이고, "하얘져 **가는** 꽃"(강조—인용자), 심지어 "넓어져 **가는** 소란"이다.(강조—인용자) 화려하고 위대한 꽃이 아니라, 금이 갔더라도 움직이고 이행하는 중이라면 아무 상관이 없다. 중요한 것은 여기서 저기로 운동 '중'이라는 사실이다. 이 운동은 단지 나쁜 것에서 좋은 것으로, 덜 좋은 것들은 다 떨쳐내고 더 좋은 것으로 넘어가는 소위 진보가 아니다. 김수영이 빈약한 진보주의를 버린 것은 꽤 명확하다. 그에게 중요한 것은 운동과 변화 그 자체이다. 더러운 것과 더불어, 금이 간 것과 더불어, 소란과 더불어.

3연에서는 돌연 "주세요"가 아니라 "받으세요"로 변하는데 목소리의 주체가 바뀐 것인지 꽃을 주고받는 행동을 동시에 말하고 있는 것인지는 확실치 않다. "원수를 지우기 위해서", "우리가 아닌 것을 위해서", "거룩한 우연을 위해서", "노란 꽃을" 받으라는 것이다. 그리고 4연에서는 "꽃을 찾기 전의 것을 잊어버리"라고 말한다. "아까와는 다른 시간"을 위해서는 이전의 시간을 잊어버리라는 "한 방울의 잔인성"(니체)이 필요한 법이다. 그 다음에 우리가 가닿아야 할 곳은 믿음의 세계인데, 당연히 이것은 신앙의 세계가 아니라 긍지의 세계이다.

내 말을 믿으세요 노란 꽃을

못 보는 글자를 믿으세요 노란 꽃을

떨리는 글자를 믿으세요 노란 꽃을

영원히 떨리면서 빼먹은 모든 꽃잎을 믿으세요

보기 싫은 노란 꽃을

— 「꽃잎」 제2장 부분

이 연에서 "노란 꽃"의 정체(?)가 일부 밝혀진다. 그것은 "못 보는 글자"이며 "떨리는 글자"이다. 앞에서 말한 식별불가능한 세계는 지금도 역동적으로 펼쳐지고 있으니 그것을 믿으라는 이야기이다. '오고 있는 시간'은 시간의 운동을 봤을 때 필연적이다. 시간은 고여 있을 수 없고 존재 자체도 그렇다. 존재가 그렇다면 세계도 그렇고 우리의 내면도 그렇다. 나아가 역사도 그렇고 사회도 그렇다. 모든 것이 운동하고 변화하는 것이라면, 그 운동과 변화를 능동적으로 의지하고 보이지 않는 그 떨림을 포착하는 것이야말로 시의 숙명이다.

프랜시스 베이컨을 통해 자신의 예술철학을 펼친 들뢰즈는 『감각의 논리』에서 이런 말을 한 적이 있다.

다른 관점에서 보면 예술들의 분리, 그들의 상대적인 독립성 그리고 그들 사이의 위계적 우월성의 문제에는 아무 중요성도 없다. 왜냐하면 예술들의 공통성이 있고 그들에게 공통된 문제가 있기 때문이다. 음악과 마찬가지로 회화도, 즉 예술에서도 형을 발명하거나 재생산하는 것이 문제가 아니라 힘을 포착하는 것이 문제이다. 바로 그 때문에 그 어느 예술도 구상적이지 않다. "보이는 것을 보여 주는 것이 아니라 보이지 않는 것을 보이도록 한다."는 클레의 유명한 공식이 다른 것을 의미하는 것은 아니다. 회화의 임무는 보이지 않는 힘을 보이도록 하는 시도로 정의될 수 있다. 마찬가지로 음악도 보이지 않는 힘을 들리도록 하기 위해 노력한다. 이것은 명확하다.

3장에서는 1장이나 2장과는 다른 노래들이 펼쳐진다. 3장은 노랫말이 첨부된 악장과 같다고 할까. "순자"는 시의 화자의 집에 "고용을 살려 온" "열네 살" "소녀"다. "순자"는 "초록빛과 초록빛의 너무나 빠른 변화에 / 놀라 잠시 찾아오기를 그친 벌과 나비" 대신 왔다. 그 "순자"는 "꽃"과 "화원"과 그리고 "초록빛의 변화"에 상응해 당연히 변화·생성 중인 존재다. "순자"는 "소녀"인데, "소녀는 나이를 초월한" 존재이고 "어린애"도 "어른"도 아니다. 일종의 사이-존재인데, 서양 존재론에서 생성이 존재와 대립되는 개념임을 여기서 잠깐 떠올려보는 것도 나쁘지 않을 것 같다. 존재가 어떤 진리와 실체를 떠올리게 한다면, 생성은 비진리와 운동 또는 관계를 유비하기도 한다. 생성은 "어제 떨어진 꽃잎도 / 아니고", 즉 '떨어졌다'는 사실로 시간이 종료된 것도 아니고 도리어 "물 위에서 썩은 꽃잎"으로 화(化)해도 무방한데 그것마저 하나의 생성이기 때문이다. 여기서 김수영의 특이한 시간관념이 다시 엿보인다. "소녀는 나이를 초월한" 존재라는 것은 크로노스적 시간을 벗어난 다른 시간의 생성을 가리킨다. 즉 이 '다른 시간'에 대한 사유가 사실 「꽃잎」의 핵심이다. "썩는 빛이 황금빛에 닮은 것"은 바로 이것을 강하게 환기시킨다. 다시 말해, 떨어진 꽃잎이 물 위에서 썩는다 해도 이제 그것은 황금빛을 닮았다. 이런 극적 도약은 "순자" 때문에 가능했다. 즉 직접적인 인격체를 통해 추상적인 시간은 구체적 외형을 잠시나마 입게 되는 것이다. 이 점이 3장에 노랫말의 성격을 부여해준다.

구체적 외형이 되어 시의 화자 앞에 나타난 '다른 시간'은 이제 거꾸로 자기 자신을 비추는 거울이 된다. 우리는 거울을 통해 우리 자신을 확인하고 증명할 수 있다. 거울이 없다면 우리 자신의 모습은 오로지 관념을 통해서만 유추할 수밖에 없다. 과거가 현재를 규정한다는 명제에는 바로 이 거울 이미지를 과거가 맡을 수 있기 때문이다. 또 신이 존재 가능하려면 그 신이 우리를 비추어주는 거울이어야 한다. 거울이 되어주지 못하는 신은 '존재하다'라는 술어를 거느리지 못하며 술어가 없는 주어는 언표되지 않는다.

3연에서부터 "순자"가 "완성"한 '다른 시간'이 어떻게 시의 화자를 비추는 거울이 되는지 본격적으로 시작된다.

> 네가 물리친 썩은 문명의 두께
> 멀고도 가까운 그 어마어마한 낭비
> 그 낭비에 대항한다고 소모한
> 그 몇 갑절의 공허한 투자
> 대한민국의 전 재산인 나의 온 정신을
> 너는 비웃는다

—「꽃잎」제3장 부분

"썩은 문명의 두께"를 물리치는 것은 "순자" 같은 "소녀"다. 언제나 되고 있는(becoming) 시간이다. 무엇이 되는지, 어떻게 되는지 그것은 예단할 수 없고 예측할 수 없다. 오늘의 언어도 그렇게 '되고 있을' 뿐이다. 미래의 언어로 시를 쓴다는 것은 하나의 점술이거나 공허한 희구에 지나지 않는다. "바람의 고개는 자기가 일어서는 줄/모르고 자기가 가 닿는 언덕을/모르고 거룩한 산에 가 닿기/전에는 즐거움을"(「꽃잎」1장) 모른다. 그것은 "꽃을 주세요", "노란꽃을 주세요", "노란꽃을 받으세요"(「꽃잎」2장)라는 주술만 할 줄 안다. 존재를 운동에 의탁하는 긍지가 있기 때문이다.

314

'다른 시간'은 "썩은 문명의 두께"에 "대항한다고 소모한" "나의" "허위"와 "낭비"와 착각("애인 없는 더러운 고독")을 "비웃는다". 그것은 "물려받은 음탕한 전통"까지 "비웃는다". "둔갑한 영혼"은 너무도 간단하게 나가떨어진다. 마지막 연은 다음과 같은데 매우 의미심장한 의미를 함축하고 있다. 김수영 자신도 모르게 무의식적으로 무언가를 실토하고 있는 것이다.

>   캄캄한 소식의 실낱같은 완성
>
>   실낱같은 여름날이여
>
>   너무 간단해서 어처구니없이 웃는
>
>   너무 어처구니없이 간단한 진리에 웃는
>
>   너무 진리가 어처구니없이 간단해서 웃는
>
>   실낱같은 여름 바람의 아우성이여
>
>   실낱같은 여름 풀의 아우성이여
>
>   너무 쉬운 하얀 풀의 아우성이여
>
>   —「꽃잎」 제3장 부분

이 연의 이미지는 그의 마지막 작품인 「풀」과 이 작품 바로 직후 작품인 「여름밤」에서 다시 변주된다. 무엇보다 「풀」의 전조가 여기서 번쩍이는 것은 부인할 수 없을 것이다.

앞에서 인용한 3장의 마지막 연이 「풀」의 전조라고 말할 때는 김수영의 후기시에 존재하는 다른 계열들을 찾아내 밝혀내야 한다. 여기에서는 일단 한 가지만 짚어두기로 하자. 마지막 세 행에서 "바람의 아우성"과 "풀의 아우성"이 동시에 등장하고 있다는 점이다. 거기에 "풀의 아우성"은 반복·변주되고 있다. 시에도 결론이 있다면, 이 3장은 바로 "풀의 아우성"인 것이다. 이 작품은 연보에 의하면 「풀」보다 딱 1년 전인 1967년 5월에 씌어졌다.

이번 재개정판에서 「꽃잎」이 독립적인 작품이 아니라 한 작품에서 각 장으로 구성되었다고 밝혀낸 것은 「꽃잎」을 읽는 데 적잖은 변화를 가져다준다. 먼저 우리는 「꽃잎」을 교향곡의 구성처럼 읽을 수 있게 되었다. 그리고 각 장에서 리듬과 호흡이 달라지면서 그 의미도 따라 변화하고 있음을 알 수 있다. 1장은 서곡과도 같으면서 "꽃잎"은 뒷부분에서나 등장한다. 앞부분은, 비유하자면, 봄에 땅 아래에서 벌레가 움직이기 시작하는 듯한 기미를 그리고 있다. 그런데 그 기미는 아예 목적을 가지지 않고 있으며 그냥 "생명 같고" "혁명 같고" "작은 꽃잎" 같다고 말하고 있다. 그런데 2장에서는 "꽃을 주세요"를 되풀이한다. 물론 "받으세요", "잊어버리세요", "믿으세요"가 노란 꽃을 매개로 펼쳐지고 있지만, 그것은 "주세요"라고 말한 다음에 말해질 수 있는 것들이다. 이 모든 것이 "다른 시간"을 중심으로 소용돌이를 이루고 있다.

3장에서는 "다른 시간"을 적극적으로 현실화시킨 다음, 그것을 거울 삼아 시의 화자의 삶을 비춰본다. 무엇이 비춰졌을까? 거기에는 "실낱같은 여름 바람의 아우성"과 "실낱같은 여름 풀의 아우성"이 있었다. 정확히 바람과 풀이 뒤엉켜 만들어낸 "아우성"이다. 당연히 이 "아우성"은 김수영이 겪은 혁명의 아우성의 추상이다. 아니 추상이 아니라 어떤 잠재적 힘에 대한 환유이다. 형식적으로는, 3장은 1장에서 보여줬던 속도를 넘어서는 속도를 창출한다. 이 속도는 마지막 연에서 혼잣말처럼 웅얼거리며 힘을 재충전한다. '밖'으로 드러나는 '안'은 이렇게 '밖'을 휘감아 다시 '안'을 만든다. 펼쳐짐과 주름 잡힘의 반복, 이것이 영원회귀의 현대적 버전이며 이것은 힘의 표출과 힘의 충전을 동시에 진행한다.

더 큰 싸움,
더, 더, 더 큰 싸움

1968년에 들어 쓴 산문 「반시론」에서 김수영은 이렇게 말했다.

그전에는 무엇을 쓸 때 옆에서 식구들이 누구든지 부스럭거리기만 해도 신경질을 부렸는데 요즘은 그다지 마음에 걸리지도 않고, 오히려 훼방을 좀 놓아 주었으면 하는 생각이다. 그것이 약이 되고 작품에 뜻하지 않은 구명대의 역할을 해 주기도 한다. 잡음은 인간적이다. 그것은 너그러운 폭을 준다. 잘못하면 몰살을 당할 우려가 있지만, 잡음에 몰살을 당할 만한 연약한 시는 낳지 않아도 후회가 안 될 것 같다.

그래서 나는 서재가 없다. 일부러 서재로 쓰던 방을 내놓고 안방에 와서 일을 한다. 그전에는 잡음 중에도 옆에서 밥을 먹거나 무엇을 씹는 소리가 가장 싫었는데, 요즘에는 그것에도 면역이 된 셈이다. 정 방해가 될 때면 일손을 멈추고 잡담을 한다.

이런 인식은 "지상의 소음이 번성하는 날은 / 하늘의 소음도 번쩍인다"(「여름밤」)는 표현과 공명하는 바가 있다. 이런 공명에서 '어떤 것'이 나타난다. 이 '어떤 것'은 구체적인 사물일 수도 있고, 사람의 마음 상태일 수도 있고, 현실의 계기일 수도 있고, 역사적 사건일 수도 있다. 존재하는 모든 것은 단수로서 실존할 수 없다. 김수영의 후기시에서, 특히 1967~1968년의 시에서 이것은 집중적으로 나타난다. 사물이 단수로서 실존할 수 없다는 사실은 사물과 사물 사이에는 에로스가 언제나 흐르고 있다는 것을 말한다. 이게 김수영의 '사랑의 존재론'이다. 「꽃잎」 제3장에서 발견한 "아우성"도 결국 사랑을 통해서 가능한 것은 아니었을까?

사람이 사람을 사랑하다 남은 날

땅에만 소음이 있는 줄 알았더니

하늘에도 천둥이, 우리의 귀가

들을 수 없는 더 큰 천둥이 있는 줄

알았다 그것이 먼저 있는 줄 알았다

　　　　　　　　　　　　—「여름밤」 부분

"땅에만 소음이 있는 줄 알았"는데 "하늘에도 천둥이" 있음을 알게 된 것도 결국 "사람을 사랑"한 다음이다. "순자"를 사랑한 다음에 '바람과 풀'의 아우성을 알게 된 것과 같은 이치이다. 확실히 「사랑의 변주곡」에 비할 급박함은 없지만 김수영의 사랑이 어느만큼 나아갔는지 「여름밤」은 여실히 보여준다. "소음에 시달린 마당 한구석에 / 철 늦게 핀 여름 장미"는 오직 "사랑" 때문에 피어난 것이다.

여러모로 「반시론」은 중요한 산문이다. 제목부터가 심상치 않기도 하거니와, 그 제목에 값하는 결론은 이 산문의 마지막 단락에 들어 있다.

귀납과 연역, 내포와 외연, 비호(庇護)와 무비호, 유심론과 유물론, 과거와 미래, 남과 북, 시와 반시의 대극의 긴장. 무한

한 순환. 원주(圓周)의 확대. 곡예와 곡예의 혈투. 뮤리엘 스파
크와 스푸트니크의 싸움. 릴케와 브레히트의 싸움. 앨비와 보
즈네센스키의 싸움. 더 큰 싸움, 더 큰 싸움, 더, 더, 더 큰 싸
움…… 반시론의 반어.

당연히 이 문장을 이해하려면 그 앞부분을 온전히 읽어내야
하지만, 사실 이 산문 자체가 시적이어서 명료한 독해는 쉽지
않다. 여기서는 「반시론」을 이해하기 위해 공을 들이기보다는
1968년 여름의 김수영의 시를 이해하기 위한 하나의 보조 텍스
트로만 삼겠다. 그것만 해도 충분하기도 하지만, 그럼으로써 이
산문에 다가가는 의외의 길을 찾을 수도 있다고 판단하기 때문이
다. 일단 「의자가 많아서 걸린다」에서 눈치챌 수 있듯 김수영의
이때쯤 생활에는 예전과는 다른 "여유"가 생긴 것 같다. 그 "여
유"에 대한 반발을 그 자신은 "적극적 감금 생활"이라고 부른다.
"적극적 감금 생활"을 위해 자신은 스스로 "탕아"가 되고 방탕한
생활을 통해서 '성스러움'과 '순결'을 경험하게 된다는 반어를
술회하고 있다. 여기서 "탕아"가 되는 것은 바로 매매춘과 "계집"
에 대한 능멸을 말한다. 그럼으로써 김수영은 거지가 되고 싶었
던 것일까? 그는 이렇게 말한다. "거지가 돼야 한다. 거지가 안 되
고는 청소부의 심정도 행인들의 표정도 밑바닥까지 꿰뚫어볼 수
는 없다."

'거지가 된다는 것'은 어떤 물질도, 명예도, 사회적 위치도 가지지 않은 상태를 말하는 것이다. 이럴 때만이 아래에 설 수 있고, 아래에 설 수 있을 때만이 자기보다 티끌만 한 위에서 까마득한 위까지 그 "밑바닥까지 꿰뚫어볼 수" 있으며 또 "바라보는 자연이 아니라 싸우는 자연"을 알 수 있고, "절에도 다니지만 아직도 땀을 흘리고 일을 하는" 어머니의 삶에 굴하지 않을 수 있는 문학을 할 수 있는 것이다. 김수영은 아마도 이 같은 '진리'를 알았던 것 같다. 사실 이게 시인의 자리인지도 모른다. 문제는 이러한 의식과는 별개로 김수영 자신의 현실이 그에 못 미쳤다는 자각이다. 이 괴리를 염두에 뒀을 때, 1968년에 생산된 몇몇 작품을 우리는 읽을 수 있을 것이다.

그는 "정신에 여유가 생기면, 정신이 살이 찌면 목의 심줄에 경화증이 생긴다"고 하면서 그 경화증으로 쓴 시가 「라디오 계(界)」인데, 그 후로도 연달아 「성(性)」, 「미인」을 썼지만 "아직도 경화증은 풀리지 않고 있다"고 고백한다. 김수영의 고백은 가끔 곧이곧대로 믿으면 안 된다. 「반시론」 앞부분에서 자신의 사치와 여유를, "하늘은 둥글고 땅도 둥글고 사람도 둥글고 역사도 둥글고 돈도 둥글다. 그리고 시까지도 둥글다"고 자조하면서도 "이런 둥근 시 중에서도, 하기는 이 땅에서는 발표할 수 없는 것이 튀어나오는 때가 있다. 최근에 쓴 「라디오 계」라는 제목의 시가 그것이다"고 말하고 있기 때문이다. 「라디오 계」가 이른바 '불온시'

라는 일말의 자긍심을 표출하고 있기 때문이다.

시시한 대한민국의 라디오 방송 사이에서 "값없게 발길에 차이는" 일본 방송을 "요즘은 안 듣는" 이유를 "저녁상을 / 물리고 나서 한참이나 생각해 본다". 한때는, 그러니까 "비참한 일들이 라디오 소리보다도 더 발광을 쳤을 때"는 "그들의 달콤한 억양이 금덩어리 같았"는데 말이다. 중요한 것은 "인국(隣國)의 음성"을 요즘에는 왜 듣지 않는지가 아니다. "이북 방송이 불온 방송이" "지금 일본 말 방송을 안 듣듯이" "회한도 없이 안 듣게 되는 날이 올 것이다"라고 말하는 것은, 「반시론」의 마지막 단락에서 "남과 북"의 대극의 긴장을 시에 끌어 들여와야 한다고 말한 것에서 읽을 수 있듯이, 정치적 상황을 넘어서는 시의 길을 김수영이 염두에 두고 있음을 가리킨다. 그러니까 "이북 방송"마저 시시해지는 때, "불온 방송"마저 일상이 되는 때가 "올 것이다". 물론 이것은 "극도의 낙천주의"이다. 그것을 고작 "저녁 밥상을 / 물리고 나서 해 본다 / — 아아 배가 부르다 / 배가 부른 탓이다".

과연 「라디오 계」가 정신에 살이 쪄 "목의 심줄에 경화증"으로만 썼는지는 물어볼 만하다. 다시 「반시론」에서 김수영은 "우리 시단의 참여시의 후진성은, 이미 가슴속에서 통일된 남북의 통일 선언을 소리 높이 외치지 못하고 있는 데에 있다. 이것은 우리의 참여시의 종점이 아니라 시발점이다. (…) 우리의 시의 과거는 성서와 불경과 그 이전에까지도 곧잘 소급되지만 미래는 기껏 남북

통일에서 그치고 있다. 그 후에 무엇이 올 것이냐를 모른다. 그러니까 편협한 민족주의의 둘레바퀴 속에서 벗어나지를 못한다"고 지적했다. 이 말은 김수영이 그 당시의 참여시의 한계를 되풀이 지적하고 있는 것처럼 보이기도 하지만, 1960년대 중반부터 참여시의 "둘레바퀴 속"을 자신은 넘어섰음을 긍지에 차 선언하고 있는 것이다.

그는 또 이렇게도 말한다. "작품이 선두다. 시라는 선취자가 없으면 그 뒤의 사색의 행렬이 따르지 않는다. 그러니까 어떤 고생을 하든지 간에 시가 나와야 한다. 그리고 책이 그 뒤의 정리를 하고 나의 시의 위치를 선사해 준다." 사실 이것이 김수영이 말한 '정신의 여유'이다. 「반시론」에서 논리를 먼저 구하는 것은 우리를 혼돈에 빠뜨릴 수 있다. 시가 사유의 돌격대 역할을 해야 한다는 저 주장은, '정신의 여유'라기보다는 '정신의 첨점(尖點)'을 말하고 있는 것 같다. 하지만 '정신의 여유'가 됐건 '정신의 첨점'이 됐건 그것이 시를 생산하는 공장 자체인 것은 아니다. 생산물에는 설비와 원료와 땀이 함께 필요하다. 이것이 없는 한 '정신의 여유'는 곧바로 "경화증"을 낳는다.

「라디오 계」를 지나 김수영은 「성(性)」과 「미인」에 대해 말한다. 먼저 「성(性)」에 대해서 "아내와 그 일을 하고 난 이튿날 그것에 대해서 쓴 것인데 성 묘사를 주제로 한 작품으로는 처음이다"고 했다. 이 고백은 그러나 시의 내용에 그대로 드러나 있다. 눈여겨봐야 할 것은, 다음 대목이다.

이 작품을 쓰고 나서 도봉산 밑의 농장에 가서 부삽을 쥐어 보았다. 먼첨에는 부삽을 쥔 손이 약간 섬뜩했지만 부끄럽지는 않았다. 부끄럽지는 않다는 확신을 가지면서 나는 더욱더 날쌔게 부삽질을 할 수 있었다. 장미나무 옆의 철망 앞으로 크고 작은 농구(農具)들이 보랏빛 산 너머로 지는 겨울의 석양빛을 받고 정답게 빛나고 있다. 기름을 칠한 듯이 길이 든 연장들은 마냥 다정하면서도 마냥 어렵게 보인다.

그것은 프로스트의 시에 나오는 외경에 찬 세계다. 그러나 나는 프티부르주아적인 '성'을 생각하면서 부삽의 세계에 그다지 압도당하지 않을 만한 자신을 갖는다.

사실 「성(性)」은 시의 화자의 허위에 대한 작품이다. 이미 처음부터 "그것하고 하고 와서"라고 말하고 있거니와, 그에게 성(性)은 아무런 빛남도 아니고 설렘도 아니게 되었다. 도리어 프티부르주아적인 생활에 대한 일탈일 뿐이다. 그래서 그는 "탕아"가 되고 방탕한 일탈을 통해 순결과 성스러움을 역설적으로 깨닫게 된다. 「성(性)」의 2연 "이게 아무래도 내가 저의 섹스를 개관하고/ 있는 것을 아는 모양이다"는, 빛남도 설렘도 없는 타락을 말한다. 거기에는 "외경"이 없다. "외경"이 없어서 타락한 게 아니고 타락했기 때문에 "외경"이 없는 것이다. 빛남도 설렘도 없는 성은 "연민의 순간"을 줄 수 있지만 "황홀의 순간"을 주지 않는다. 그것을 다 토해 놓고 그는 어머니와 동생이 농사를 짓는 "도봉산 밑의 농장에 가서" 새로운 외경을 느낀다. 그런데 "외경"이 없는 게 늙어가는 김수영의 성에만 해당되는 것일까?

앞에서 말했지만 그것은 "우리의 시단"도 마찬가지이다. "참여시"도 마찬가지이다. "남북통일"밖에 모른다. 그래서 「반시론」 마지막 단락의 중얼거림에 깊이가 있는 것이다. "더 큰 싸움, 더 큰 싸움, 더, 더, 더 큰 싸움…… 반시론의 반어." '반시'를 통해서만 시를 구원할 수 있다는 김수영의 역설이다. 반어라기보다는.

김수영이 하이데거에게 받은 영향을 말할 때 곧잘 회자되곤 하는 구절이 있다. "요즘의 강적은 하이데거의 「릴케론」이다. 이 논문의 일역판을 거의 안 보고 외울 만큼 샅샅이 진단해 보았다. 여기서도 빠져나갈 구멍은 있을 텐데 아직은 오리무중이다. 그러나 뚫고 나가고 난 뒤보다는 뚫고 나가기 전이 더 아슬아슬하고 재미있다."

김수영은 「미인」의 시작 노트 겸해서 '릴케론'에서 얻은 구절을 길게 활용하고 있다. "창문―담배·연기―바람. 그렇다, 바람. 내 머리에는 릴케의 유명한 「오르페우스에 바치는 송가」의 제3장이 떠오른다." 사실 「미인」이란 작품은 그의 말마따나 "터치도 매우 가볍다." 하지만 「미인」이 '릴케론'(이 글의 원제는 '무엇을 위한 시인인가?'이다)에 빚지고 있음을 고백하고 있는데 「미인」의 다음과 같은 구절을 자가분석하면서이다.

> 미인과 앉은 방에선 무심코
> 따 놓는 방문이나 창문이
> 담배 연기만 내보내려는 것은
> 아니렷다

—「미인」부분

김수영의 머릿속에 떠올랐다는 "「오르페우스에 바치는 송가」의 제3장"은 김수영의 인용에 의하면 다음과 같다.

> 참다운 노래가 나오는 것은 다른 입김이다.
> 아무것도 바라지 않는 입김. 신(神)의 안을 불고 가는 입김.
> 바람.

또 '릴케론'에 실린 요한 고트프리드 헤르더의 글을 재인용하는 부분도 주목을 요한다. 왜냐하면 김수영이 "그렇다, 바람"이라고 되뇌는 것은 그의 마지막 유작인 「풀」에서 다시 등장하는데 헤르더에게도 그 "바람"은 등장한다. 이런저런 정황을 봤을 때

326

「풀」에 등장하는 '바람'은 하이데거를 읽고 얻은 바람에 대한 인식일 수 있다. 김수영이 '릴케론'에서 재인용한 헤르더의 문장 중 일부를 옮겨보겠다.

이러한 모든 일(인간이 행했고, 행하고 있고, 앞으로도 행할 일―인용자)은 한 줄기의 나풀거리는 산들바람에 달려 있다. 왜냐하면 만약에 이런 신적인 입김이 우리들의 신변에서 일지 않고 마법의 음색처럼 우리들의 입술 위에 감돌지 않는다면 우리들은 필경 모두가 아직도 숲 속을 뛰어다니는 동물에 지나지 않을 것이기 때문이다.

「반시론」을 쓰고 있는 지금 당장은, 하이데거에게 받은 영감은 「미인」을 위하고 있다. 어쩌면 "시는 청탁을 받고 쓰지 않기로 엄하게 규칙을 정하고 있는데 이것은 그 규칙을 깨뜨린 것"에 대한 자기변명 같기도 하고, "미인을 경멸하는 좋지 못한 습성"까지 물리치고 시까지 쓰게 한 "Y여사"에 대한 에로스 때문인지도 모른다. "좌우간 나는 미인의 훈기를 내보내려고 창문을 연 것이다. 그리고 우리가 내보낸 것은 담배 연기뿐이 아니라 약간의 바람도 섞여 있었을 것이다. 바람이 없이는 어떻게 연기인들 나가겠는가"라고 말할 때, "미인의 훈기"를 "바람"으로 바꾸어보려는 무의식도 엿보인다. "신적인 입김"인 "바람"은 동물을 사람이게도 하고 사람이 사람을 넘어서게도 하는 것처럼 보인다.

그런데 사람이 사람을 넘어서는 일에는 언제나 장애물이 있다. 이 장애물은 바로 현실의 생활이다.「의자가 많아서 걸린다」에서 보면 1968년의 김수영에게 모든 것이 '걸린다'. "일어나도 걸리고/앉아도 걸리고 항상 일어서야 하고 항상/앉아야 한다". 그래서 결국 이런 상황으로까지 치닫고 만다.

> 닳고 닳아지고 걸리고 걸려지고
> 모서리뿐인 형식뿐인 격식뿐인
> 관청을 우리 집은 닳아 가고 있다
> 철조망을 우리 집은 닳아 가고 있다
>
> 바닥이 없는 집이 되고 있다 소리만
> 남은 집이 되고 있다 모서리만 남은
> 돌음길만 남은 난삽한 집으로
> 기꺼이 기꺼이 변해 가고 있다
>
> ―「의자가 많아서 걸린다」 부분

「반시론」에서 고백한 대로 "그전에는 무엇을 쓸 때 옆에서 식구들이 누구든지 부스럭거리기만 해도 신경질을 부렸는데 요즘은 그다지 마음에 걸리지도 않고, 오히려 훼방을 좀 놓아 주었으면 하는 생각이다. 그것이 약이 되고 작품에 뜻하지 않은 구명대의 역할을 해 주기도" 한다. 「의자가 많아서 걸린다」에서는 "잡음"이 도리어 시의 제재이지만, 그렇게 유쾌해 보이지는 않는다. 이즈음 김수영에게는 생활의 "약간의 사치를" 정면으로 응시하면서 "사치"에서 파생되는 "잡음"을 돌파하려는 의지와 "잡음"에 다시 예전처럼 굴복하는 양면성이 공존한다. "약간의 사치"는 역설적이게도 "정신의 불필요한 소모"를 줄여주고 모든 것을 반어적으로 뒤집는 모험을 최소한 김수영에게는 가능케 해준다. 「반시론」은 그것에 대한 산문이다. 당연히 「반시론」에서 말하는 "더 큰 싸움"에는 "의자"나 "자기(磁器) 스탠드" 같은 것들과의 싸움도 포함된다.

중요한 것은 언제나 싸움 그 자체이다. 따라서 「의자가 많아서 걸린다」도 그에게는 싸움의 기록이다. "모서리뿐인 형식뿐인 격식뿐인 / 관청을 우리 집은 닮아 가고 있다 / 철조망을 우리 집은 닮아 가고 있다"고 말할 때, 그는 자신의 생활에 침입한 "대제도의 유형무형의 문화 기관의 '에이전트'들"(산문 「실험적인 문학과 정치적 자유」)과 "기관원"(산문 「'불온성'에 대한 비과학적인 억측」)과 "삼팔선"(「의자가 많아서 걸린다」)을 예민하게 인식하고 있었던 것이다. 4연의 "삼팔선을 돌아오듯 테이블을 돌아갈 때" 같은 표현은 김수영에게 '민족 분단'이라는 현실인식이 자리 잡고 있었다는 물증이 된다. 우리는 "삼팔선" 앞에까지는 갈 수는 있어도 다시 돌아와야 하는 현실을 살고 있는 것이다. 다만 「반시론」에서 보았듯, 그는 단순하게 "남북통일"에 안주할 생각이 없다. "그 후"까지 김수영의 인식과 상상의 안테나는 뻗어 있었다.

노래는 욕망이 아니라는 것을 곧 알게 될 것이다.

그것은 급기야는 손에 넣을 수 있는 사물에 대한 애걸이 아니라는 것을 알게 될 것이다.

노래는 존재다. 신으로서는 손쉬운 일이다.

하지만 우리들은 언제 존재할 수 있겠는가? 그리고 우리들은 언제

신의 명령으로 대지와 성좌로 다시 돌아갈 수 있게 되겠는가?

(「반시론」에서 김수영이 인용한 릴케의 「오르페우스에 바치는 송가」 제3장의 일부)

이것들을 모두 넘어서는 무엇이 필요했는데, 혹 그것이 '바람'은 아니었을까?

'드디어' 울었다

풀이 눕는다
비를 몰아오는 동풍에 나부껴
풀은 눕고
드디어 울었다
날이 흐려서 더 울다가
다시 누웠다

풀이 눕는다
바람보다도 더 빨리 눕는다
바람보다도 더 빨리 울고
바람보다 먼저 일어난다

날이 흐리고 풀이 눕는다
발목까지
발밑까지 눕는다
바람보다 늦게 누워도
바람보다 먼저 일어나고
바람보다 늦게 울어도
바람보다 먼저 웃는다

날이 흐리고 풀뿌리가 눕는다

—「풀」전문

「풀」은 김수영의 마지막 작품이 되고 말았다. 유감스럽게도 다른 작품과의 연관 속에서 느끼고 해석할 여지를 남겨 놓지 않았다는 말도 된다. 그래서 사람들은 "풀"이 무엇을 의미하는가, 또 이 작품에서 "바람"은 무엇인가 끊임없이 물어왔다. 김수영의 작품들은 그의 사유의 부단한 흐름 속에서 솟아오른 섬 같아서 섬과 섬이 이어진 해저를 탐색하지 않고서는 그 의미를 밝히기가 쉽지 않다. 「풀」이후에 다른 작품이 없기 때문에 우리는 「풀」이전의 작품을 통해서 「풀」을 읽을 수 있을 뿐이다. 물론 이 작품을 단독자로 상정하고 해석할 수는 있지만, 해저를 탐색하면서 「풀」의 단독성이 밝혀지는 일이 더 의미가 있다.

먼저 「꽃잎」 제3장 마지막 구절인 "실낱같은 여름 바람의 아우성이여 / 실낱같은 여름 풀의 아우성이여 / 너무 쉬운 하얀 풀의 아우성이여"가 떠오르지 않을 수 없다. "바람"이란 어휘는 그전에도 몇 번 쓰인 적이 있었고, 바람의 이미지는 많은 시인들에게 다각도로 변주되어 나타나기에 그것 자체로 별도의 특성을 갖지 못한다. 하지만 김수영이 최종적으로 "바람"을 어떻게 활용했느냐는 한번 검토해볼 만하다.

이 작품에는 문맥상 드러나지 않은 한 인물이 있다. 이 점을 처음 지적한 이는 고(故) 김현인데 3연에 나오는 "발목까지 / 발밑까지"는 그것을 암시한다. 하지만 굳이 작품 안에서 어떤 물증을 찾지 않아도 시의 화자의 눈앞에서 펼쳐지는 바람 부는 날의 강변을 우리는 느낄 수 있다. 그만큼 이 작품은 생동감이 있다는 뜻이다.

먼저 이 작품은 각 연별로 끊어 읽을 필요가 있다. (물론 끊어읽기 전에 단숨에 되풀이해 읽어야 하는 것은 당연하다.) 1연은 "비를 몰아오는 동풍에 나부껴" 반응하는 풀을 묘사한다. 바람에 반응해 풀이 눕는다는 것은 어디까지나 현상적 사실이다. 그런데 시의 화자는 그 풀을 의인화시켜 풀이 눕고, 운다고 한다. 강웅식은 "비를 몰아오는 동풍"은 '부드러운 바람'이라고 해석한다. "동풍(東風)의 글자 그대로의 뜻은 동쪽에서 불어오는 바람이지만, '동풍삭임에 돌아온 제비'라거나 '동풍신연(東風新燕)'이라는 구절에서도 확인되듯 그것은 봄바람을 가리킨다. 봄에 곡식이 자라는데 필수적인 자양분이 되는 비를 몰아오는 바람이라고 하여 곡풍(谷風)이라고도 불리는 것이 바로 동풍이다."

강웅식이 인용한 이은정은 "이 시를 읽으면 우선 풀, 비, 바람이 상기하는 신선함과 습기에 찬 초록빛 등이 떠오른다. 따뜻함보다는 시원한 냉기, 정적인 풍경보다는 나부끼는 풀의 부드러운 움직임, 소리 없음 속의 흐릿한 어두움, 살아 움직임들을 감지하게 된다"고 말했다. 하지만 이런 분석은 이 작품의 어휘 하나하나에 얽매인 편집증에서 나온 결과에 다름 아니다. 여기서 "동풍"은 동풍의 사전적 의미까지 파고들 만큼 비중이 큰 어휘가 아니다. 왜냐하면, 여기서 "동풍"은 무엇보다도 "비를 몰아오는" 바람이며 무엇보다도 풀을 눕게 하고 울게 하는 바람이기 때문이다.

이런 바람이 '부드러운 바람'일 리 만무하며 그에 나부끼는 풀의 움직임이 "부드러운 움직임"일 리 없다. 그렇다고 해서 "비를 몰아오는 동풍"을 '비바람'으로 확대 해석할 필요도 없다. 풀이 눕고 일어나는 동작을 반복할 정도면 어느 정도 세기가 있을 것이다. 여기까지만 상상하면 된다. 시를 읽는 데 지나친 상상과 의미 부여는 도리어 읽는 이의 감각을 방해한다.

이 작품에 숨어 있는 어떤 인물은 지금 풀이 무성한 강변에 서 있는데, 비를 부르는 바람이 불기 시작했다. 그 바람에 풀은 나부끼기 시작한다. 강웅식처럼 '나부끼다'를 이유로 "동풍"을 '부드러운 바람'으로 해석하는 것은 시인의 언어가 어느 정도는 무의식적으로 튀어나온다는 사실을 간과한 경우이다. 특히 이 작품에는, 나중에 김수영식으로 말하면 충분한 '운산'을 했겠지만, 한 행한 행 구축한 흔적이 보이지 않는다. 그렇게 시를 구축하듯 써서는 탄력 있는 리듬이 나오지 않는 법이다.

'나부끼다'는 그냥 바람에 휘둘리는 풀의 상태를 의미한다. 그러다가 1연 4행부터 김수영은 시적 모험을 가동한다. 그것은 풀이 눕다 못해 "울었다"고 한 부분에서 드러나며, 그것도 "드디어 울었다". "드디어"는 이미 풀에게 '울음'이 내재해 있었음을 암시하며 이 점은 "풀"에 대한 매우 중요한 정보다. 그러나 그 '울음'이 현성하려면 구체적 계기가 필요한 법이다. '울음'이 내재해 있었다는 증거는 또 있다. "날이 흐려서 더 울다가"가 그것이다. 그러니까 풀의 '울음'은 바람 때문에 "드디어" 시작됐지만 "날이 흐려서" 마저 더 울었다는 뜻이 된다. 그러고 나서 풀은 "다시 누웠다". 왜 "다시 누웠"을까? 여기서 김수영이 진즉에 버린 것처럼 알려진 '피로'가 읽히기도 한다. 그에게 다시 '피로'가 찾아온 것일까?

니체는, 이것도 저것도 틀렸어, 해봤자 이미 진 게임이야, 이렇게 말하는 만성피로자들을 '최후의 인간', 벼룩처럼 여기저기서 튀어나와 근절이 안 되는 인간들이며, 역설적으로 가장 오래 사는 종족들이라고 불렀다. 왜냐하면 그들은, 하이데거식으로 말해, 모험을 모험하지 않기 때문이다. 대신 니체는 영웅의 피로를 언급하며, 영웅은 피로를 회복하기까지 푹 쉴 수 있어야 한다고 말한다. 재론할 것도 없이, 김수영은 자신을 쉴 새 없이 채찍질한 인물이며 1960년 중반 이후의 시적 사유는 한국 지성사에 남을 만한 것이기도 하다. 그에게도 어떤 '피로'가 언제나 내재해 있었을 것이다. 피로하지 않은 영웅은 없다. 단지 영웅은 그 피로를 자신의 자양분으로 삼을 뿐이다.

1966년에 쓴 「생활의 극복」이라는 산문에서 그는, 자신에게 생긴 어떤 생활의 여유를 되돌아보면서 이렇게 말한다. "모든 사물을 외부에서 보지 말고 내부로부터 볼 때, 모든 사태는 행동이 되고, 내가 되고, 기쁨이 된다. 모든 사물과 현상을 씨(동기)로부터 본다 — 이것이 나의 새봄의 담뱃갑에 적은 새 메모다." 그는 하나의 현상을 그 원인까지 한 묶음으로 보겠다고 말한다. 즉 맥락을 포함한 "사물과 현상"을 인식했을 때에야 "모든 사태는 행동이 되고", 결국 새로운 "내가 되고", 그 과정이 "기쁨"이라는 것이다. 그렇지만 이 기쁨은 언제나 찾아오지 않는다. 반면에 이 기쁨을 위한 투신 과정에서 피로는 너무도 자주 찾아온다. 하지만 모험을 포기하는 순간, 그는 '최후의 인간'으로 전락한다. 인간의 한계는 명확하니 그 안에서 그나마 가진 것을 조율하면서 사는 게 현명하다는 지점에 이르는 것이다.

김수영이 외우다시피 탐독했다는 하이데거의 릴케론, 「무엇을 위한 시인인가?」에는 이런 말이 담겨 있다. "더욱더 모험적으로 모험함은 어떠한 보호도 가까이에 세우지 않는다. 그러나 그것은 우리에게 안전함을 제공한다." 영웅에게는 모험 자체가 '안전'인데, 피로는 언제나 그 '안전' 이전에 급습하며 모험과 피로 사이의 늑골에 울음을 흐르게 한다. 하지만 2연에서는 그 피로마저 다시 적극적으로 의욕한다. "비를 몰아오는 동풍에 나부껴" "풀이 눕는" 현상은 동일하지만, 차라리 "바람보다도 더 빨리 눕는다". 그리고 "더 빨리 울고" 드디어 "먼저 일어난다". 존재를 부정하는 것을 도리어 긍정함으로써 이제 "풀"은 더 이상 "바람"에 대한 수동적 존재가 아니게 된다. 긍정은 부정을 긍정함으로써 무력화시킨다. 적과 대립하거나 적의 자리를 빼앗는 싸움은 그래서 저급한 싸움이다.

이 작품에서 연구자들은 바람과 풀의 대립, 울다와 웃다의 대립, 눕다와 일어나다의 대립을 읽지만, 바람과 풀은 이미 '온몸'일 뿐이다. 현상에서는 "비를 몰아오는 동풍에 나부껴" 반응하는 풀이지만 시의 화자가 보기에는 바람과 풀은 하나의 신체였던 것이다. 물론 이것은 바람에 계속 나부끼는 풀을 보면서 일으킨 일차적인 감각의 혼란에서 시작되었을 것이다. 「달나라의 장난」에서 "소리 없이 회색빛으로 도는 것이 / 오래 보지 못한 달나라의 장난 같다"고 말했던 것과 비슷한 경험이다. 여기서 바람과 풀의 관계가 단순히 역전되거나 풀이 "부단한 나부낌 속에서 수동적인 것을 능동적인 것으로, 슬픈 감정을 기쁜 감정으로 전환"(강웅식)하는 것이 아니다. 신체의 변용은 부분들의 운동과 속도의 비율이 결정한다고 말한 이는 스피노자인데, 2연에서 시간적인 의미를 가진 "더 빨리"와 "먼저"는 웃다/울다, 눕는다/일어난다와 같은 동사적 사건에 시간성을 부여한다.

그러니까 김수영은 2연에서 자신의 어떤 이념을 거의 무의식적으로 토로하고 있으며, 시의 내용에서만 속도를 표현한 게 아니라 형식 자체가 속도를 표현하게 한 것이다. 이것은 시를 '구축하는' 시인들은 해낼 수 없는 경우이다. 내용이 형식을 규정하고 다시 형식 자체가 내용을 표현해내는 이런 경우는 말이다.「시여, 침을 뱉어라」에서 그는 "중요한 것은 시의 예술성이 무의식적이라는 것이다"고 했다.

3연에 등장한 "발목까지 / 발밑까지 눕는다"는 앞에서 말했듯 작품 안에 어떤 인물이 있음을 드러내는 구절이다. 풀이 눕는 현상에 대한 꽤나 극단적인 표현인 셈이다. 그러니까 이 작품에서 "동풍"을 '부드러운 바람'이라고 보거나 "풀의 부드러운 움직임"을 느끼는 것은 그렇게 정확한 해석은 아니다. 3연에서 다시 시간적 순서를 가리키는 "먼저"와 "늦게"가 사용되나 3연은 2연의 이완된 변주인 동시에 한 몸이 된 '바람'과 '풀'이 다시 분리되는 현실을 의식이 일깨우고 있다. "날이 흐리고 풀이 눕는다"부터 1연의 반복, 변주이다. 일단 상황 자체를 3연에서는 종합하고 있다. 그리고 그 상황이 변화되지 않았음을 말하고 있다. 즉 아직도 "발목까지 / 발밑까지" 풀은 눕고 있는 것이다.

하지만 이제는 바람에 의해 반응하는 존재였던 풀이 자신의 고유성을 되찾고 난 이후이다. 비록 "바람보다 늦게 누워도" "먼저 일어나고" "바람보다 늦게 울어도" "먼저 웃는다". 영웅은 피로를 통해, 적을 통해 건강을 회복한다. 피로와 적을 무찌르지 않고 그것을 하나의 "씨—동기"로 삼는다. 이런 강자만이 "비를 몰아오는 동풍"을 배격하지 않고 그 "동풍"을 자신의 힘으로 삼는다. 그런데 3연의 마지막 행이 남는다. 김수영은 왜 "날이 흐리고 풀뿌리가 눕는다"로 회귀했을까? 시적 순간은 언제나 산문의 세계로 다시 하강해야 한다. 또 그럴 수밖에 없다. 김수영은 시에 있어서 "산문이란, 세계의 개진이다. 이 말은 사랑의 유보로서의 '노래'의 매력만큼 매력적인 말이다"라고 했는데, 이 말은 산문적 순간이 시적 순간을 흔들어 놓으면서 시의 내용을 구성한다는 의미이다. 반면에 시적 순간은 산문적 순간을 베어 물고 시의 예술성을 향한다.

시적 순간이 유보된 현실 세계는 그러나 시적 순간의 어머니이고 '은폐된 대지'이다. 시적 순간은 은폐된 대지가 탈은폐화되면서 드러난다. 하이데거는 이렇게 말한다.

노래한다는 것은 완전한 자연의 일찍이 들어보지 못한 중심에서 불어오는 바람의 끌어당김에 의해 끌려가는 것이다. 노래는 그 자체가 '하나의 바람'이다. (…) 더욱더 모험적인 자들은 시인들이다. 그러나 그들은 자신의 노래에 의해 우리의 보호받지 못한 존재를 열린 장 속으로 전환시키고 있는 그런 시인들이다. 이러한 시인들은 열린 장에 대한 [종래의] 결별을 전환시키고, 온전하지 못한 것을 온전한 전체 속으로 [마음의 내면을 열어 밝혀] 상―기하고 있기에, **온전하지 못한 것 속에**

서도 온전한 것을 노래한다."(강조―인용자)

이 작품에서 "바람"은 "풀"의 노래를 위한 '끌어당김'일 수도 있다. 하이데거는 그것이 "중심에서 불어"온다고 했고 김수영은 동쪽에서 오는 바람이라고 했을 뿐이다. 하이데거에게는 그 중심이 '존재'일지 모르나 김수영에게 "동풍"은 시대적 조건이다. 그리고 그 시대적 조건은 "비를 몰아오"고 날은 흐리다. 김수영은 3연 마지막 행에서 그것을 잊지 않기 위해 다시 노래를 유보시키는 현실 세계로 돌아온 것이다. 영원회귀는 윤회 사상이 아니다. 그것은 현실에서 벌어지는 반복되는 사건을 선별하는 힘에의 의지와 함께 시간을 구성한다.

풀의 자유? 풀의 기쁨? 풀의 능동성? 어쩌면 이 시에서 김수영이 정작 (산문적으로) 말하고 싶었던 것은 3연 마지막 행에 있을지 모른다. 다시 "풀뿌리"까지 눕는, 즉 노래를 자꾸 유보시키는 우리의 현실을 말이다. 그에 맞서 노래는 "푸른 하늘을 제압하는/노고지리"처럼 "비상"한다. 시인은 대지에 쇠사슬로 묶인 채 춤추는 존재이니까 말이다.

왜 아직 김수영인가?

김수영이 떠난 지 50년이 지났지만 그가 남긴 진동은 아직 멈추지 않고 있다. 과연 그가 생전에 어떤 영향력을 가졌는지에 대해서는 잘 모르겠지만, 분명한 것은 김수영이 남긴 사후 영향력이 단지 문학 쪽에만 국한되지 않는다는 점이다. 그는 대한민국 지성사에도 뚜렷한 흔적을 남겼다. 아마도 이 같은 현상은 그가 보여준 산문 정신의 개가 때문일 가능성이 크다. 그가 남긴 산문은 지금 읽어도 그 생생함을 잃지 않고 있거니와 시인 특유의 직관과 통찰이 흐르고 있다.

그렇다면 김수영의 시는 오늘날 어떻게 얼마만큼 받아들여지고 있는 것일까? 김수영에 대한 석·박사 논문이 넘쳐나고 있는 현상과는 별개로 그의 시가 시 자체로 읽히고 있는지에 대해서는 자못 의문이 든다. 여기서 말하는 '시 자체'는 당연히 예술(주의)적 접근만을 가리키지 않는다. 이미 김수영 자신이 시에 대한 그러한 관념 자체를 벗어버린 지 오래 되기도 했다.

사후 50년이 지나서도 김수영이 '살아 있다'면 냉정하게 그 이유를 짚어봐야 할 필요가 있다. 사실 김수영이 구축한 시적 양식은 그의 사후 곡해되어 계승되어온 측면이 있다. 예컨대 황현산은 「김수영의 현대성 혹은 현재성」의 마지막 단락에서 이렇게 말한 적이 있다.

그들(한국의 젊은 시인들―인용자)은 김수영이 그랬던 것처럼 사소한 것들에 주의를 흩뜨리면서도 현실이 시적 가치를 띠는 계기에 정신과 감각을 집중한다. 그들이 가볍고 변덕스럽게 보이는 것은 그들이 교양의 틀에 갇혀 있지 않기 때문이다. 그들이 무모한 모더니스트로 폄하되는 것은, 김수영이 그랬던 것처럼, 오히려 모험을 모험의 지식으로 뒤쫓는 모험가들, 저 아류 모험가들의 안전한 모험을 거부하기 때문이다. 젊은 시인들은 한때 자신들을 '미래파'라고 부르려 하였다. 미래파라는 이름은 여러 가지로 불편하지만 그 말이 빈말은 아니다. 시가 미래를 전망하는 지점은 현실이 은유적 힘을 얻는 알레고리적 계기와 다른 것이 아니다. 그들은 어쩌면, 김수영이 보기에는, "복사씨와 살구씨가" "사랑에 미쳐" 날뛰는 날에 사는 것이겠지만 여전히 "도시의 피로"에서 배운다. 그들은 현실이 가볍기를 바라는 것이 아니라 자신들의 말로 현실을 움직일 수 있다고 믿는다.

"한국의 젊은 시인들", 즉 이 글이 씌어질 당시의 "미래파"가 왜 마지막에 호출되는지 의아한 것도 의아한 것이지만, "미래파" 시인들을 김수영의 계보 안에 위치시키려는 비평적 욕망이 여실히 보이는 것도 사실이다. 그 당시의 "미래파"가 갖는 문학사적 공과와는 상관없이 그러니까 논리적 비약에 다름 아닌데, 중요한 것은 논리적 비약에 있다기보다 김수영 시의 양식적 특징만을 뽑아 김수영이 끼친 영향을 일면화한 점이다. 이는 김수영을 이해하는 데 별 도움이 되지 않는다. 길게 말할 것도 없이 인용 구절의 "도시의 피로" 자체가 김수영의 시에서는 하나의 알레고리인데 황현산은 그 뜻을 직역하고 말았다.

한국 근현대시사에서 김수영이 갖는 독특함은 양식적 특징 자체가 아니다. 김수영의 특징은 양식으로 드러난 "꽃"이 아니라 꽃이 "열매의 상부에" 피는 과정에 있다. 그 과정에서의 고투가 현실을 새로 쓰려는 열망과 만났을 때 김수영의 "꽃"이 가능했던 것이다. 김수영은 자신의 산문 「체취의 신뢰감」에서 《사계》 동인들을 비판하며 이렇게 말한 적이 있다. "나는 그들에게 감히 말한다. 고통이 모자란다고! '언어'에 대한 고통이 아닌 그 이전의 고통이 모자란다고. 그리고 그 고통을 위해서는 '진실의 원점' 운운의 시의 지식까지도 일단 잊어버리라고. 시만 남겨놓은 절망을 하지 말고 시까지도 내던지는 철저한 절망을 하라고." 동시에 "시의 모더니티란 외부로부터 부과하는 감각이 아니라 내면에서 우러나오는 지성의 화염(火焰)"(「모더니티의 문제」)이라고도 했다. 김수영에게 중요한 것은 현재의 시를 시 이전의 혼돈 상태로 전회시키는 것이었는데, 그것이 가능하려면 역설적이게도 "지성의 화염"이 있어야 한다는 것이다. 그런데 그가 말하는 "지성의 화염"이란 무엇이었을까. 그것은 바로 "뒤떨어진 현실에 대한 자각"이다. 이 자각이 "현대시의 양심"이며 "시적 인식"이다. 그리고 "시적 인식이란 새로운 진실(즉 새로운 리얼리티)의 발견" 그 이상도 이하도 아니다. 이 지점에서 바로 그의 '반시론'이 시작된다.

그런데 "새로운 진실(즉 새로운 리얼리티)"을 발견하는 일은 시인에게 주어진 현실을 괄호 치고는 불가능하며, 김수영은 평생의 시 작업을 통해 그것을 보여주었다. 김수영 시의 양식적 특징이 독특한 것은 그의 사유의 독특성과 표현 방식의 독특함에 앞서 그가 인식한 현실이 그렇게 간단치 않아서였다. 산문적 인식(내용)은 "언제나 밖에다 대고 '너무나 많은 자유가 없다'는 말을 해야 한다. 그래야지만 '너무나 많은 자유가 있다'는 '형식'을 정복할 수 있고, 그때에 비로소 하나의 작품이 간신히 성립된다." 왜냐하면 "산문이란, 세계의 개진"이며 "'노래'의 유보성에 대해서는 침공(侵攻)적이고 의식적"(이상 「시여, 침을 뱉어라」)이기 때문이다. 따라서 김수영 시의 특징을 논할 때, 김수영의 산문적 인식을 소거하는 것은 위험한 접근이며 김수영의 시를 형해화할 가능성이 크다. 김수영을 비판적으로 넘어서기 위해서는 결코 간과할 수 없는 지점이다.

이것은 저 해묵은 '리얼리즘/모더니즘' 구도를 벗어나는 새로운 문제이다. 김수영이 한국 모더니즘 시사에서 어떤 진경을 보여준 것은 사실이지만 그의 모더니즘을 지탱해준 것은 리얼리스트로서의 정신이랄까, 지성이었다. 즉 그의 모험은 단지 형식을 향한 모험이 아니라 존재론적인 모험이었다. 그가 하이데거의 '릴케론'에서 배운 것도 바로 존재를 향한 모험이었음이 분명하다. 하이데거에게 존재를 향한 모험은 무엇이었던가.

더욱더 모험적인 자들(시인들—인용자)은 보호받지 못한 존재의 불행(*das Unheile*)을 세계적 현존재의 온전한 행복(*das Heile*)에로 향하게 한다. 이것이 말해야 할 것이다. 말함에서 그것이 인간에게로 전향해 온다. 더욱더 모험적인 자들은 노래하는 자들의 [삶의] 양식을 가진 더욱더 [참답게] 말하는 자들이다. 그들의 노래하는 방식은 모든 계획적인 자기관철에서 벗어나 있다. 그것은 욕망(*Begehren*)이라는 의미에서의 의욕이 아니다. 그들의 노래는 가까이에 세워놓아야 할 [제작될] 어떤

것을 얻으려고 애쓰지 않는다. 이 노래 속에서는 내면세계공
간 자체가 스스로 마련되고 있다. 이렇게 노래하는 자들의 노
래는 무엇인가를 얻으려는 것도 아니고 또 그러한 직업적 용
무도 아니다.

하이데거적 모험은 바로 "열린 장"을 몰아세우려는 자기관철
의지를 벗어나려는 모험이다. 그것은 "욕망"도 아니고, '획득'도
아니고, 단순한 의욕도 아니다. "용무"는 더더욱 아니다. 그것은
존재자가 자신을 발생시킨 존재로 끊임없이 "전향"하는 것이다.
김수영이 물론 하이데거의 지침(?)을 시에 그대로 반영시킨 것은
아니다. 언제나 이야기하는 것이지만 김수영의 시는 사물과 사건
을 해석하고 내면화하는 소용돌이 속에서 시작되지 사물과 사건
그 자체에서 시작되지 않는다. 따라서 이 지점에서 김수영이 처
한 현실로 되돌아올 수밖에 없다. 세계와 현실에 대한 그의 인식
은 너무도 일반적인 것 같지만 너무도 보편적이며 그것이 작품으
로 현실화될 때는 또 그 독특함을 유감없이 발휘한다. 김수영이
뭐라 했던가? "시인의 지성은 우선 세계를 걸쳐서 우리나라로 돌
아와야 한다." "작은 눈으로 큰 현실을 다루거나 작은 눈으로 작
은 현실을 다루지 말고 큰 눈으로 작은 현실을 다루게 되어야 할
것이다."(「평균 수준의 수확」)

　'김수영의 현실'은 바로 우리의 근대사에 다름 아니었으며, "설

움"과 "비애"를 그에게 그치지 않고 안겨준 역사적 시간 속에서 그가 무엇을 발견했고, 발견한 것을 어떻게 표현했느냐로 돌아와야 비로소 우리는 김수영을 이해했다고 말할 수 있다. 그것이 사상된 김수영의 시는 '존재론적'으로 있을 수 없으며, 그것을 외면한 양식의 계승은 결국 김수영을 대상화, 하이데거식으로 말하면, 몰아세우는 것에 지나지 않는다. 김수영이라는 "열린 장"을 "모든 계획적인 자기관철에서 벗어나" 대하는 것은 바로 그가 통과한 현실과 함께 그의 시를 읽는 일이다. 이것이 또 하나의 민중주의적 관점이라 비난해도 어쩔 도리가 없다. 김수영이 역사에서 발견한 것은, 역사를 예나 지금이나 구성하고 있는 '민중'이었으니까. 그렇다고 김수영에게서 무거운 역사주의나 비장한 민중주의를 찾으려는 노력은 허사에 가깝다. 그가 발견한 민중은 고통을 넘어, 아니 고통을 살면서 아름답고 쾌활했다. 이게 김수영의 민중이었으며, 전쟁과 혁명 그리고 그 폐허에서 방황한 다음에 얻은 명랑의 원인이기도 하다. 그리고 그것은 다름 아닌 사랑으로 구성된 일종의 '씨'였다. 그 '씨'는 현실화된 존재가 아니라 잠재적인 존재였지만, 언젠가는 서로 "사랑에 미쳐 날뛸" 힘을 가지고 있었다. 그래서 김수영의 시에서 역사에 대한 예민한 인식과 그를 통한 새로운 역사 인식을 삭제하는 것은 불가능하다.

그는 역사 속에서 자유를 갈망했고 혁명을 살았으며 사랑을 발명했다. 이 사실을 접어둔 채 말하는 그의 자유와 혁명과 사랑은, 추상적일 수밖에 없고 낭만적이지 않을 도리가 없다. 그의 모험도 바로 자유와 혁명과 사랑을 향한 모험이었지, 예술주의적인 모험이 아니었다. 이러한 모험이 "더욱더 모험적인 자"로서 추구되다 보니 어쩔 수 없이 '노래'로 남았던 것이다. 그의 노래는 그러니까 실존 상태(존재자)에서 존재를 향한 모험, 존재를 구획하는 언어를 통한 모험이었다. 이는 결과적으로 봤을 때 하이데거의 영향이 아니라 본래적인 그의 태도였다. 그 태도가 혹 하이데거를 불러들인 것은 아닐까?

오늘날 왜 아직 김수영인가, 하는 문제는 단지 그가 남긴 시적 양식 때문이 아니라 현실을 대하는 그의 존재 양태, 태도, 윤리, 투쟁 때문이다. 그가 실험적이었다면 그 실험은 투쟁을 통한 실험이었다. 혁명 직후에 말한 '시의 투박함'은 현실이 이미 시였기에 특별한 양식이 불필요하다고 보았기 때문이다. 혁명이 짓밟히고 나서는 다시 혁명을 현실에 파종하는 것이었다. 이 제한적인 실천이, 그러니까 시적 실천에 집중한 점이 어쩔 수 없는 김수영의 한계라면 한계이고 위대함이라면 위대함이다. 그렇다면 김수영을 다시 읽으면서 유념해야 할 것은 그의 시 이전이다. 시 이전을 인식하는 김수영의 태도가 언제나 문제인데, 그는 "인식은 본질적으로 새로운 것이다. 나는 이 말을 백 번, 천 번, 만 번이라도 되풀이해 말하고 싶다"(「시적 인식과 새로움」)고 했다. 자기 시의 비밀은 자신의 번역에 있다고 너스레를 떨었지만 김수영 시의 비밀은 바로 '현실인식'에 있었던 것이다. 거기서 그는 "아무도 하지 못한 말을 시작"했다. 남들이 '끝'이라고 믿었던 데에서 그는 언제나 다시 시작하려 했다. 그게 설령 "헛소리"라고 할지라도 "헛소리가 참말이 될 때의 경이"를 믿었기 때문이다. "시의 기적"을 말이다.(「시여, 침을 뱉어라」)

오늘날 우리는 극대화된 자본주의 사회에서 살고 있다. 자본주의의 외부는 존재하지 않는다는 주장까지 있는 것을 보면, 확실히 이제 자본주의가 가닿지 않은 곳이 없다. 자본주의의 극대화는 내부 착취와 함께 시작되었다고 해도 과언이 아니다. 자본주의의 발전 단계를 굳이 거론할 필요가 없는 게 사실 그 단계적 특성은 이제 항시적으로 작동하고 있기 때문이다. 4차산업혁명이라고? 이런 망상도 사실은 그 연장선상에 지나지 않는다. 사람들은 자본주의 바깥을 상상할 수 있는 역량을 이미 상실해버렸다. 혹자들은 자본주의의 극대화 앞에서도 시는 더욱 필요할 것이며 이제 시만이 유일한 탈구 지점이라고 한다. 도대체 시가 무슨 힘으로 자본주의에 맞설 수 있다는 말인지 이해가 되지 않는 게, 사실 이미 시는 한낱 나무 그늘 아래에서의 농담이 된 지가 꽤 되었기 때문이다. 시는 얼마 안 가 자본주의의 신경 구조로 완전히 편입될 것이다.

이럴 때 등장 가능한 것이 일종의 '반시(反詩)'인데, 이것도 단지 미학적 전회로 이해되고 있는 실정이다. 시는 무엇인가? 그것은 묻는 일이다. 당신이 말한 사실이 진실인가? 당신이 떠드는 도덕이 진리인가? 당신이 나에게 던진 돌멩이는 정말 당신 것인가? 당신 것이라고 착각하고 있는 것은 아닌가? 시가 물음이라는 말은 당연히 많은 의혹을 살 것이다. 시는 다르게 보는 데에서 시작된다고 말해지곤 한다. 다르게 본다는 것은 여러 관점으로 본다는 말과 같은 것이지 엉뚱하게 보는 것과는 결을 달리 한다. 왜 다르게 봐야 하는가? 시인의 역할은 오로지 세계와 삶의 진실을 발견해야 하는 데 있기 때문이다. 그 진실로 향하는 도정에서 도덕과 상식, 그리고 정의는 부차적인 문제로 떨어질 수 있다. 도리어 그것들이 진실을 가로막는 경우도 있기 때문이다. 왜냐하면 그것들은 역사를 거듭하며 단단해진 습속들과 가치들이니까.

니체가 철학의 과제를 '시대를 거스르는(Unzeit)' 것이라고 했을 때는 바로 이러한 것들을 겨냥해서일 것이다. '시대를 거스르는' 사업의 흐름에 김수영이 있었다고 말하면 독단일까? 만일 시가 반시가 되려면, 그것은 기정사실을 파문하는 일에 동참하는 일이어야 하고, 그러면서 사랑을 배우는 일이어야 한다. 이게 김수영이 남긴 활어(活語)이다. 그런데 김수영이 '백의'와 간통을 했듯, 오늘날의 시도 자본주의와 간통을 해야 하는 걸까? 이것은 답을 요하는 문제가 아니다. 그냥 문제를 생산하는 문제일 뿐이다. 시는 바로 이런 문제를 생산하는 문제여야 한다. 우리는 그것을 김수영에게서 배울 수 있다. 물론 김수영에게서만 배울 수 있다는 뜻은 아니다. 하지만 김수영식의 문제가 아직도 일렁이고 있다면 우리는 아직 그의 유산을 탕진하지 못했다는 말이 된다.

그것을 다 탕진했을 때, 김수영은 드디어 '시인들의 시인' 자리에서 물러나게 될 것이다. 그를 그 자리에 너무 오래 있게 하는 것은 후대의 과오이다.

참고 문헌

강신주, 『김수영을 위하여』, 천년의상상, 2012.

강연호, 「'위대한 소재(所在)'와 사랑의 발견」, 『살아있는 김수영』, 김명
인·임홍배 엮음, 창비, 2005.

강웅식, 『김수영 신화의 이면』, 청동거울, 2012.

김명인, 『김수영, 근대를 향한 모험』, 소명출판, 2002.

김상환, 『공자의 생활난 — 김수영과 『논어』』, 북코리아, 2016.

김상환, 『풍자와 해탈 혹은 사랑과 죽음 — 김수영론』, 민음사, 2000.

김유중, 『김수영과 하이데거』, 민음사, 2007.

김종철, 「詩的 眞理와 詩的 成就」, 『金洙暎의 文學 — 金洙暎 全集 別
卷』, 민음사, 1983.

김현경, 『김수영의 연인』, 책읽는오두막, 2013.

김현승, 「金洙暎의 詩的 位置」, 『金洙暎의 文學 — 金洙暎 全集 別卷』,
민음사, 1983.

남진우, 「김수영 시의 시간의식」, 『살아있는 김수영』, 김명인·임홍배 엮
음, 창비, 2005.

안수길, 「兩極의 調和」, 『金洙暎의 文學 — 金洙暎 全集 別卷』, 민음사,
1983.

임홍배, 「자유의 이행을 위한 시적 여정 — 4·19와 김수영」, 『살아있는 김수영』, 김명인·임홍배 엮음, 창비, 2005.

염무웅, 「金洙暎 論」, 『金洙暎의 文學 — 金洙暎 全集 別卷』, 민음사, 1983.

유종호, 「詩의 自由와 관습의 굴레」, 『金洙暎의 文學 — 金洙暎 全集 別卷』, 민음사, 1983.

최하림, 『김수영 평전』, 실천문학사, 2001.

함돈균, 「오염된 시인과 시 — 김수영 시의 아이러니와 현대성」, 『한국문학이론과 비평』 제53집, 한국문학이론과 비평학회, 2011. 12.

황현산, 「김수영의 현대성 혹은 현재성」, 『잘 표현된 불행, 문예중앙, 2012.

마르틴 하이데거, 「무엇을 위한 시인인가?」, 『숲길』, 신상희 옮김, 나남, 2008.

발터 벤야민, 「보들레르의 몇 가지 모티프에 관하여」, 『보들레르의 작품에 나타난 제2제정기의 파리/보들레르의 몇 가지 모티프에 관하여 외』, 김영옥·황현산 옮김, 길, 2010.

발터 벤야민, 「역사의 개념에 대하여」, 『역사의 개념에 대하여/폭력비판을 위하여/초현실주의 외』, 최성만 옮김, 길, 2008.

B. 스피노자, 『에티카』, 강영계 옮김, 서광사, 1990.

안토니오 네그리, 『혁명의 시간』, 정남영 옮김, 갈무리, 2004.

앙리 베르그손,『물질과 기억』, 박종원 옮김, 아카넷, 2005.

질 들뢰즈,『감각의 논리』, 하태환 옮김, 민음사, 2008.

질 들뢰즈,『차이와 반복』, 김상환 옮김, 민음사, 2004.

질 들뢰즈,「유목적 사유」,『들뢰즈가 만든 철학사』, 박정태 옮김, 이학
    사, 2007.

질 들뢰즈,「플라톤과 그리스인들」,『들뢰즈가 만든 철학사』, 박정태 옮
    김, 이학사, 2007.

질 들뢰즈,『의미의 논리』, 이정우 옮김, 한길사, 1999.

질 들뢰즈/펠렉스 가타리,『천 개의 고원』, 김재인 옮김, 새물결, 2001.

질 들뢰즈,「문학과 삶」,『비평과 진단』, 김현수 옮김, 인간사랑, 2000.

프리드리히 니체,『차라투스트라는 이렇게 말했다』, 정동호 옮김, 책세
    상, 2000.

프리드리히 니체,『선악의 저편·도덕의 계보』, 김정현 옮김, 책세상,
    2002.

프리드리히 니체,『아침놀』, 박찬국 옮김, 책세상, 2004.

리얼리스트 김수영

자유와 혁명과 사랑을 향한 여정

초판 1쇄 발행 2018년 7월 30일

지은이 • 황규관
펴낸이 • 오은지
책임편집 • 변홍철
디자인 • 정효진
펴낸곳 • 도서출판 한티재
등록 • 2010년 4월 12일 제2010-000010호
주소 • 42087 대구시 수성구 달구벌대로 492길 15
전화 • 053-743-8368   팩스 • 053-743-8367
전자우편 • hantibooks@gmail.com   블로그 • www.hantibooks.com

ⓒ 황규관 2018
ISBN 978-89-97090-90-7 03810